I coralli

www.einaudi.it

ISBN 978-88-06-19907-4

Gaia Rayneri

Pulce non c'è

Einaudi

A mio padre, a Pulce e a mia madre

Pulce non c'è

Mi estética es una superación del dolor y de la risa, como deben de ser las conversaciones de los muertos al contarse historias de los vivos.

DON RAMÓN DEL VALLE-INCLÁN

Avvertenza.

I fatti e le persone che abitano queste pagine, liberamente ispirati a vicende reali, sono trasfigurati dalla fantasia della protagonista Giovanna: la sua voce, l'unica attendibile all'interno del romanzo, deforma e distorce, cosí che la sua storia potrebbe non essere mai accaduta, o accadere in continuazione.

Capitolo primo

Quel giorno, come tutti i giorni, mamma era andata a prendere Pulce a scuola. L'uscita di Pulce prevedeva dei rituali che si ripetevano piú o meno identici tutti i pomeriggi. Mamma arrivava alle 16,25, cinque minuti prima del suono della campanella, quando gli altri bambini stavano ancora preparando le loro cartelle, quella folla dilagante sarebbe stata d'impiccio ai gesti lenti di Pulce; mamma spingeva tre volte il dito sul citofono, le apriva la bidella che sorrideva e diceva Oggi la bambina era molto allegra; mamma ricambiava il sorriso, le chiedeva di suo marito Tutto bene a casa? E la gamba, come va?, lei rispondeva Sí sí, andiamo avanti; poi, come tutti i pomeriggi, la bidella tirava fuori da uno dei cassetti del tavolo una scatoletta rossa, ne estraeva con cura un drappo di stoffa ricamato a punto croce e chiedeva Dica, le piace?, e mamma, tutti i pomeriggi, diceva Sí è molto bello, ma non è andata tanto avanti, e Mariolina (la bidella) rispondeva Ma come!? Non si è accorta che ieri il becco della cicogna non era finito?, un giorno era il becco, l'altro una zampina, l'altro ancora le nuvolette sullo sfondo, e mamma allora, scusandosi, diceva È vero, è che sono un po' distratta, guardandolo meglio mi sembra che oggi abbia aggiunto anche la bordatura delle ali, oltre al becco, e la vecchia donna allora, soddisfatta, Bene, mi fa piacere che se ne sia accorta; mamma si scusava ancora e diceva Vedrà come sarà felice suo figlio, e Mariolina contenta richiudeva il drappo nella scatola e apriva, sorridendo, un pacchetto di crackers; mamma andava verso l'aula di Pulce, lei e la maestra l'aspettavano nel corridoio, Pulce vestita di tutto punto con tanto di sciarpa guanti e cappello, lo zaino in spalla, pronta a correrle incontro appena lei fosse apparsa da dietro l'angolo; mamma faceva il suo ingresso trionfale sventolando in una mano un pezzettone di focaccia al sesamo, nell'altra un gigantesco pupazzo panda, l'inseparabile amico di Pulce, che però le era permesso frequentare solo fuori dall'orario scolastico – era una frequentazione impegnativa, fatta di abbracci, baci e lunghi discorsi, che l'avrebbe inevitabilmente distolta dalle sue lezioni.

Pulce allora si sarebbe messa a correre con gridolini di felicità, avrebbe abbracciato e sprimacciato mamma e Panda, poi, tenendoli per mano, li avrebbe condotti verso l'ultima parte del rito, il tavolo di Mariolina, dove avrebbe mangiato la focaccia e bevuto il tamarindo, la sua linfa vitale, che la bidella custodiva gelosamente nell'armadietto in attesa di questo momento. Poi un ultimo bacio sporco di focaccia al sesamo per Mariolina, un saluto con la mano alla maestra, e lei e mamma avrebbero potuto andarsene insieme, per mano, verso casa.

Quel giorno io e Pippa, da ormai due ore, ce ne stavamo in casa mia ad ammuffire sui compiti di epica. Esercizio uno: Che cosa spinge Tersite a ribellarsi ad Agamennone?, leggeva Pippa ad alta voce, biascicando le parole per la noia. Che cosa è meglio cercare, Tersite o Agamennone?, chiedevo io biascicando altrettanto, Tutt'e due, rispondeva lei, Tersite spazio Agamennone; io ero l'addetta internet, dovevo cercare sul web la risposta alle nostre domande, quelle che ci aveva appioppato per il giorno dopo la Garfagnino come punizione; a lei spettava l'ingrata fatica di riformulare le risposte «con parole nostre». Pensaci Giovanna, mi aveva fatto notare, vuoi mica che l'idea di cercare su internet sia venuta solo a noi, e se è venuta anche a qualcun altro come facciamo a spiegare alla Garfa che le abbiamo scritte tutti uguali?, io mi ero congratulata con lei per la sua capacità di prevedere ogni possibile situazione e avevo allora proposto questa divisione dei compiti; e visto che delle due ero l'unica ad avere il computer a casa, era chiaro che a lei sarebbe toccata la parte piú laboriosa, perché io mettevo già a disposizione la tecnologia. Sí, ma se non la troviamo questa volta tocca a te inventarla, mi diceva Pippa preventivamente, in caso le risposte non fossero state disponibili sul web. Non c'è, Giovanna, me lo sento che non la troviamo..., Provo a scriverlo tra virgolette, dici che è meglio?, No, prova a scrivere *Iliade* Agamennone Tersite, Ma non stiamo facendo l'*Odissea*?, chiedevo io, Boh, mi pareva che la settimana scorsa stessimo facendo l'*Iliade*. Pippa mi guardava con aria a metà tra l'angosciata e quella che nonostante tutto si sta per addormentare, Provo a telefonare a Milú e le chiedo che cosa stiamo facendo?, Sei matta? Quella non ce li passa mai piú i compiti, se scopre che non sappiamo neanche a che punto siamo!, Sí ma come facciamo se non sappiamo nemmeno che cosa dobbiamo cercare?; eravamo andate avanti cosí per qualche minuto, non era giornata, era già il terzo bisticcio di quel pomeriggio, cominciavo a pensare che i compiti bisognava farli ognuno per sé, al massimo vedersi dopo, per condividere cose un po' piú piacevoli. Mia nonna ha fatto le bugie, se vuoi ci possiamo prendere una pausa, avevo detto per rasserenare l'atmosfera, E se poi non riusciamo a finire?, non dovevo piú farmi fregare, la prossima volta Pippa i compiti se li faceva a casa sua, e se non aveva il computer se li inventava, anziché venire qua ad agitarmi, Li finiamo dopo, i compiti, al massimo chiamiamo Milú e ce li facciamo mandare via mail, Ok, aveva detto Pippa, però cerchiamo di farle credere che sappiamo benissimo che cosa stiamo facendo, ma che solo non abbiamo il *tempo* di farlo. Allora avevo tirato fuori le bugie, una bottiglia di succo d'arancia e una limonata, Che cosa vuoi da bere?, Veramente, aveva detto Pippa, vorrei assaggiare quella cosa là, indicando una bottiglia sullo scaffale, che cos'è?, Quello è di mia sorella, è tamarindo, Tama che?, Tamarindo, viene dalla Tunisia, Posso avere un bicchiere di quello?, Se ci tieni, avevo risposto, Non ce l'hai dal frigorifero?, No, Pulce beve solo le bevande fuori frigo; Non è male, beveva Pippa, Non lo so, io non lo bevo mai. E intanto mi versavo il succo d'arancia, È di Pulce.

Sai che... CHOMP CHOMP, Pippa parlava con la bocca piena, ho scoperto che mia mamma conosce il marito della Garfagnino?, Davvero? E come?, Lavora nella banca vicino a casa mia, Ma dài!, Sí CHOMP CHOMP stamattina ci è andata, e parla e parla ha scoperto che è lui, E che tipo è?, CHOMP Non è che gliel'ho chiesto CHOMP CHOMP ma mi ha detto che è un po' uno sfigato, Che vuol dire?, avevo chiesto io senza ascoltare troppo, Tipo signore di mezza età... pelato, con la pancetta...; questa volta le bugie della nonna non erano venute tanto bene: la metà che stava sulla destra del vassoio era bianchiccia, praticamente cruda, mentre la metà di sinistra somigliava un po' a una monticciola di ceneri accartocciate, di color marroncino; e quelle due o tre mangiabili che stavano nel mezzo se le era già spazzolate Pippa. La guardavo mentre tentava di far scomparire con un solo morso quell'informe farfalla di pastella fritta, e subito dopo posava il tovagliolo sul tavolo per coprire le briciole che aveva fatto, fischiettando firulí firulà. Sai CHOMP CHOMP sarei curiosa di vederlo, il marito della Garfa; che cosa ci trovasse Pippa di tanto interessante nel marito della prof era un mistero che non sapevo risolvere, E dopo che l'hai visto che fai?, Boh... è solo cosí, per vedere che faccia ha. Rigiravo tra le mani una bugia stracotta, ripensavo annoiata ai compiti di epica quando a un certo punto mi era venuta un'idea Ma tu ce l'hai il numero di telefono di quella banca?, avevo chiesto a Pippa, No... però lo possiamo cercare sulla guida, so come si chiama, Perfetto..., avevo risposto con un bagliore nuovo dentro agli occhi, Ma a che ti serve?, È che ho pensato una cosa che possiamo fare...

Ma sei sicura che non sia pericoloso?, mi chiedeva Pippa con un'apprensione se possibile maggiore di quella che riservava ai compiti di epica, Cosa vuoi che succeda?, la rassicuravo cercando il numero sulle Pagine Gialle, E se poi capiscono che siamo noi?, Ma da cosa vuoi che lo capiscano?, Dalla voce, la Garfa la riconoscerebbe..., Sí, ma noi chiamiamo il marito, mica lei, E se poi risponde lei che magari è lí perché è andata a trovarlo?; Pippa a volte mi manda in bestia, ma come può pensare che un'insegnante di italiano passi a trovare il marito in banca, che in quel momento suoni il telefono e come se niente fosse le permettano di rispondere?, Vedrai che non ci succede niente, E se poi il telefono è sotto controllo?, Ma fatti furba, perché il telefono dovrebbe essere sotto controllo?, Ma gli scherzi telefonici sono una violazione dell'altrui quiete e privacy, non mi sembra che..., e mentre lei continuava a blaterare avevo composto il numero, questa bravata mi era sembrata l'unica possibilità di risollevare le sorti di un pomeriggio di epica noia, avevo messo il vivavoce e SSSHT!, le avevo fatto segno di stare zitta e buona. Com'è che si chiama lui?, le chiedevo sottovoce mentre l'apparecchio ritmava i nostri battiti accelerati con il suo TUU TUU, Porimpoli!, strillava Pippa scandendo bene le lettere P-O-R-I-M-P..., Ma parla piano, cretina! Che poi ci sente, non vedi che c'è il vivavoce!?, Pronto?, si era sentito dall'altro lato, Pronto?!, io dapprima esitavo a parlare, poi avevo trovato la grinta, Pronto signor Porimpoli?, avevo detto, Deve uscire immediatamente dal suo ufficio, la sua macchina sta andando a fuoco!, Ma che s..., non gli avevo nemmeno lasciato il tempo di finire, avevo riagganciato scoppiando a ridere forte e piegandomi avanti e indietro come se fossi caduta in trance.

Dài Pippa, adesso prova tu, cercavo di convincere la mia amica, Ma sei matta? No no, io non ce la faccio; dopo mezz'ora passata a spintonarla verso l'apparecchio c'ero riuscita, P-pronto s-signor Porimpoli?, aveva balbettato, S-sono una scimmietta dell'Africa subsahariana, vorrei chiedere a lei e alla sua banca un prestito di un milione di euro..., e tremando, tutta rossa, aveva riagganciato, Ma come! Con un copione cosí geniale non sei neanche stata a sentire la risposta!, l'avevo rimproverata, lei però non mi ascoltava già piú, era scoppiata in una risata delirante. Senza il suo supporto avevo fatto l'ultima telefonata, tappandomi il naso per camuffare la voce, Signor Porimpoli?, Giuro che se è un altro scherzo vi denuncio!, berciava il signoretto di mezza età dall'altro capo del filo, No, signore, non è uno scherzo, Ah, mi scusi, è che mi hanno appena telefonato due ragazzine che se le pesco giuro che..., Volevo solo dirvi che vi puzza il culo, a lei e a sua moglie, e avevo riagganciato. Ma sei matta!, mi aveva detto Pippa tutta rossa tra una risata e l'altra, Cosí ha scoperto che conosciamo sua moglie, non ci mette molto a fare due piú due e capire che siamo sue allieve!, Pippa non essere paranoica, Va bene CHOMP CHOMP, aveva di nuovo attaccato le bugie, ripiegando su quelle bianchicce dopo che quelle buone erano finite, poi aveva guardato l'ora, doveva andarsene prima che arrivassero mamma e Pulce, non mi piaceva avere ospiti se Pulce era in casa, cosí alle 16,20, nella mano destra una bugia mangiucchiata, sottobraccio il libro di epica – l'*Iliade*? L'*Odissea*? non ci avevamo piú pensato –, mi aveva salutata. Adesso vedo Juri, Mi faccio mandare i compiti da Milú?, avevo chiesto io, ma solo per farle vedere che m'interessavo, No aspetta, se torno presto li faccio io e poi te li dico per telefono, Va bene, E se vedi mia mamma non dirle che sono con Juri, Ma se sono qui a casa come faccio a incontrare tua mamma?, Beh, in caso dovessi incontrarla non dirglielo, E che le dico?, Dille che ero con te fino a un momento prima e che sono andata a casa in autobus, Ok, a domani, Ciao Giovanna, a domani.

Quel giorno mamma era rientrata in casa sbattendo la porta. Io me ne stavo seduta al tavolo del salone, Pippa se n'era andata, ero sola in compagnia di Agamennone, Tersite e quella che avevo appurato essere l'*Iliade*. «Esercizio due: Come definiresti il carattere di Tersite? In che modo esso si contrappone al carattere di Odisseo?», alle prese con domande come queste, senza piú il supporto né di Pippa né della tecnologia – avevo prontamente spento il computer, guai se mamma avesse scoperto che scaricavo i compiti da internet –, sbadigliavo facendo cadere goccioline di bava sul libro (che schifo), guardavo come rapita il bicchiere del succo d'arancia (chissà che cosa si prova ad essere un'arancia... succosa... dolce...); insomma, divagavo in pensieri come questi quando a un certo punto avevo sentito SBANG!, la porta che sbatte, GIOVANNA!, mia mamma che entra. Che c'è?, avevo detto senza gridare, la noia m'impediva di alzare la voce, Giovanna!, Che c'è?!, ripetevo con un tono leggermente piú alto (ma perché nella mia famiglia tutti si parlano sempre ad almeno due isolati di distanza?), Giovanna!, Mamma è inutile che strilli! Vieni qua e me lo dici!, Giovanna!, Mamma! Non capisci che sto facendo i compiti!?, Giovanna, cazzo!, Mamma, l'hai voluto tu! Se mi distrai..., Giovanna!!, E poi non dire che io sono una lavativa, ci metto tutto il mio impegno, ma con il casino che regna in questa casa... ma mamma, che fai, piangi?

Mamma aveva finalmente smesso di strillare ed era entrata nella stanza, era tutta fucsia in faccia e le tremavano le mani, Mamma, scusa, io non avevo capito che..., sul pavimento aveva snocciolato una scia di fazzolettini usati, Mamma... ma che è successo?, lei mi guardava con gli occhi rossi e gonfi, P-p-pulce..., diceva, anche la voce le tremava, P-p-pulce n-non era a scuola, Che significa che Pulce non era a scuola?, chiedevo, M-mi serve il telefono, aveva detto correndo verso la cornetta, Mamma, mi vuoi spiegare... ?, aveva composto due o tre volte un numero senza riuscire a prendere la linea, poi finalmente Gualtiero! Gualtiero, Pulce..., tremava attorcigliandosi il filo attorno alle dita, Gualtiero, a scuola Pulce..., non riusciva nemmeno a finire la frase, Gualtiero, corri a casa.

Quel giorno, come tutti i giorni, mamma era andata a prendere Pulce a scuola, aveva suonato il campanello, aveva dovuto aspettare fuori due o tre minuti, poi era comparsa da dietro il vetro una signorina giovane, Le apro subito!, aveva gridato correndo verso la porta, Mi scusi se l'ho fatta aspettare... la bidella non poteva aprirle; la signorina aveva spalancato la porta, Lei è la mamma di Margherita Camurati?, aveva chiesto, Sí, aveva risposto mamma un po' stupita, Mi scusi ancora se l'ho fatta aspettare; poi si era presentata Piacere, io sono Gelsomina Benfatto, venga dentro che là fuori si bagna. Mamma allora era entrata, aveva salito le scale, aveva gettato un'occhiata sul banco di Mariolina (i suoi crackers integrali, i giornali rosa, gli uncinetti, la scatola rossa e il drappo con la cicogna a punto croce), Come mai Mariolina non c'è?, aveva chiesto, Venga venga! Di là l'aspetta l'insegnante, aveva risposto la signorina giovane, ignorando la sua domanda, Ha visto com'è bello il lavoro di Mariolina?, chiedeva mamma per riempire il silenzio, No, la monosillabava quell'altra, La bidella ha lasciato le chiavi dell'armadio per prendere il tamarindo di mia figlia?, si assicurava mamma, Non si preoccupi, la signorina camminava a passo spedito, tenendo lo sguardo incollato ai piedi.

Nel corridoio la maestra Popi stava diritta davanti alla porta dell'aula, mamma aveva tirato fuori la focaccia al sesamo dalla borsa, la stava già sventolando nella mano destra, gridando Pulce! Guarda che cosa ti ho portato!, con la sinistra abbracciava il pupazzo panda, lo stringeva a sé e poi lo faceva roteare alto sopra la testa, Pulce! Hai visto chi è venuto a prenderti? La mamma! E c'è anche il Panda!, mamma aveva attraversato tutto il corridoio fino a raggiungere la maestra Popi, lí avrebbe dovuto aspettarla Pulce vestita di tutto punto con tanto di sciarpa guanti e cappello, aveva detto Buongiorno Popi, poi aveva ripreso a gridare Pulce! Ma non hai voglia di salutare la mamma e il Panda?, Signora..., l'aveva interrotta la maestra, Pulce! Ma dove sei?, chiamava mamma sorridendo, Signora..., diceva Popi seria e a bassa voce, Pulce!, diceva mamma, Signora, mi ascolti!, diceva Popi, Sua figlia non c'è.

Mia figlia non c'è?, l'espressione sul volto di mamma si era fatta seria per un momento, Ah, ho capito!, aveva gridato poi di nuovo, Ti sei nascosta, Pulce, mi hai fatto uno scherzo!; era una delle possibili varianti al rito: Pulce si lasciava vestire, si metteva lo zaino in spalla, poi faceva un sorriso a Popi e le indicava con un cenno il suo nascondiglio segreto, l'antibagno della palestra, andava a infilarsi lí dentro e cominciava a ridere, pregustava il momento in cui mamma l'avrebbe trovata, rideva cosí forte che era molto piú facile trovarla quando si era nascosta rispetto a quando aspettava, in silenzio, seduta buona buona in mezzo al corridoio.

Pulce, scommetto che sei... qua!, mamma faceva finta di cercarla dentro un armadietto, No, non ci sei... ti sei nascosta proprio bene, vediamo se sei... qua!, e la cercava, sapendo di non trovarla, nel ripostiglio delle scope, No, non ci sei..., mamma stava facendo la solita scenetta di sempre, Pulce, guarda che se non salti fuori in fretta la focaccia se la mangia tutta il Panda!, diceva, dopo una serie di finte rituali: un tavolino subito fuori da un'aula, Pulce sei qui?, addirittura sotto la suola delle scarpe, Ma dove ti sei cacciata?; mamma si stava dirigendo verso il solito antibagno della palestra, Adesso ho capito dove sei! Guarda che sto venendo a prenderti!, per portarla come sempre a bere il tamarindo al tavolo di Mariolina, Signora..., aveva detto però Popi quel giorno, Signora, e andare poi per mano verso casa, Signora!, Popi l'aveva rincorsa fino all'antibagno, Guardi che sua figlia non è qua.

No? E dove si è nascosta questa volta?, aveva chiesto mamma con un'aria un po' svampita, Sua figlia non si è nascosta, Ah, no?, No, sua figlia non c'è.

Popi stava di fronte a lei, fredda, severa, non aveva voglia di scherzare, probabilmente nemmeno di vedersi sventolare davanti quel panda gigantesco pronto a mangiarsi per gioco quella gigantesca focaccia. Mamma si era fatta seria all'improvviso, Mi scusi..., le tremava quasi la voce, ... mi scusi, ma allora dov'è mia figlia?

Nel corridoio c'erano solo lei, la maestra di Pulce e, al posto di Pulce, inspiegabilmente, quella signorina giovane che aveva detto di chiamarsi Gelsomina Benfatto; mamma aveva creduto si trattasse di un'insegnante di un'altra sezione e che fosse andata ad aprirle per caso, invece era stata lí ad assistere a tutta la scena, passeggiava avanti e indietro mentre lei chiamava Pulce nel corridoio, e ora teneva gli occhi fissi su di lei, come un'osservatrice venuta da Marte, attentissima: ma chi era?

Signora, la questione è abbastanza grave..., Che cosa significa che mia figlia non c'è?, Si calmi signora, diceva quella con voce cosí pacata da sembrare mortuaria, ci sono dei provvedimenti superiori che..., Ma come faccio a stare calma? Dov'è mia figlia?, Le verrà spiegato tutto a tempo debito, Ma lei si rende conto di cosa mi sta dicendo?, mamma aveva lasciato cadere la focaccia al sesamo sul pavimento, anche il Panda non sventolava piú, Senta, sarà madre anche lei, si metta nei miei panni, ora la pregava, il peluche aveva il muso schiacciato contro le piastrelle, triste, Abbiamo ritenuto che per la salute della bambina..., Dove l'avete portata? Chi è stato? Mia figlia ha bisogno di medicine!, (Improvvisamente l'Uomo aveva fatto irruzione nella foresta, aveva fatto strage di branchi e portato via i cuccioli), È stato disposto dal Tribunale dei Minori che sua figlia d'ora in poi stia in un posto che le garantisca una vita piú tranquilla, (Mamma cerbiatto cercava invano il suo Bambi nei piú minuti anfratti della foresta), Devo prepararvi l'elenco delle medicine allora... ma dov'è? Dove l'avete portata?, Si calmi signora, non è il caso di fare queste scene isteriche, diceva; mamma non poteva piú trattenersi, il viso le si stava arrossando a partire dal naso, la maestra Popi continuava a guardarla fredda, con aria severa, mamma aveva preso a piangere, Ma che cos'abbiamo fatto?, chiedeva, rovistava nelle tasche e tirava fuori un fazzoletto di carta appallottolato, sembrava non riuscisse piú a smettere di soffiarsi il naso, Si calmi signora, mamma ripeteva singhiozzando la stessa domanda, Popi non rispondeva, Che cos'abbiamo fatto?, la guardava seria scuotendo la testa, Che cos'abbiamo fatto?, la maestra s'intendeva a rapidi sguardi con la signorina giovane, Gelsomina Benfatto, chissà chi era, chissà che cosa si stavano dicendo e a che cosa alludevano, guardandosi, tra tutte le cose che sapevano solo loro, Si calmi signora, è stato preso un provvedimento, Gelsomina si era intanto avvicinata, e insieme alla maestra Popi accompagnava mamma alla porta, Ma come faccio a vedere mia figlia?, Gelsomina spingeva mamma verso l'uscita, ma con delicatezza, solo appoggiandole una mano sulla spalla, con l'aria di una che ci sa fare perché quello è il suo mestiere, accompagnare le madri alle porte dopo aver dato notizie sciocanti riguardo a dei *provvedimenti superiori*, Signora, deve rassegnarsi al fatto..., Chi me l'ha portata via?, ... che è stato deciso che voi non siete piú dei buoni genitori per lei.

Il telefono aveva suonato, mamma correndo e ansimando Pronto, Pulce? È per Pulce?, no, era di nuovo papà, chiedeva Ma che cazzo è successo?, non poteva uscire dall'ambulatorio prima delle sette, Anita ma che è successo?, chiedeva, mamma non lo sapeva, non lo sapeva nessuno. E cosí, nel bel mezzo di un giorno noioso, a metà di un pomeriggio normale, proprio a metà dei miei compiti di epica, qualcuno, senza dirci niente, aveva portato via Pulce.

Mamma, ma che significa?, forse avrei dovuto non chiedere nulla, per non rigirare il coltello nella piaga, Mamma, ma sei proprio sicura che non ti hanno detto dove l'hanno portata?, forse mamma, con una figlia dispersa, non avrebbe sopportato che l'altra aggravasse la situazione con una caterva di domande, Che cosa pensi che sia meglio fare ora?, chiedevo, non potevo mica starmene lí con Tersite e Odisseo, a fare i compiti dei piccoli in attesa che i grandi risolvessero da soli questa cosa da grandi.

Mamma intanto aveva preso in mano l'agenda, Chi posso chiamare?, Non so, avevo detto io, chiama la nonna, Che cosa vuoi che c'entri la nonna in tutto questo?, Boh, però qualcuno dovrà pur dirglielo alla nonna, Papà ha detto di non dire niente a nessuno per ora, (Non sappiamo niente nemmeno noi, come facciamo a dire qualcosa?) E allora non chiamare nessuno, mamma, e aspettiamo che ci chiamino loro (ma chi sono *loro*?), non è mica possibile che si prendano Pulce e non ci dicano neppure dove l'hanno messa. Mamma sfogliava l'agendina con violenza: come avrebbe potuto trovarci qualche numero utile se continuava a girare le pagine a quella velocità supersonica? Poi mi era venuta in mente una cosa, Mamma, ma la sorella di Graziella non lavora ai Servizi Sociali?, Chi, Anna? Fa la *segretaria* in un ufficio di assistenti sociali, Beh, magari lí qualcosa ti sapranno dire; non che sapessi bene quali fossero i compiti di un «assistente sociale», ma quando il fratello di Pippa era sparito da casa per due settimane, Anna e quelli dello studio in cui lavorava avevano fatto molto per loro, Non mi va di informare Anna di questo casino prima di esserne informata io stessa, aveva risposto mamma seccata, E allora te ne vuoi stare lí a rigirare i fazzoletti usati e l'agendina senza fare niente?

Alla fine ero riuscita a convincerla a chiamare; Anna

non sapeva nulla e non aveva dimostrato grande curiosità, mamma l'aveva solo pregata di chiedere se nello studio qualcuno sapeva qualcosa del «fascicolo Camurati», (esiste dunque un *fascicolo* sulla nostra famiglia?), C'è qua una signora, la mamma di una certa Camurati Margherita, disabile, che domanda se qui qualcuno ha per caso visto sua figlia!, aveva declamato Anna a gran voce, come se fosse stata l'impiegata di un ufficio oggetti smarriti alla quale avevano appena denunciato la scomparsa di una borsetta, Proprio cosí, C-A-M-U-R-A-T-I Margherita, c'è la mamma che dice di non sapere dove abbiano portato sua figlia! Qualcuno ne sa qualcosa?, strillava, mentre mamma dall'altro capo urlava No! Non devi chiederlo in quel modo! Non l'ho mica persa! È che qualcuno me l'ha portata via!; aveva risposto all'appello un tale dottor Augusto Contengo, neuropsichiatra infantile, mamma diceva che lo conosceva perché una volta aveva dovuto chiedergli una *diagnosi* di Pulce, era stato lui a sospenderle i farmaci per l'epilessia quell'estate in cui Pulce diventava spesso tutta blu, La signora Camurati? Me la passi. Signora?, Sí pronto, sonolamammadiunabambinaaffettadaencefalopatiaepilettogenadasofferenzafeto-connataleconritardomentalegraveedisturbopervasivodellosviluppocherientranellepatologiedellospettroautistico, vomitava mamma senza tirare il fiato, forse lei si ricorda di mia figlia e sa che ha bisogno di assistenza continua, ebbene oggi sono andata a prenderla a scuola e mi hanno detto che è stata portata via (respiro), io voglio sapere dove, io voglio..., Si calmi signora; potevo sentire dall'altra parte del filo la voce di questo dottor Contengo, tranquillo come l'impiegato di una libreria o di un archivio storico prossimo alla pensione, (Sí... signora... lei... quindi... desidera...), Ma possibile che tutti sappiate solo dirmi di stare calma!?, (... una... edizione... dell'*Eneide*... virgiliana...) L'avrebbero chiamata a momenti qui dai Servizi Sociali, se abbiamo tardato è perché ci premeva anzitutto il bene della *bambina*, che prendesse confidenza con la sua nuova *sistemazione* e... (... in... traduzione... italiana... con... testo... latino... a... fronte...), Mia figlia ha bisogno di medicine, ne prende quattro diverse al giorno, è una situazione complicata, Mi ascolti signora, non c'è motivo per agitarsi (... adesso... vediamo... subito... se... è... disponibile... – me lo vedo ciabattare verso il magazzino), Senta, mi ascolti, se lei sa dov'è mia figlia gliele posso dire a lei le medicine, Sua figlia si trova al momento nella comunità Giorni Felici (... ho... trovato... solo... questa... copia... signora...), Depakin duecentocinquanta milligrammi per due volte al giorno, lo sa a cosa serve? È un antiepilettico, è importantissimo, non va dimenticato, Gardenale cinquanta milligrammi la sera, bicarbonato tre volte al dí, sciolto nel tamarindo perché abbia un sapore migliore..., Gli educatori la aspettano lí tra un'ora, signora, deve preparare una valigia con tutto l'occorrente (... edizioni... Seneca... mille... novecento... ottanta... uno... le... va... bene... questa... qui... signora...?), La valigia? Ma quanti giorni deve stare via mia figlia? Come faccio a fare la valigia se non so per quanti giorni?, Prepari tutto quello che pensa possa servirle, le diremo presto qualcosa di piú preciso, per ora è stato disposto che lei e sua figlia Giovanna possiate visitare Margherita una volta alla settimana, in comunità e in presenza di un educatore (... d'accordo... allora... va... bene... questa... facciamo... un... pacchettino... regalo...?), Maperchésolounavoltalasettimana, mivuoldirechecos'abbiamofatto?!, Suvvia signora, non mi sembra proprio il caso di agitarsi in questo modo (... ecco... guardi... con... il... fiocchettino... azzurro...), è meglio che lei pensi alla valigia adesso, Ci metto anche un foglio con la spiegazione delle medicine allora, La comunità è in viale Niccolò Machiavelli 13 (... sono... undici... euro... e... settanta... cinque...), Ma cosa devo dire a mia figlia quando mi vedrà lí?, Non sarà possibile per lei incontrare sua figlia oggi (... ecco... prenda... lo... scontrino...), Come non sarà possibile?, Sono provvedimenti superiori, signora, si calmi (... grazie... e... arrivederci...), Guardate che mia figlia non parla ma capisce tutto, qualcuno deve spiegarle che cosa sta succedendo, e che non si trova lí per volere dei suoi genitori, Guardi che sua figlia è nelle mani di persone molto competenti, sapranno loro come prenderla (... e... buona... lettura...), Ma loro non conoscono Margherita! Bisogna che io li incontri per spiegargli cosa mangia, cosa beve, come comunica, cosa bisogna fare quando si spaventa, quando è agitata, Gli educatori sono tutti laureati con ottimi voti, signora (... e... attenta... allo... scalino... quando... esce...), Ma mia figlia mica l'hanno studiata all'università! La sua è una patologia complessa, è una bambina molto fragile, A risentirla signora, la ricontatteremo nei prossimi giorni (... mi... stia... bene...), MI DICA ALMENO CHE COSA ABBIAMO FATTO DI TANTO GRAVE DA GIUSTIFICARE QUESTO PROVVEDIMENTO!, ma il dottor Contengo aveva già affidato la sua risposta all'enigmatico TUU TUU TUU...

Mamma ansimava accanto al telefono. Poi aveva alzato lo sguardo e mi aveva detto Giovanna vieni qua, mi aveva messo una mano sulla spalla, Giovanna, tu pensi che noi non siamo stati dei buoni genitori?, mi aveva chiesto, Io penso che nessuno la capisca la nostra famiglia, mamma, ma io che posso vantarne una profonda conoscenza, dovuta a una convivenza pluriennale – tentavo di farla sorridere usando i paroloni –, posso dire con certezza che avete fatto tutto il possibile, per me e per Pulce; Giovanna..., piangeva, ... ma allora che cosa c'è che non va?, Mamma, dicevo, vedrai che c'è stato un errore (e che altro poteva essere sennò), vedrai che tutto si aggiusterà presto, vedrai che capiranno di essersi sbagliati (io non li ho mai sopportati i melodrammi), Pulce tornerà a casa al massimo domani (né sopportavo l'idea che qualcuno avesse deciso d'inscenarne uno nella mia famiglia), adesso è meglio se facciamo la valigia insieme.

A mamma l'idea di fare le valigie mette un'angoscia pazzesca. A partire dalla metà di gennaio, di solito, i suoi sonni cominciano ad essere tormentati da una serie di «incubi vacanzieri», cosí li abbiamo chiamati io e papà, tutti con i bagagli per protagonisti. L'incubo piú ricorrente è: la famiglia Camurati sta partendo per le vacanze; siamo al porto, la nave sta per salpare, papà imbarca la macchina, io faccio scendere Pulce e la tengo per mano, e dico a mamma Prendi le valigie! Lei allora apre il portabagagli e... orrore! È vuoto! E a quel punto si accorge di non essersi semplicemente dimenticata di *portare* le valigie, ma di non averle nemmeno preparate; la famiglia Camurati è cosí costretta a rinunciare alle vacanze. Variante numero due: la famiglia Camurati è all'aeroporto, pronta per andare in Senegal. Al controllo bagagli, l'addetta apre la valigia di mamma e... orrore! Mamma ci ha messo per sbaglio solo vestiti invernali e l'attrezzatura da sci! Allora mamma, piangendo, chiede invano di rimandare il volo, giusto il tempo di correre a casa e prendere dei vestiti piú leggeri, ma la partenza non è posticipabile, e la famiglia Camurati è cosí costretta a rimanere in Italia.

Data quest'apprensione, il rito delle valigie in casa Camurati comincia all'incirca all'inizio della primavera. Mamma! Dove hai messo la mia felpa, quella col cappuccio?, Quella rossa? In valigia! Guarda che è l'unica felpa di peso medio che hai, la sera sulla spiaggia non puoi mica metterti il maglione di lana!, Va bene, allora al mare porto quella, ma me la voglio mettere adesso, dov'è?, Ma sei matta? Se te la metti adesso chi ti dice che asciuga in tempo per la partenza?, Mamma, ma manca piú di un mese!, Appunto! Ti sembra di potertela prendere comoda?

Io e papà abbiamo un sospetto: che mamma tenga un «quaderno delle valigie» sul quale annota, mesi prima, tutto ciò che ha deciso che ogni membro della famiglia si porterà in vacanza.

Insomma, dire a mamma che ha un'ora di tempo per preparare una valigia è una delle cose piú crudeli che si possano fare.

Alla fine, mamma ha permesso che l'aiutassi anche io, cosí che tre quarti d'ora dopo la valigia conteneva:

– Sei bottiglie di sciroppo al tamarindo Bulbul («La bibita dell'usignolo»). Quando lo zio Ettore era andato in Tunisia, ce ne aveva portata una bottiglia per farcelo assaggiare. A Pulce era piaciuto cosí tanto che da quel giorno non aveva piú voluto bere altro, nemmeno l'acqua. E quando la bottiglia dello zio Ettore, tuttora venerata in casa come il decino numero uno di zio Paperone, era finita, papà era stato mandato in giro per tutta la città a cercarne delle altre (anni dopo ha confessato di aver fatto analizzare un campione per accertarsi che gli ingredienti non fossero dannosi, prima di darsi alla folle ricerca); la spedizione tamarindo era andata avanti per tre giorni, durante i quali Pulce si era rifiutata di ingerire altri liquidi: prendeva la bottiglia del tamarindo per farsene versare un po', e quando capiva che era vuota cominciava ad abbracciarla e coccolarla, e non la mollava piú; finché papà non era entrato, per caso, da Hamid il kebabbaro, per concedersi uno spuntino dopo il tour dei supermercati cittadini, e aveva visto fare bella mostra di sé, nella vetrinetta delle bevande… una succulenta bottiglia di tamarindo Bulbul!, Quanto vuoi per questo?, aveva chiesto affannato come un mercante che si è appena trovato di fronte a un pezzo rarissimo da non lasciarsi scappare; probabilmente, in un gesto istintivo, aveva anche estratto dalla tasca il libretto degli assegni, Ne voglio cento bottiglie!, aveva detto papà. Insomma, era riuscito a farsi dare il nome del fornitore. Era tornato a casa sudato e soddisfatto come un pugile che ha combattuto fino all'ultimo, Sono fiero di annunciarvi che… ce l'ho fatta!; e cosí, da quel giorno, il tamarindo Bulbul era diventato l'acqua di Pulce, che lo consumava liscio la maggior parte delle volte, corretto invece, con il bicarbonato, alle sette, alle quindici e alle ventuno, perché il bicarbonato era una delle medicine che Pulce doveva prendere per far funzionare meglio i suoi reni, ma aveva un gusto cosí viscido e salaticcio che solo gli zuccheri della bevanda tunisina sapevano neutralizzare;

– Un pupazzo panda di riserva, che conservavamo in caso l'originale si rompesse; l'inseparabile amico di Pulce era stato dato in omaggio a mamma con una donazione al WWF; visto l'amore che Pulce aveva subito dimostrato per lui, mamma si era affrettata a fare un'altra donazione, per poter ricevere Panda Due, non si sa mai;

– Un vasto assortimento di videocassette e dvd, tra cui l'intera produzione dei cartoni animati Disney e Warner Bros., compresa la serie con Daffy Duck che spiega ai bambini i comportamenti sociali dei pinguini dell'Antartide e dei leoni della savana;

– I cd di Pulce, che riflettevano i suoi gusti musicali singolari e raffinati; Pulce è molto esigente in materia di musica, guai se non ha a disposizione proprio *il* cd che ha voglia di ascoltare in *quel* momento, si arrabbia tantissimo. Tra gli altri: la collezione completa dei Tenores di Neoneli (cori sardi); le Suites per violoncello solo di Bach; una rielaborazione elettronica di musica spagnola rinascimentale, celebrativa del grande regno di Isabella di Castiglia; due cofanetti *Tango: i grandi successi* e, piú consono alla sua età, un *greatest hits* dello Zecchino d'Oro;

– Un minimangiacassette a batterie, con relativa scorta di dodici pile (per fortuna le avevamo in casa);

– I libri di Pulce, che a suo tempo erano stati anche i miei, tra i quali una versione snellita e illustrata delle *Metamorfosi* di Ovidio;

– I vestiti, che erano poi il motivo per cui stavamo facendo quella valigia, che si trovavano però schiacciati sul fondo da tutte le altre cose;

– Sette bavaglini, ognuno con il giorno della settimana

ricamato a punto croce (il regalo della bidella Mariolina per i sette anni di Pulce);

– Un pacco di pannolini a mutandina: Pulce sa trattenere la pipí e farla al momento giusto, ma di notte non si sa mai;

– Una foto della nostra famiglia al completo nella casa delle vacanze;

– Mezzo chilo di grissini rubatà al sesamo, infilati, perché non si sbriciolassero, in un sacchetto a parte, legato al manico della valigia con due giri di spago;

– Sempre nel sacchetto a parte, perché non contaminasse la biancheria, mezza forma di pecorino a stagionatura media. Mi ero scaraventata al DíperDí a comprarlo: il pecorino è per Pulce una delle piú grandi gioie della vita. Abbiamo solo un quarto d'ora!, aveva detto mamma, Passa davanti a tutti e di' che è importante!;

– Un sacchettino con la scritta IMPORTANTE, con le medicine di Pulce e relativo foglietto di spiegazioni.

Mamma, se qualcuno che non conosce la nostra famiglia guardasse il contenuto di questa valigia, ci prenderebbe per matti, ho detto chiudendo la cerniera, tentando di strappare un sorriso dalla sua bocca arrossata. Sí, brava, ridi, tu, ha risposto seccata, evitando di mettersi a piangere solo perché era in ritardo. Dici che dobbiamo portarle anche qualcosa da mangiare?, mi ha chiesto caricando la valigia nel portabagagli, Abbiamo preso i grissini e il pecorino, ho detto, Mica ci puoi fare una cena, con i grissini e il pecorino!, Ma se è una comunità le daranno anche la cena, ho fatto notare.

Poi siamo andate insieme in questo viale Machiavelli, in questa comunità Giorni Felici. Com'è fatiscente!, ha detto mamma. Non sapevo esattamente cosa volesse dire, ma anche a me aveva fatto una brutta impressione: era un vecchio edificio ricoperto di edera in cima a una collinetta, se avessi dovuto immaginare un luogo ideale per il castello di Dracula sarebbe stato quello. Forse, Giovanna, ci sembra brutta solo perché siamo arrabbiate, ha detto mamma. Forse. Sul muro c'era una scritta, un cartellone dipinto con le tempere che diceva GIORNI FELICI, una lettera per ogni colore dell'arcobaleno, piú rosso arancione giallo verde e celeste ripetuti, L'hanno fatto i bambini che stanno lí?, chiedevo a mamma, Penso di sí, Ma chi sono i bambini che stanno lí?, Quelli che non hanno i genitori, mi spiegava, o che li hanno ma non sono affidabili perché si drogano, bevono, rubano o stanno in carcere, Ma tu e papà non fate queste cose, ho detto io, Cucciolo, vedrai che Pulce tornerà presto, ha sviato il discorso lei, sorridendomi con tenerezza.

Abbiamo parcheggiato la macchina e una signora ci è corsa incontro. Desidera?, (io la stavo immaginando vestita da soldato, con un elmetto piú grande di lei che le copriva gli occhi, mentre imbracciando il fucile diceva Chi va là?), Sono la mamma di una bambina, Margherita Camurati, è stata portata qui a mia insaputa, Chi le ha detto di venire adesso? (Parola d'ordine o sparo!), Il dottor Contengo, dei Servizi Sociali, mi ha detto che gli educatori mi stanno aspettando, Bene, mi segua allora, Vieni Giovanna, spicciati che adesso andiamo da Pulce, Mi scusi, signora, chi è «Pulce»? (Stai cercando di prenderti gioco di me, soldato semplice? Guarda che ti faccio saltare le cervella con un colpo solo!), Mi scusi, è mia figlia Margherita, Pulce è il nomignolo affettuoso che le diamo in famiglia, Le devo chiedere allora di chiamare sua figlia senza *nomi in codice*. Non so se era una mia impressione ma mi sembrava che mamma avesse storto il naso, anche se solo per un'impercettibile frazione di secondo, E questa qui chi è, l'altra sua figlia?, ha chiesto indicando me (Chi è questo? Il tuo compare? Ti avverto: se fa un solo passo falso lo spedisco a trovare il Padre Eterno senza lasciargli il tempo di dire Ba!), Sí, questa è Giovanna, la figlia piú grande, mamma mi aveva messo un braccio intorno alle spalle, io abbozzavo un sorriso di plastica e continuavo a immaginarmela con l'elmetto sugli occhi e le guance sporche di fango e cenere, Mi dispiace signora, ma a Giovanna non sarà permesso entrare nella comunità. Io mi stavo già rassegnando a questa *decisione superiore* e stavo riaprendo la portiera della macchina per rinfilarmici dentro, Ma come?, ha però detto mamma, trattenendomi per un braccio, La sua sorellina è stata portata via e non le permettete nemmeno di vederla?, io tanto me lo sentivo che sarebbe andata cosí, Mi dispiace, signora, ma temo che nemmeno a lei sarà permesso vedere sua figlia, oggi (Soldato! Ti ha dato di volta il cervello? Ma chi ti credi di essere!? Ci sono degli *ordini* da rispettare!), del resto, a quanto so, era già stata informata in merito a questa decisione dal dottor Contengo (Che cos'è il tuo, un tentativo sovversivo? Rigore! Disciplina!), Va bene lo stesso mamma, ti aspetto qui, ho detto (tanto Pulce tornerà presto, non c'è ragione di affannarsi per vederla, magari facendo innervosire questi *superiori*), ho guardato mamma con la faccia piú dispiaciuta che mi veniva, Abbi pazienza, mi ha detto, il suo sguardo era molto dolce. Io sono salita in macchina, mi sono chiusa dentro e sono rimasta in silenzio a osservare il castello tenebroso, aspettando di scorgere i movimenti di qualche pipistrello sospetto.

Mamma era stata portata nell'ufficio del direttore della Giorni Felici. Cammini in fretta, le aveva detto la donna-soldato di prima, attraversando un lungo salone, Perché?, aveva chiesto mamma, (Non fare domande e cammina, se non vuoi che ti faccia rapporto!) Perché questo è uno degli spazi riservati agli *ospiti*. Ma se sei lí dentro vuol dire che, almeno in quel momento, sei anche tu un ospite, ho fatto poi notare a mamma tornando a casa. Com'è difficile la loro lingua!, ha solo commentato lei.

Mamma camminava con passo forzatamente spedito trascinandosi dietro l'enorme valigia, Lascerà tutto al direttore, il dottor Castelli, se ce ne sarà bisogno potrà spiegare a lui qualche cosa in merito a sua figlia, (In che senso? Questi *esecutori di ordini superiori* hanno una certa passione per il linguaggio cifrato), eccoci, io la aspetto fuori e la riaccompagnerò alla sua auto (Hai cinque minuti di tempo per fare tutto, soldato, se non vuoi vederti appeso a quella forca!)

Che tipo è questo dottor Castelli?, ho chiesto poi in macchina a mamma, ... Mah, un po' duro, ha risposto, Ma fisicamente?, volevo avere una faccia da immaginarmi, Il prototipo dell'uomo di mezza età, E cioè?, Statura media, pelato, un po' di pancia; mi tornava in mente la descrizione del marito della Garfagnino che mi aveva fatto Pippa, Vestito di verde e marrone, con il farfallino, Perché aveva il farfallino?, Giovanna, tu non sei felice se non fai delle domande cretine?, Scusa mamma, ho detto, è che non riesco a immaginarmi un duro con il farfallino.

Castelli si era presentato, neanche una parola, un sorriso, qualcosa, un «crepa!», niente, mi raccontava mamma; si era fatto dare la valigia e aveva chiesto, con il tono di un controllore dell'aeroporto, Lei permette che la apra?, «Faccia pure quello che vuole, – avrebbe voluto rispondergli mamma, – tra tutte le cose che non capisco, che mi ispezionino una valigia è certamente la minore»; gli si era invece avvicinata e, strattonando la zip inceppata, aveva detto mestamente Certo, l'aiuto subito. Castelli aveva svuotato il borsone del suo contenuto, che aveva sparpagliato sul tavolo. Poi aveva preso a passeggiarci intorno, esaminandolo attentamente, mentre con una mano si grattava il mento (me lo vedevo sputato a quell'Amleto della recita di fine anno in seconda). Sai quando, mentre facevamo la valigia, hai immaginato qualcuno di estraneo alla nostra famiglia che la apriva? Ecco, la sua faccia era quella, mi ha detto mamma. Signora..., aveva chiesto poi in tono serissimo dopo un lungo silenzio, mi spiega a che cosa servono quei pannoloni?, Mia figlia ha acquisito il controllo sfinterico già da qualche anno, aveva spiegato mamma sicura di quello che diceva, ma qualche volta capita che di notte bagni le lenzuola, cosí, per ogni necessità, mi è sembrato giusto portarveli, Capisco, aveva detto provocatorio il signoretto di mezza età, quindi lei mi sta dicendo… che sua figlia a nove anni fa ancora la pipí a letto?, Signor Castelli…, aveva ribattuto mamma, cercando di fronteggiare la vergogna che quell'interlocutore sembrava voler far nascere in lei, mia figlia è cerebrolesa.

Questo era l'incubo di mamma che diventava realtà. Non solo costretta a preparare una valigia in meno di un'ora, ma anche a presenziare a un esame pignolo del suo contenuto, con un esaminatore pronto a sgridarla per ogni leggerezza commessa. Castelli aveva sollevato schifato lo sciroppo Bulbul, Signora, questa roba che cos'è?, È tamarindo: Pulce… ehm, mi scusi, Margherita ne va matta, Signora, in questa comunità si beve acqua, in occasione delle feste mettiamo noi a disposizione aranciata e cola, aveva detto il signoretto, rigirando tra le mani quella bottiglia, leggendo e rileggendo quella scritta الشمروب بلبل بتمر هندي . المشروب للبلبل الجميل come se comprendesse perfettamente quei caratteri, Mia figlia è abituata a bere solo quello, aveva detto mamma con tono di scuse, Ma a lei sembra sensato che una bambina, per di piú con le difficoltà che presenta sua figlia, ribatteva quello severo, beva soltanto una bevanda piena di zucchero, che le ridurrà i denti peggio di un formaggio groviera, e che per di piú presenta l'ingredientistica *in arabo*?, A casa fa cosí, ha già cosí pochi piaceri nella vita, non volevamo toglierle anche quello, diceva mamma con gli occhi bassi, il tono leggermente patetico per fare presa. Beh, mi sa tanto che dovrà riportarselo indietro, noi qui ci adoperiamo affinché i nostri *ospiti* ricevano tutti un uguale trattamento, e sarebbe ingiusto che sua figlia potesse bere bibite fuori dai giorni di festa, mentre a tutti gli altri non è permesso, sarebbe davvero ingiusto, Ingiusto…, ripeteva mamma a bassa voce e capo chino, … ma mia figlia non parla, aveva provato poi ancora, … mi spiega come potrebbe raccontare agli altri di aver bevuto un sorsino di tamarindo?

Ma non c'era stato niente da fare. Forse, pensavo io, i

bambini di quella *comunità* erano cosí arrabbiati per il fatto che non potevano bere bibite quando lo decidevano loro che avevano sviluppato delle finissime strategie per smascherare chi in un qualche modo riusciva a infrangere la regola. Forse avevano sviluppato la capacità di scovare nei sorrisi degli altri ogni piú minuscola traccia di aranciata tra i denti: se ne stavano lí, attentissimi, ad aspettare che chi avevano di fronte si tradisse mostrando un millimetro di gengiva, cosí lo smascheravano, lanciavano il loro grido di battaglia, correvano alla ricerca della bibita di contrabbando che aveva criminosamente macchiato la dentatura dell'indiziato, la sequestravano e se la spartivano un sorso a testa; e finivano poi per rispettare quella stessa regola che avevano appena infranto, perché quello, quello sí, era un vero momento di *festa*.

Poi era toccato alla fotografia, quella della nostra famiglia nella casa al mare, Signora, anche questa cosa qui se la può rimettere in borsa, per ora a sua figlia non è permesso avere contatti con suo padre, nemmeno in fotografia. (Eravamo dunque noi la famiglia Dracula, e quello invece il castello dei sogni di Barbie, dove Pulce era stata portata in salvo?)

Davanti a grissini e pecorino, il dottor direttor Castelli aveva commentato soltanto Aveva paura che non le dessimo da mangiare?, senza lasciare a mamma il tempo di replicare: le stava già stringendo la mano e dicendo Arrivederci. I bavaglini, in mezzo alla pila di vestiti, grazie al cielo non li aveva visti, altrimenti chissà che cosa avrebbe trovato da ridire. Se non glieli vogliono mettere, se gli sembra una cosa troppo *umiliante*, mi ha detto mamma risentita, peggio per loro, tanto a quanto pare non tocca piú a noi fare il bucato.

Capitolo secondo

Eravamo seduti intorno al tavolo della cucina, al centro il posacenere che vomitava cicche. La mano di nonno Vittorio lo sfiorava ritmicamente, scrollava la sigaretta e si ritraeva. Io nella mente contavo: ventidue. Poi toccava alle unghie rosse di nonna Carmen: si avvicinavano alla scatoletta di latta, rimettevano dentro i mozziconi che avevano tentato la fuga, poi ci spegnevano il proprio: quattordici. Papà aveva gesti piú decisi, batteva un solo colpo sul corpo bianco della sigaretta, la cenere ubbidiva e cadeva veloce; poi con le sue dita gialle schiacciava nervosamente le palline grigie e i cadaveri marchiati Monopolio di Stato, fino a ridurre tutto a una poltiglia piatta: diciotto. Mamma non fumava, mangiava mele: quattro.

Eravamo io, mamma, papà, nonna Carmen e nonno Vittorio; praticamente in teleconferenza nonna Ninni, che aveva già chiamato cinque volte: Ci sono novità?, No, niente ancora, Lo avete detto alle zie?, No, mamma, per ora è meglio non spargere troppo la voce, Allora non lo dico nemmeno alla Bibi, che se le zie scoprono che a lei lo abbiamo detto e a loro no poi sono gelose…, Mamma, non lo devi dire a nessuno, Però veramente io qualcosa alla Bibi l'ho già accennato…, Che cosa le hai detto?, Niente di che, le ho solo spiegato un po' la situazione… per sommi capi, Allora non le dire piú nulla, Ma lei mi chiederà, si è molto preoccupata, non vi ha telefonato perché sono stata io a dirle di non farlo, ho pensato che vi avrebbe disturbati, però è molto preoccupata, sicuramente mi chiederà di tenerla aggiornata, Senti mamma, aspettiamo che cosa succede nei prossimi giorni, poi vediamo, va bene?, Va bene, ma avete portato a Margherita tutto quello di cui potrà avere bisogno?, Non ti preoccupare, abbiamo pensato a tutto noi, I vestiti, le cassette, i dvd, i cd, i pannoloni, le avete portato tutto?, Tutto, mamma, stai tranquilla, Ma spiegami di nuovo bene che cosa vi hanno detto quando siete andate lí, Mamma, te l'ho già spiegato quattro volte, per favore, sono stanca, non ti ci mettere anche tu, Hai ragione cara, scusa, amore bello, allora vi richiamo tra mezz'oretta per sapere se ci sono delle novità, Va bene, facciamo cosí.

Per tutta la seconda metà della telefonata mamma aveva tenuto la cornetta a venti centimetri di distanza dall'orecchio. Guarda che ti sento anche se parli piú piano, diceva mamma, Sí, tu senti ma sono io che non sento quello che dico!, rispondeva nonna Ninni che è un po' sorda; io mi ero offerta come addetta al telefono, ma papà non aveva voluto, diceva che si trattava di informazioni troppo delicate perché fosse una bambina di terza media a comunicarle (che affronto! Stavo proprio per ricoprirlo di «improperi», come avrebbe detto zio Paperone, ma ero riuscita a tapparmi la bocca, considerate le circostanze).

Allora, riprendeva nonna Carmen finita l'interruzione telefonica, mi stavi dicendo che siete andati dai Carabinieri, prima che quell'altra ciampornia chiamasse per l'ennesima volta. Quella tra nonna Carmen e nonna Ninni era una questione piú spinosa della guerra israelo-palestinese, figuriamoci poi con questo stress. Ma non ha capito che anche noi siamo in apprensione?, continuava nonna, Cosa chiama a fare? Dài, raccontami quello che vi hanno detto i Carabinieri, e speriamo di non essere piú interrotti, ripeteva a papà rosicchiandosi le unghie con tanto di smalto.

Hanno detto che Anita e Giovanna possono vedere la bambina, spiegava papà con poca voce, possono vederla una volta alla settimana, continuava a schiacciare le sigarette e a ricoprire i bordi del posacenere con quella poltiglia, mamma intanto posava il fazzoletto e addentava la quinta mela, E noialtri?, lo aggrediva nonna Carmen come se fosse stato lui a prendere quella decisione, Noialtri no, Ma non è possibile!, sospirava nonna alzando gli occhi al cielo, fatto che segnava la fine di ogni conversazione tra lei e papà, Sei peggio di quell'altra!, rispondeva infatti lui su tutte le furie indicando il telefono, Non lo vuoi capire che mi viene un infarto se continui cosí? Hanno portato via mia figlia! Io voglio scoprire perché! Non me ne frega un cazzo se tu hai voglia di vederla, adesso ci sono cose ben piú importanti!; fino a quando mamma, arrivata al torsolo, ha deciso di essere lei la portavoce, relegando papà in un angolo – che cantasse tutti i suoi «improperi» da solo –, e ha raccontato...

Io e lei eravamo andate in comunità: Giovanna non può entrare, la valigia non va bene, il direttor Castelli con il farfallino, la fotografia no, i pannoloni no, il tamarindo no, il pecorino e i grissini (Aveva paura che non le dessimo da mangiare?) Poi lei e papà erano andati dai Carabinieri: Il maresciallo è mio assistito da vent'anni, aveva detto papà, lo conosco, ho appena curato la laringite a suo figlio, ci saprà dire qualcosa. Erano arrivati: Buongiorno dottore, aveva detto il maresciallo, Ciao Paolo, ma non ci davamo del tu?, Dottore, ora è meglio di no; papà a quel punto voleva già andare via, mamma aveva detto Fai parlare me, mamma aveva parlato Io sono la mamma di una bambina affetta da encefalopatia epilettogena da sofferenza feto-connatale con ritardo mentale grave e disturbo pervasivo dello sviluppo che rientra nelle patologie dello spettro autistico (respiro), oggi sono andata a prendere mia figlia a scuola e mi hanno detto che è stata portata via (respiro), io voglio sapere dove l'hanno portata, mia figlia ha bisogno di medicine, è una situazione complicata, lei prende quattro diverse medicine al giorno; papà allora aveva detto sottovoce Era meglio se facevi parlare me; il maresciallo aveva messo una mano sulla spalla di mamma e aveva detto Signora, noi purtroppo non siamo autorizzati a rivelarvi nessuna informazione in merito a questa vicenda; mamma aveva tentato di nuovo la via delle medicine, non che fosse un «escamotage», come diceva la Garfa, lei era *davvero* in pensiero per le medicine di Pulce; il maresciallo aveva ripetuto Signora, noi purtroppo non siamo autorizzati a rivelarvi nessuna informazione in merito a questa vicenda; papà aveva detto Paolo, ehm… maresciallo, c'è qualcosa che possiamo fare?, Paolo aveva chiesto L'avete portata la valigia?, sí, l'avevano portata, e questo non va bene, e questo nemmeno eccetera. Papà tentava di rivendicare i suoi diritti Quand'è che potrò rivedere mia figlia? Domani?, Mi dispiace dottore, a lei purtroppo non sarà permesso, Ma che cos'ho fatto di male io, perché non mi è permesso?, Mi dispiace, purtroppo non sono autorizzato a rivelarle nessuna informazione in merito a questa vicenda; allora erano andati via, e quando papà, uscendo, aveva detto Possiamo risentirci per telefono?, il maresciallo aveva detto Attenzione, Attenzione a cosa?, aveva chiesto stupito papà, Al telefono, aveva risposto il maresciallo, E perché?, aveva chiesto papà, Arrivederci dottore, l'aveva salutato quello.

Finito il racconto, mamma si è avvicinata a me, dolce, dopo aver posato sul tavolo la mela sbocconcellata, Giovanna… c'è un'altra cosa che mi hanno detto i Carabinieri, È su di me?, chiedevo io incuriosita, Anche, E che cos'è?, Mi hanno detto che io e te dovremo andare, insieme… a fare un piccolo colloquio, E con chi?, Con un signore che si chiama p-u-b-b-l-i-c-o-m-i-n-i-s-t-e-r-o, lo sai chi è?, non che io lo sapessi bene che cos'era, un pubblico ministero, ma nemmeno capivo perché mamma con me usasse questo linguaggio semplificato da bambino delle elementari, forse credeva di parlare con Pulce, forse Pulce le mancava già troppo e questo la stava facendo sragionare. Insomma mamma, un *interrogatorio*!, ho detto io, lasciando tutti di sasso. Giovanna, stai tranquilla, è solo una formalità, vedrai che Pulce tornerà presto, e se non tornerà tu non dovrai assolutamente sentirti in colpa, qualsiasi cosa dirai a questo signore, anzi, di' pure tutto quello che vuoi, noi non abbiamo niente da nascondere, hai capito?, Sí, mamma, ho risposto fiera (visto che si sono sbagliati, ce la ridaranno indietro, non c'è niente di cui avere paura. Io posso anche dirgli BLEAAH! a questo p-u-b-b-l-i-c-o-m-i-n-i-s-t-e-r-o e fargli la linguaccia, tanto... Anzi, quando si accorgeranno dell'errore magari ci daranno anche dei soldi, cosí ci prendiamo una bella vacanza: io, mamma, papà e Pulce. Alla facciazza loro. E magari ci portiamo pure i nonni. O forse no, meglio di no, che poi se andiamo al mare ci tocca stare tutto il tempo a controllare che nonna Carmen non affoghi nonna Ninni o viceversa. Adesso che vado a parlargli, al p-u-b-b-l-i-c-o-m-i-n-i-s-t-e-r-o glielo dico bene io Guardate che vi siete sbagliati), ma quand'è che ci andiamo?, Ehm... Giovanna, ci andiamo domani mattina, Va bene, ci sarò, ho risposto con il tono di un guerriero (magari per l'occasione mi dipingo in faccia i colori della battaglia, come Toro Seduto), mentre nonna Carmen mi stringeva la mano e mi guardava con gli occhi lucidi, piena di pathos e di tenerezza, come a dire «Che robe che devi sopportare, ma che brava che sei a non opporti». Nonna, stai tranquilla, non è il caso..., ho detto sfilando la mano dalle sue grinfie rosse.

Nonno Vittorio non ha detto una sola parola per tutta la sera. Ha aspettato che suonasse di nuovo il telefono e che mamma andasse a rispondere, credendo che non lo stessi ascoltando solo perché ero impegnata a stuzzicare Carlo Alberto (il gatto) con le zampine snodate di una giraffa di peluche, per esordire Io dico soltanto una cosa: se dovessero diagnosticarmi un tumore, una leucemia o qualche altra malattia incurabile... io giuro che, visto che a quel punto tanto morire dovrei morire, prendo un kalašnikov e gli faccio saltare le cervella uno per uno a quelle merde che hanno voluto *tutto questo*.

Papà si è impietrito. Nonna Carmen era sul punto di svenire, «da perfetta eroina romantica» avrebbe detto nonna Ninni. Carlo Alberto si è preso in faccia il naso di legno della giraffona snodata ed è scappato. Mamma era al telefono, ha riagganciato proprio in quel momento, ma senza aver sentito. Io, per parte mia, pensavo che non c'era ancora un «tutto questo»: o meglio, che c'era, ma non era niente di piú che un falso allarme, una serata di angoscia famigliare, e che domattina Pulce sarebbe tornata a casa, col suo tamarindo, il suo panda, i suoi sorrisi e tutto il resto; con noi.

Era di nuovo lei?, chiedeva sorniona nonna Carmen, No, era la Bibi, diceva mamma, MA CHE CAZZO VUOLE?!, sbottava papà, Giuro che se la gente non la smette di rompere i coglioni la prendo io la mitragliatrice, prima faccio fuori quegli stronzi che hanno portato via mia figlia, poi vado da Ninni minni pinni picci pucci come cazzo si chiamano i tuoi parenti e gliela ficco su per il culo la cornetta del telefono!; a quel punto la situazione si è fatta caotica, tutti hanno cominciato a urlare minacciando di fare delle cose pazzesche. Io mi appendo al campanile se non la riportano indietro, diceva nonna indicando la chiesa fuori dalla finestra, mi appendo al campanile e giuro che non scendo di lí fino a che non me l'hanno riportata indietro, MA INSOMMA, CALMATEVI!, strillava mamma piú agitata di tutti, mentre nonno ribadiva l'idea del kalašnikov, Tanto io sono vecchio, quelli come me non finiscono mica in carcere, diceva – a chi? nessuno lo stava ascoltando, erano tutti impegnati a inventare «improperi» sempre nuovi –, mi stava scoppiando la testa, odio quelli che urlano, Sicuro, prendo un bel kalašnikov, m'informo un po' su chi è che ha deciso tutto questo e PAM!, lo faccio bello secco sul pavimento; io cercavo di richiamare Carlo Alberto roteando la coda della giraffona, Cosa si credono, che non ne sono capace io, di farlo secco? Io ho fatto la guerra! Ho fatto il partigiano! Altro che questi tre balenghi qua, che son nati l'altro ieri e già si credono di sapere tutto loro! E poi vedi che casini che piantano!, nonna ha preso a piangere e lo richiamava indignata Vittorio! Vittorio! Smettila, per l'amor del Cielo, calmati!, mamma stava facendo la stessa cosa con papà, e ottenevano tutt'e due l'effetto opposto dato che dalle bocche dei due uomini ora usciva soltanto Kalašnikov! Impiccagione! Telegiornale! Campanile!

Io allora con un'aria solennemente indignata ho detto Vado a dormire. Nonna Carmen è corsa ad abbracciarmi, Puciunin, diceva, cucciolo bello, scusa... scusa se siamo cosí, sai, è che siamo tutti tanto preoccupati..., e fagocitandomi nel suo petto enorme mi strapazzava, mi supatava, mi pioveva addosso il suo pianto, e mi diceva Stai tranquilla; mamma mi ha sorriso e mi ha detto Buonanotte Giovanna, addentando la sesta mela. Papà, in coro col nonno, diceva Kalašnikov! Impiccagione! Telegiornale! Campanile!

Ma non mi andava affatto di dormire, semplicemente di stare un po' tranquilla. Che cosa era successo? Come potevano avere commesso un errore talmente clamoroso? E soprattutto, *chi* l'aveva commesso? Quel dottor Contengo tranquillo come un libraio? Il dottor direttor Castelli della comunità Giorni Felici? E perché mai poi, perché voleva Pulce tutta per sé? Il signor p-u-b-b-l-i-c-o-m-i-n-i-s-t-e-r-o? La maestra Popi? Non avevo nemmeno qualcuno con cui arrabbiarmi; e quindi, per arrabbiarsi a metà, tanto valeva fare altro.

Mi sono distesa sul letto di Pulce. Sulla parete accanto a me potevo vedere: un riquadro con le tabelline, ognuna in un colore diverso, e in ogni casella il numero riportato anche in lettere, «2 due», «4 quattro», «6 sei», e cosí via (è bene che Pulce abbia sempre davanti a sé la tabella dei numeri, perché a forza di guardarla le rimanga impressa nella mente); una cartina dell'Europa politica disegnata da mamma, con i nomi delle capitali scritti come si pronunciano («Parí», «Elsinchi», «Landon» eccetera); su una mensolina, la collezione di statuette panda di Pulce, trovate negli ovetti di cioccolato (il panda che balla, il panda che suona, una signorina panda con un mazzo di fiori, la pandessa vigilessa eccetera), Pulce ha una passione per i panda; la foto della famiglia Camurati *au grand complet* nella casa delle vacanze, copia di quella che avevamo portato in comunità e che il dottor direttor ci aveva fatto portare indietro; dei disegni fatti da me, raffiguranti alcuni personaggi dei cartoni animati quando sono arrabbiati (Pulce adora le persone arrabbiate), Brontolo in primis, il piú arrabbiato di tutti, poi Daffy Duck incazzato nero perché Bugs Bunny gli ha appena tirato uno dei suoi odiosissimi scherzi, lo sceriffo Woody tutto ingrugnito che minaccia di picchiare Buzz Lightyear perché gli ha soffiato il posto, il serpente Kaa che protesta con Shere Khan, la tigre, che lo ha fatto cadere dal suo albero; sotto ogni disegno, il nome del personaggio scritto come si pronuncia («Daffi Dac», «Bags Banni», «Vudi», «Baz Laitiar», «Ca», «Scer can»); infine un foglio con un cerchiolino verde e uno rosso, con dentro scritto, rispettivamente, «SÍ» e «NO», perché Pulce possa rispondere alle nostre domande: noi le chiediamo qualche cosa, lei risponde indicando con il dito uno dei due cerchietti, se è rosso NO, se è verde SÍ.

Mi guardavo intorno annoiata, mi annoiavo perché avrei voluto pensare ma non ci riuscivo, avrei voluto cercare di risolvere «tutto questo» ma non sapevo da che parte cominciare, e se non cominciavo bene rischiavo di fare pensieri cattivi. Allora, per distrarmi, ho preso le statuette panda di Pulce, le ho messe tutte bene in riga, come un esercito, una schiera compatta sulla mensolina; poi ho preso il panda in frac che suona la fisarmonica, l'ho guardato e gli ho detto PUM!, e l'ho messo disteso, caduto, come morto, e immaginavo i pianti degli altri. Avevo deciso che avrei abbattuto un panda al giorno, uno per ogni giorno senza Pulce: la strage sarebbe finita presto, pensavo, massimo un panda o due; in ogni caso non sarebbe durata piú di dodici giorni, disponendo io solo di dodici panda.

Poi mi è venuta un'idea e sono ritornata nel salone del melodramma e della discordia: ho chiesto Mamma! Sai dov'è la mia cartellina con le cose del primo quadrimestre?, Lo storage?, Sí, quella roba là con i miei temi, È nello scaffale in alto, nel raccoglitore di Pulce con scritto «certificati asilo» cancellato e l'etichetta «Giovanna 3ª-5ª elementare»!; mamma è disordinata per natura e questa è una cosa che papà non sopporta, si è sforzata di cambiare ma l'unico risultato è un «disordine catalogato», come lo chiama papà, dove ogni cosa sta al posto sbagliato, ma lei (e solo lei) sa perfettamente qual è questo posto (Mamma, dov'è lo zucchero?, È nel barattolo del caffè con su scritto «camomilla»!)

Guarda che è nell'ultimo ripiano, devi prendere l'Attenta!, mi ha avvertita mamma. L'Attenta per noi è la scaletta, la chiamiamo cosí perché quando io ero piccola ogni volta che mi ci avvicinavo mamma e papà mi dicevano Attenta!, e cosí io credevo che quello fosse il suo nome. Nonna ha sorriso e mi ha abbracciata supatandomi un'altra volta, Puciunin, mi ripeteva, come sei sssimpatica, come sei brava.

Sono tornata in camera annunciando Io ho da fare, non disturbatemi; dal raccoglitore di Pulce con scritto «certificati asilo» cancellato e l'etichetta «Giovanna 3ª-5ª elementare» ho tirato fuori quello che cercavo: *Giovanna Camurati, Classe 3ª A, Scuola media statale «Dino Buzzati»*. Tema in classe: *Descrivo una persona a me cara*. Svolgimento: «Mia sorella Margherita, detta Pulce (affettuosamente)». A capo.

Una volta stavo guardando la televisione, c'era uno di quei telefilm strazianti che raccontano sempre le cose tragiche: e quello che è caduto dal tetto ed è rimasto storto;

e quello che ha il tumore; e quella che si droga; e quella che si suicida e non le voleva bene nessuno; e quella che le è morta tutta la famiglia e si fidanza con uno che gli è appena morta la sorella e poi stanno insieme e sono felici ma solo per poco perché lui ha la leucemia e muore. Quel giorno toccava alla storia tragica della povera madre con la figlia invalida: pastiglie, iniezioni, compresse, disagio, dolore, malattia, una vita che non può essere normale, discriminazione, pericolo, pianti malati, pianti di stanchezza e di disperazione, una vita distrutta, GNAM! GNAM!, gli anni che si consumano nella difficoltà sempre crescente, GNAM! GNAM!, divorano l'esistenza e lasciano solo lacrime e squilibri. E di fronte a tutto questo melodramma, avevo pensato Meno male che io non ho una sorella portatrice di handicap. E poi mi ero detta Un momento: io *ho* una sorella portatrice di handicap, ma non ho mai visto niente di simile, anzi, Pulce è una delle persone piú allegre che io conosca. Cosí un giorno, quando la Garfagnino ci aveva detto Facciamo il tema *Descrivo una persona a me cara*, io avevo scritto:

> Mia sorella Margherita ha il naso a patata e un bel sorriso; due occhioni grandissimi che, come dice Giacinto, un amico di papà, quando ti guarda sembra che ti trapassino da una parte all'altra. Di carattere è espansiva e allegrissima, spesso ride, a volte è un po' egoista perché si mangia tutto il pecorino, e se gliene chiedo lei se lo infila tutto in bocca per non darmelo, ma a parte questo è affettuosa e so che mi vuole molto bene, perché anche io gliene voglio.

Ma quando alle dodici e un quarto, dieci minuti dopo l'ora di inizio, io mi ero alzata per consegnare, la Garfa mi aveva detto Fa' un po' vedere, e leggendo aveva scosso la testa. Giovanna, mi aveva detto, questo tema è lungo dieci righe, Non so piú cosa scrivere, mi ero difesa, e poi non bisogna sprecare carta per nulla, è un bene molto prezioso, e tutti erano scoppiati a ridere; Giovanna, il foglio oramai l'hai incominciato: tanto vale fare un tema ben fatto, che lo riempia tutto. Allora mi aveva spiegato che cosa dovevo metterci, dentro a questo tema, Cerca di vederla *dall'esterno*, mi aveva detto, in modo *oggettivo*, come se dovessi descrivere Margherita a una persona che non l'ha mai vista, che non la conosce, non so, parla anche delle sue malattie, delle sue difficoltà...; allora avevo provato a fare questa spiegazione «oggettiva», come mi aveva detto lei, e visto che alla fine il tema era venuto bene, perché la Garfa mi aveva messo distinto, l'avevo tenuto da parte in un raccoglitore, il quaderno di Pulce con scritto «certificati asilo» cancellato e l'etichetta «Giovanna 3ª-5ª elementare», e da allora lo guardavo quando volevo provare a vedere le cose da fuori.

Chissà come vedevano Pulce *da fuori* questi *superiori*, Castelli, Contengo, la signorina giovane, la donna-soldato della Giorni Felici. Chissà se ci capivano qualcosa.

Il mio tema diceva cosí:

Se qualcuno chiede alla mamma qual è il problema di Pulce, lei risponde Encefalopatia epilettogena da sofferenza feto-connatale con ritardo mentale grave e disturbo pervasivo dello sviluppo che rientra nelle patologie dello spettro autistico. Se lo chiedete a me, invece, rispondo che Pulce non è mai stata un problema: è mia sorella, mica un trattato di medicina neurocomesichiama. La prima cosa speciale a proposito di Pulce è che lei non parla. Ma questo non significa che non abbia niente da dire. Le abbiamo preparato un grosso tabellone, che sta vicino allo specchio della cucina, dove abbiamo appeso tutte le fotografie di quello che lei potrebbe volere: il pecorino; il tamarindo; mamma Anita; papà Gualtiero; i nonni; fare la pipí (c'è la foto del bagno di casa nostra); fare il bidet (c'è la foto del bidet e dell'asciugamano); fare una passeggiata (c'è una foto della via pedonale dove spesso papà la porta); tagliarsi i capelli (c'è una foto della nostra parrucchiera di fiducia che sorride con le forbici in mano); andare al mercato; fare pranzo; fare cena (la foto è la stessa del pranzo, ma c'è scritto in basso in un angolo «cena»); andare a dormire (c'è una foto del letto e di un pannolone da notte, che a lei ricorda il momento della nanna, quando mamma glielo mette). Le foto le ha fatte tutte papà; dopo averle portate a sviluppare, le ha dimenticate a casa di un amico al quale era andato a far visita, e il figlio di questo amico le ha trovate, e quando ha visto il gabinetto, poi il bidet, poi il pannolone, è corso preoccupato dal padre, Papà, ma che foto fa Gualtiero?!; questo per dire che non sempre è facile comprendere Pulce, per chi non la conosce. E comunque questo tabellone serve per quando Pulce vuole qualcosa, lei va lí, ce lo indica col dito, e noi *ce lo* diamo [qui c'è un segnaccio rosso della prof, e una correzione: «Si dice "glielo diamo"»].

Insomma, per farmi capire: Pulce comunica, ma non sa parlare; Pulce sorride sempre, ma non sa dire che è felice; Pulce cammina, ma non sa correre; Pulce ha dei giocattoli, ma non sa giocare; Pulce mangia, ma non sa farsi da mangiare; beve, ma non sa versare il tamarindo nel bicchiere; non mastica molto bene, ma sa mangiare da sola; Pulce sa leggere, scrivere, e va a scuola; o meglio, sa scrivere, ma non sa usare la penna, e scrive con un metodo speciale che si chiama Comunicazione Facilitata; Pulce a volte piange, ma non sa dire che è triste; anzi, a volte sembra che non sappia nemmeno piangere, perché lo fa in un modo che non le scendono le lacrime, ma le piange solo la faccia (è difficile da spiegare, comunque non è molto importante, perché piange poco); Pulce ride sempre con gli occhi; Pulce ci vuole bene.

Pulce ama fare le passeggiate: quando ha guardato troppa tv papà Gualtiero la porta a passeggio, oppure su un trenino, che però è un treno finto perché *c'ha* le ruote di gomma [altro segnaccio rosso: «"ha" non "c'ha"»] e passa nella via pedonale dove non ci sono rotaie.

Con mamma Anita, Pulce va sull'altalena, dove adesso ha imparato *ha* spingersi [segnaccio rosso enorme] da sola; poi vanno a fare la spesa alla GS, oppure al mercato, dove mamma Anita compra a Pulce delle crocchette di patata a forma di faccina che ride, che lei mangia bevendo il tamarindo, la sua bibita preferita, nel bicchiere di plastica con il panda disegnato, che mamma si porta sempre dietro quando escono insieme.

Ho scritto «mamma Anita» e «papà Gualtiero» perché una dottoressa una volta ha detto a mamma che forse Pulce non conosce i nomi di battesimo dei suoi famigliari, e che quindi per lei potrebbe essere uno shock sentir parlare di tal Gualtiero e tal Anita che per lei sono il signore e la signora Ics. Cosí è stato deciso che davanti a lei dovremmo dire «mamma Anita», «papà Gualtiero», «gatto Carlo Alberto», per evitare equivoci; «sorella Giovanna» non suonava molto bene, cosí io sono l'unica ad aver perso l'epiteto.

Come dicevo prima, Pulce non sa scrivere proprio da sola, ma scrive con un metodo speciale: lei scrive con una tastiera elettronica che le hanno comprato mamma e papà, e per fare funzionare il metodo c'è sempre bisogno di qualcuno che, mentre Pulce scrive, le tiene una mano sul polso. La signora Lucetta, che credo sia la capa di questo metodo, dice che quando sarà piú brava basterà anche solo tenerle una mano sul gomito o sulla spalla, e che poi quando sarà addirittura bravissima non ci sarà piú bisogno di nessuna mano. Da quando abbiamo scoperto che Pulce sa scrivere è molto piú bello, perché possiamo conoscere i suoi pensieri, anche se la signora Lucetta ci ha detto di stare attenti perché a volte a scrivere non è proprio Pulce, bensí il facilitatore, cioè il signore che le deve tenere la mano sul polso, perché questo metodo un po' funziona, ma non è proprio che funzioni benissimo.

Con me Pulce fa molti giochi, io le voglio molto bene e ci capiamo al volo anche senza bisogno di parole.

Pulce a volte si ammala, le viene la febbre e siamo tutti preoccupati, perché per lei è piú grave che per gli altri quando ha l'influenza, perché può venirle qualcosa di piú serio come le crisi epilettiche, di cui non mi va di parlare perché mi fanno paura. Per fortuna mamma e papà, che sono dottori, la curano bene, e lei guarisce presto.

Niente a che vedere con quel terribile telefilm, insomma, anche guardandola dall'esterno come avevo fatto io in questo tema. Ne avevo parlato alla Garfa, le avevo chiesto se per caso ero io che ero sbagliata, che la mia famiglia aveva una storia tragica e io non me ne ero accorta e non stavo particolarmente male anche se avrei dovuto. Lei si era messa a ridere e mi aveva detto La storia di tua sorella è una storia difficile, ma anche piena di gioia, è che alla gente che guarda i telefilm piace piangere.

La storia di Pulce è cominciata la sera di Pasqua di nove anni fa, io me ne stavo in una camera in penombra nella casa dei nonni davanti a una scatola di pennarelli colorati e disegnavo il conto alla rovescia su un foglio grande. Nonno, quanto manca?, Mezz'ora almeno, Giovanna; e allora prendevo il giallo e scrivevo grosso in stampatello MEZZORA, tuttoattaccato; il nonno passeggiava per la stanza, mi guardava, poi andava vicino al telefono dove la nonna chiedeva ansiosa sputacchiando sulla cornetta Allora, Gualtiero, a che punto siamo? Quanto manca?, il nonno la rimbrottava Smettila di agitarlo piú di quanto non lo sia già, quando nasce, nasce; poi era arrivato il pennarello viola, il nonno aveva guidato la sua mano sulla mia, non sapevo ancora scrivere molto bene, e a lettere tremolanti era uscito il responso CI SIAMO QUASI. In quel momento, in un ospedale dall'altra parte della città poneva fine alle sue esitazioni e si affacciava al mondo Pulce: l'infermiera registrava «Margherita Camurati, nata alle ore 23,16»; e l'ostetrica la prendeva per i piedi per farle fare il pianto di rito. E tutto fino a quel momento andava bene, fino a che lei, inspiegabilmente, decideva di non piangere. Quella la teneva per i piedi, la scuoteva, la scrollava, tentava di strapparle quell'UEEH! che fa tirare a tutti un sospiro di sollievo e autorizza la nonna ad appendere il fiocco rosa sulla porta. Scuoti di qua, scrolla di là, ma lei non voleva saperne: sembrava non avere proprio nulla da dire, sembrava che non ci stesse a piangere a comando, non era mica come un telefilm strappalacrime, lei.

Prima di raggiungere l'ospedale avevo aperto il mio uovo di Pasqua da cui era uscita una piccola Puffetta. Anche noi da oggi abbiamo una bambina tutta blu, mi aveva detto mamma, e io non avevo capito.

Poi ci avevano detto che c'era qualcosa che non andava, che forse era stato per un'influenza intestinale che mamma aveva avuto durante la gravidanza (Me lo ricordo benissimo, aveva detto lei, è stato quando ho vomitato dopo il matrimonio di Nene, perché avevo mangiato troppo e forse stavo già covando la gastroenterite, me lo sento che è stato per quello; aveva anche telefonato a Nene, povera donna, per dirglielo, e quella si era rosa nei sensi di colpa e per un po' non l'avevamo piú vista), poi sembrava che fosse nata cosí perché era cosí, ed era destino che nascesse cosí, poi i parenti avevano cominciato a dire che era colpa di mamma che lavorava in ospedale coi malati di Aids e allora se l'era cercata, poi ad ogni nuovo esperto sembrava fosse cosí per un motivo diverso, e allora io ho deciso di non interessarmene piú, solo ogni tanto, come quando al telegiornale dicono Scoperta l'origine dell'autismo!, e ne tirano fuori sempre una nuova, e il gene, e i genitori, e l'ossitocina, e la gravidanza. Credo che se mamma andasse a raccontargli della gastroenterite sarebbero capaci di farne una notizia. In ogni caso Pulce li ha fregati, quei giornalistacci: lei ha l'autismo *e* l'encefalopatia epilettogena, mi aveva spiegato mamma, e anche se scoprono che a uno l'autismo gli viene, che so, perché nella prima infanzia ha bevuto troppo latte, resterebbe ancora da spiegare il mistero dell'encefalopatia epilettogena. Quindi, dice papà, i telegiornali possiamo anche non guardarli, che non ci saprebbero dire niente di utile.

Nel mio tema avrei dovuto aggiungere di quella volta che con mamma eravamo andate a ritirare un certificato per Pulce, e le avevano scritto «Professione: Invalido». Questo perché l'impiegata al momento di rilasciarlo aveva chiesto Come faccio a scrivere che è invalida?, Non lo so, aveva detto mamma, il lavoro è suo, mica mio, ma lo deve scrivere per forza?, Certo che sí! Potrei metterlo sotto la voce «Professione»..., Ma come!, aveva protestato mamma, Mia figlia va a scuola, quindi dovrebbe esserci scritto «Studentessa», Sí, signora, aveva risposto quella, ma da qualche parte devo pur metterlo, e capisce anche lei che «Data di nascita: Invalido» non va bene, nemmeno «Statura: Invalido», quindi non resta che la professione, Non può metterlo sotto i segni particolari?, Neanche per sogno! Quelli sono se uno ha una cicatrice, o un tatuaggio... Però se vuole possiamo mettere il nome specifico del suo male: che cos'è, sindrome di Down?, Signora, la sindrome di Down..., mamma stava già cominciando la sua descrizione dettagliatissima delle malattie di Pulce in ordine alfabetico, spiegandole anche che i Down si distinguono chiaramente dai tratti del volto all'orientale e dai capelli lisci come l'acqua di un lago, identikit che, come poteva ben vedere anche lei dalla fotografia, non combaciava affatto con quello di Pulce, ma io, stufa, avevo guardato la signora e le avevo chiesto Lei si presenterebbe volentieri elencando per prima cosa tutte le malattie che ha?; io avrei dovuto dire «Piacere, Giovanna Camurati, diastema dentale, allergia al polline e leggera obesità»; lei mi aveva guardata male, poi ci eravamo arrese, Va bene, scriva quello che vuole, invalido, studente... avvocato, aveva detto mamma, e mi aveva presa per mano dicendo Andiamo Giovanna, è tardi.

Se invece di propinarlo a noi poveri studenti, la Garfa l'avesse fatto fare a mamma Anita, il tema, probabilmente ne sarebbe uscita un'enciclopedia pulciologica in dodici volumi, piú continui fascicoli di aggiornamento. A volte, chiusa in bagno per delle ore, mentre con la mano destra si fa la ceretta o si schiaccia le pustole, e con la sinistra regge innumerevoli libri medici che trattano di autismo, ritardo e rimedi, mamma cerca tra milioni di pagine dove si nasconda Pulce. Ogni tanto, magari quando mi alzo alle sette per andare a scuola, la vedo uscire dal bagno-studio mentre, con una striscia depilatoria che le penzola dal polpaccio, grida come avesse appena scoperto che la terra non è piatta (io me la immagino col cappello di Archimede in testa, con la lampadina accesa), corre per casa, Eureka! Eureka!, grazie a quel libro ha conosciuto *realmente* la mente di Pulce. Chiama a raccolta tutta la famiglia, con convocazione ufficiale, e ci dice che credevamo di avere capito tutto ma non avevamo capito niente, che c'erano state delle nuove grandi scoperte scientifiche che spiegavano la Verità, e che da quel momento in poi avremmo dovuto approcciarci a Pulce secondo quelle nuove illuminanti considerazioni.

Io e papà l'ascoltavamo anche con una certa attenzione, del resto sarebbe stato impossibile tentare di interrompere quel fiume fitto di parole, e le cose che diceva ci sembravano sicuramente molto interessanti; ma in quelle parole non riuscivamo a trovare, per quanto ci sforzassimo, neanche la piú piccola traccia di Pulce, che nel frattempo era lí che zampettava in salotto, e ci guardava sorridente con i suoi occhioni accesi. Mamma ci parlava, diceva delle parole che io non avevo mai sentito prima, e che io già immaginavo di declamare davanti alla Garfa per avere finalmente il mio momento di gloria facendo finta di essere acculturata. *Neuroni specchio*, ripeteva mamma, in una di quelle occasioni, *neuroni specchio*, e ci spiegava che il nostro cervello era fatto piú o meno come una grossa lastra di vetro che rifletteva tutto – io m'immaginavo quei cartoni animati che guardavo da piccola, *Esplorando il corpo umano*, mi vedevo mamma tra una sinapsi e l'altra mentre annunciava nuove scoperte con tono serioso e scientifico, e mi puntava il dito addosso proclamando forte Io so come siete fatti!; diceva che se io vedevo, ad esempio, mamma Anita seduta sul bagno che faceva la pipí, in una minuscola area del mio cervello si accendeva un qualcosa che mi riportava all'idea di «pipí» e mi faceva venire in mente, anche se non me ne accorgevo, tutto quello che provavo io quando toccava a me stare seduta lí e farla. Cosí anche se vedevo qualcuno grattarsi un piede, soffiarsi il naso, sorridere, piangere, fare una pernacchia: io, e tutti gli altri, vedendo questi gesti, eravamo perfettamente in grado di capire che cosa stesse succedendo, quali fossero i motivi che avevano spinto quella persona a compierli (aver bevuto due litri d'acqua tutto d'un fiato, ad esempio; essere stati morsicati da una zanzara, avere il raffreddore, essere felici, tristi, voler fare un dispetto). Diceva, insomma, che eravamo un po' come degli specchi che vanno in giro e camminano e parlano, e che per capirci avevamo bisogno di rifletterci a vicenda, e che piú o meno tutti funzionavamo cosí. E poi, diceva mamma, che lo dicevano i libri, il fatto di riflettersi costantemente, grazie a questa cosa che lei e i libri chiamavano *neuroni specchio*, faceva sí che tutti potessimo piú o meno in qualsiasi momento prevedere sensatamente quello che sarebbe venuto dopo: dopo aver fatto la pipí, mamma si sarebbe soffermata a leggere il giornale; dopo essersi grattata un piede, la persona in questione avrebbe maledetto la zanzara che l'aveva punta; dopo essersi soffiata il naso, avrebbe rigirato tra le mani il fazzoletto, oppure l'avrebbe buttato subito con l'aria un po' schifata; dopo aver sorriso, sarebbe tornata seria, e dopo aver pianto, sarebbe tornata allegra, o avrebbe cercato qualcuno per farsi consolare.

Il cervello di Pulce invece, dicevano i libri, questi *neuroni specchio* non ce li aveva. Come a dire «Accendetele voi le stesse aree del cervello che accendono gli altri, io mi accendo le mie, e quando lo decido io». Questo, però, diceva mamma, faceva sí che Pulce non potesse capire, praticamente in nessun momento, le azioni e le intenzioni degli altri, e quindi che cosa stava succedendo. Pulce, diceva mamma, che lo dicevano i libri, aveva bisogno di essere messa sempre all'interno di un «ambiente parlante». Se l'ambiente in cui era le suggeriva chiaramente le azioni che sarebbero venute di lí a poco, lei riusciva a vincere la sua paura. In un bagno, per esempio, era logico prevedere che si sarebbe fatto pipí, oppure ci si sarebbe lavati le mani, o i denti. E cosí io m'immaginavo Pulce, o almeno la Pulce che leggevamo sui libri, che entrava in bagno, guardava il water, e lui come per magia apriva la bocca e le sussurrava col suo vocione cavernoso «Pipí!», e lei, felice e rassicurata, si abbassava i pantaloni con l'elastico e si sedeva sulle gigantesche labbra di ceramica che avevano appena parlato, tutta contenta di constatare che le cose andavano secondo i programmi. Per questo, diceva mamma, Pulce era rimasta spiazzata quella volta che la maestra Popi aveva organizzato una festa di fine anno nella palestra della scuola: appena affacciatasi sulla porta dello stanzone ricoperto di tatami verde, Pulce aveva sicuramente incrociato lo sguardo di pertiche e quadro svedese che le spiegavano che era l'ora di ginnastica, e che doveva fare presto a mettere una tuta comoda a se stessa e al Panda, e prepararsi per gli esercizi. Ma quando si era accorta che tutti i compagni non indossavano le loro tute, e non stavano facendo gli addominali né allenandosi ai palleggi, bensí bevevano aranciata e mangiavano patatine, Pulce non aveva capito piú niente. La maestra Popi continuava a parlarle, Margherita, c'è una festa qui!, diceva, ma anche il tatami, le pertiche e i palloni da calcio le parlavano, gridando fino a coprire la voce di Popi, Pulce, è l'ora di ginnastica!, urlavano sicuri, lei li guardava, poi guardava Popi con quella fetta di torta in mano, si chiedeva perché la maestra non avesse indossato la tuta, ipotizzava che quella torta potesse essere un nuovo attrezzo per fare ginnastica, forse bisognava appoggiarla sulla punta del naso per fare dei giochi di equilibrio, eppure no, quello non era un attrezzo, ma perché tutti mangiavano in palestra?, pensava Pulce, non la sentivano anche loro la voce della rete del campo da pallavolo che urlava «Ginnastica!»?, non erano presi anche loro dall'impulso di andare a mettersi la tuta?, pensava Pulce, e tutto quel caos le faceva paura, l'unica cosa che aveva infine capito era che l'ora di ginnastica per qualche motivo doveva essere saltata, e quindi era andata via di corsa da quella palestra piena di voci che si mischiavano l'una all'altra senza alcun senso; l'avevano poi ritrovata seduta al banco, da sola, mentre buona buona in silenzio aspettava che suonasse la campanella e cominciasse, come da programma, l'ora di matematica.

Per evitare le paure di Pulce, diceva mamma, che lo dicevano i libri, era necessario spiegarle un sacco di volte che cosa stava per succedere, nei minimi dettagli. Le mancava, diceva mamma, che lo dicevano i libri, la *capacità di astrazione*. Io non sapevo bene che cosa fosse, avevo sentito pronunciare quest'espressione solo dalla Garfa a proposito di uno dei miei temi, e mi ero messa a scherzare con Pippa sul fatto che noi, anche quando saremmo state vecchie come la prof, non avremmo mai usato parole cosí.

Però mamma me l'aveva spiegato in un modo piú interessante, e allora avevo prestato attenzione. Gli occhi degli autistici, dicevano i libri, erano come delle macchine fotografiche perennemente accese che registravano ogni singola immagine. Avevano poi, nel loro cervello, una camera oscura e un archivio, dove ogni fotografia veniva memorizzata per sempre. Ma quest'archivio, diceva mamma, mancava di un bibliotecario che tenesse tutto in ordine, che catalogasse le diverse foto a seconda di quello che ritraevano. Cosí, ad esempio, c'erano milioni di immagini di qualcuno che si grattava un piede: ma quelle immagini erano ammonticchiate in un disordine ancora piú grande di quello che regna sulla mia scrivania, mischiate con fotografie di albicocche, vacanze al mare, fiorellini, maestre, starnuti, milioni di fili d'erba in un prato. Il cervello di Pulce, diceva mamma, che lo dicevano i libri, non era in grado di passare dalle foto di un signore che si gratta un piede all'*idea* «grattarsi un piede», perché vedeva le infinite differenze che c'erano tra le diverse immagini, e nessun elemento in comune. Era come quel gioco della «Settimana Enigmistica»: «Osserva le due vignette e scopri i venti piccoli particolari per cui si differenziano», solo che, diceva mamma, che lo dicevano i libri, per il cervello di Pulce quei venti cosiddetti «piccoli» particolari avrebbero fatto delle due immagini due universi talmente diversi da non trovare davvero nessuna ragione per affiancarle nella stessa pagina.

Quando una persona autistica sente la voce umana, diceva mamma, che lo dicevano i libri, il suono arriva alle sue orecchie come se fosse un rumore. Perciò, dicevano i libri, se io entro in una stanza e dico semplicemente Ciao Pulce, in realtà ho dato il via a un vero e proprio concerto (stonato e fracassoso, diceva mamma, quasi insopportabile) nelle orecchie di mia sorella: STUNF STUNF dei miei passi, GNIIC GNIIC della mia scarpa da ginnastica con la suola un po' scollata, FRUUUSH dell'aria che si muove con la porta che si apre, YYYIC della maniglia che cigola anche se io non la sento, VRRRR dei vetri che vibrano scossi dall'aria, CLIC dell'interruttore della luce dell'ingresso che si spegne, PAT PAT delle mie mani che ondeggiano lungo i miei fianchi e sbattono sulle mie cosce, HHHAA del mio respiro forte prima di cominciare a parlare e per finire BUM! del mio saluto, CIAO PULCE!, che, dicono i libri, arriva alle sue orecchie come fosse stato emesso dal vocione panciuto di un baritono. Perciò, dicevano i libri, con tutto questo fracasso era difficile capirsi. Io, per parte mia, ero certa che Pulce capisse benissimo: riusciva ad ascoltare per ore i monologhi in piemontese di nonna Carmen, con una pazienza che a tutti noi era difficile mantenere.

Ma, diceva mamma, tutto le risultava sicuramente piú chiaro e rassicurante se le si spiegavano *le cose in immagini*, se le si fissava su un bel foglio di carta, dettaglio per dettaglio, la scena che Pulce sarebbe andata a vivere, magari scegliendo tra un vasto repertorio di quadri già dipinti quello piú *rappresentativo*. Per fare ordine nella sua *camera oscura* e dire Pulce, non ti preoccupare, stiamo andando ai giardini, o dal panettiere, o a scuola. Io avevo finito per convincermi che questa cosa delle immagini un senso ce l'aveva, perché forse era vero che mia sorella, con tutte le cose che aveva da pensare, a volte non aveva voglia di ascoltarci quando le parlavamo. Ad esempio una volta, qualche tempo fa, la maestra Popi era stata assente da scuola, e le avevamo detto che era perché faceva freddo e si era presa il raffreddore; ma poi, quando mamma qualche giorno dopo le aveva chiesto *Come mai Popi in questi giorni non era in classe?*, lei aveva scritto È MORTA. Cosí le avevamo fatto un calendario, avevamo preso uno di quelli brutti che la banca regalava a papà per Natale, e ci incollavamo sopra, giorno per giorno, quello che Pulce aveva o avrebbe fatto. Per i giorni in cui Popi era malata, avevamo incollato una foto della maestra a scuola, ci avevamo tirato una croce sopra, e accanto, a scanso di equivoci, ci avevamo messo l'immagine di una bella scatolona di Tachipirina, con la scritta POPI MALATA. E cosí avevamo riempito mesi e mesi di Pulce ai giardinetti, Pulce a scuola, Pulce a casa, Pulce a volte malata, Pulce a passeggio, Pulce che fa i compiti, ed eravamo riusciti a rendere piú allegro anche quel calendario in cui l'unica nota di colore, prima che lo riutilizzassimo, era la frase «Scopri quanto è facile aprire un conto corrente con noi». E alla fine di quei giorni coloratissimi, proprio sulla prima casella vuota di immagini, io avrei voluto incollare una foto di Pulce con una croce sopra e la scritta GIORNI FELICI, perché forse anche per noi sarebbe stato piú facile capire per immagini ciò che per il momento non riuscivamo a capire affatto.

Mi sembra come una persona intrappolata per tutta la vita in una campana di vetro, e adesso finalmente la campana è stata sollevata, mi aveva detto Pippa. Questa me l'ero segnata: probabilmente era la cosa piú profonda che fosse uscita dalla bocca della mia amica.

A sollevare la campana, dando il via a quello che in casa si era chiamato, almeno per i primi tempi, il Miracolo, era stata una signora, Lucetta Voce: rotondetta, coi capelli boccoluti e tinti di color prugna matura, la schiena leggermente incurvata probabilmente per il peso delle collanone africane di cui sempre faceva sfoggio. Lucetta riceveva le visite nel suo studio enorme, che era abbastanza buio e aveva la tappezzeria verde che puzzava di criceto, anche se io, per quanto abbia curiosato, non ho mai trovato tracce dell'animale puzzone. Appena entravamo, Pulce si guardava intorno, guardava me, guardava mamma, guardava questa Lucetta: diventava tutta rossa, le labbra le si gonfiavano e scoppiava in un pianto disperato, cercando di correre verso la porta per scappare. Papà diceva Con quello che pago, devo portare lí mia figlia a piangere!, mamma tentava di consolarla, io speravo di non doverci piú andare, anche perché non sopportavo piú quella puzza disgustosa, e la signora Lucetta cercava di consolarla dicendole Margheritina! La vuoi una caramellina? (Prendi la mela, Biancanevina, e formula un desideriuccio...), e Pulce prendeva la caramella e la buttava per terra, a lei non piacciono le caramelle, e mamma preoccupata urlava No! Non gliela dia la caramella, che si strafoga!, e io cercavo di essere piú diplomatica e spiegavo È perché è al rabarbaro, signora Lucetta, ai bambini non piacciono mai le caramelle al rabarbaro; e papà si lamentava che lui pagava e Pulce piangeva, e allora un giorno mamma mi aveva detto Senti, facciamo che questo è il nostro piccolo segreto: che se Pulce quando va da Lucetta piange, noi a papà non lo diciamo, va bene?

C'erano voluti due mesi, ma poi Pulce aveva smesso di piangere, la signora Lucetta si era impegnata a non offrirle piú caramelle al rabarbaro, mamma a essere meno apprensiva, io a tapparmi il naso e non fare facce strane: e cosí, dopo qualche seduta, il miracolo era avvenuto. Perché la signora Lucetta non era una signora qualunque: lei era la massima capa super-stra-espertissima, mi aveva detto mamma, di questo miracolo che si chiama Comunicazione Facilitata. Funziona cosí: tu prendi un bambino autistico, lo fai sedere davanti a un computer o, meglio, a una macchina da scrivere con display elettronico, gli metti una mano sotto il polso, prima, poi quando diventa piú bravo la mano si sposta, va al gomito, poi alla spalla, poi alla testa, poi – miracolo! – addirittura senza mani. Tu lo tocchi e come per magia gli dai sicurezza, e lui scrive tutto quello che per tutta la vita si è sempre tenuto dentro.

E cosí Pulce, quando un bel giorno aveva smesso di piangere, con il polso nella mano di Lucetta aveva scritto QUESTA ZITTA RAGAZZA ERRORE RESTA. Ed era scoppiata a piangere un'altra volta. E mamma era scoppiata a piangere anche lei, e aveva telefonato a tutti dicendo Il miracolo! Il miracolo!; e papà lui non aveva pianto, ma aveva detto E cosí sapeva leggere e scrivere, e non ce n'eravamo mai accorti. Pulce scriveva tutti i suoi pensieri, noi finalmente sapevamo che ne aveva – ma era solo una conferma, ne eravamo già perfettamente convinti anche prima –, papà era un po' triste perché diceva che forse Pulce soffriva perché capiva che era diversa, a me invece sembrava che stesse sempre bene e mi divertiva che avesse scritto «zitta» e non muta: zitta, come se l'avesse scelto lei, come se in qualsiasi momento potesse decidere di non esserlo piú. Poi avevamo anche trovato un modo per farla comunicare ovunque: le avevamo costruito una tastiera di cartone, e bastava che lei digitasse e qualcuno trascriveva su un foglio quello che aveva detto. E una volta su un prato grazie a questa tastiera papà si era emozionato perché aveva chiesto a Pulce *Secondo te quanti sono i fili d'erba?* E lei aveva risposto MILIONI.

E cosí anche noi abbiamo il nostro genio di famiglia, diceva la nonna, ci sono quelli che li metti davanti al pianoforte e ti suonano tutto Bach anche se non hanno mai provato prima in vita loro, e poi ci sono quelli come Pulce, che non parlano ma ce la mettono proprio tutta per farsi capire! Brava Pulce! Pulce scriveva con me, mamma, papà, con la signora Lucetta e anche con le maestre di scuola: la macchina da scrivere era un po' come le orecchie e la bocca di Pulce.

Poi un giorno mamma era andata a prendere Pulce a scuola, e Popi le aveva detto Buongiorno, signora Angela!, e mamma non capiva e si era girata indietro a vedere se per caso stesse parlando con qualcun altro, ma non c'era nessuno, parlava proprio a lei. Signora Angela! E suo marito Luciano, sta bene?, mamma aveva detto Sí, noi stiamo tutti bene, solo che… io mi chiamo Anita e mio marito Gualtiero, e di come stiano questi Angela e Luciano proprio non ne ho idea. E allora Popi si era fatta triste, Capisco…, aveva detto, … è che oggi ho chiesto a Margherita i vostri nomi, e mi ha scritto MAMMA ANGELA,

PAPÀ LUCIANO, GATTO FIFÍ, SORELLA GAIA. Mamma l'aveva guardata, si erano guardate, erano diventate tristi.

Cosí mamma era andata di corsa dalla signora Lucetta, Il miracolo non funziona! Il miracolo non funziona!, diceva, e la signora Lucetta si era scusata, non è che non funzionasse proprio, dipendeva dalle volte, poteva succedere che Pulce non fosse in grado di scrivere delle cose che però sapeva benissimo, come i nostri nomi, se il facilitatore, cioè la persona che le sfiorava la mano, non le sapeva. C'era insomma una grossa percentuale di fregnacce in quello che Pulce scriveva, un sacco di cose che non uscivano dalla sua mente, bensí da quella di chi le stava accanto: bastava pensare che Pulce fosse in grado di risolvere un'equazione di secondo grado che lei TA-DAH! in quattro e quattr'otto la inventava e la risolveva; mamma pensava che avesse voglia di fare i compiti?, e lei scriveva COMPITI MARGHERITA VUOLE; io pensavo che avesse voglia di giocare?, e lei MARGHERITA GIOCARE GIOVANNA; addirittura nonna Carmen era riuscita a farle scrivere di aver sognato Claudio Villa, di cui la nonna era grande ammiratrice, e che in sogno le aveva detto TU CARMEN SALUTA DA ME; quando poi aveva ripreso in mano la tastiera insieme a mamma, Pulce aveva detto di non aver mai sentito nominare questo Villa, e di non voler piú scrivere con la nonna.

Insomma, un cinquanta per cento di quello che diceva Pulce poteva considerarsi attendibile; un cinquanta per cento erano fregnacce, sfoggio di un'intelligenza fasulla che il facilitatore di turno proiettava su di lei: nessun metodo per distinguere ciò che era vero da ciò che non lo era. Avevamo pensato che se non l'avessimo piú fatta scrivere non avrebbe piú detto nulla, e che un cinquanta per cento di cose vere era assai piú che un nulla. Tanto valeva lasciarla scrivere, senza prendersi troppo sul serio e senza piú gridare al prodigio. Da quel giorno, la scienza magica della signora Lucetta si era chiamata col suo nome: CF, non piú Miracolo. Solo Pulce, affettuosamente, la chiamava la Zitta: come lei, come lei stessa si era autodefinita; e una volta aveva anche scritto MI PIACE LA ZITTA PERCHÉ È PIÙ FACILE PARLARE PER GLI ZITTI.

Dopo tutto questo pensare, me ne sono tornata nel salone, dove mi ha accolta nonna Carmen dicendo Puciunin d'or, ma sei ancora sveglia? Non riesci a dormire?, e mamma, che nel frattempo aveva mangiato altre due mele, di cui sventolava i torsoli nella mano destra, mi ha aggiornato sulle ipotesi che, in mia assenza, erano state fatte.

a) Probabilmente era perché mamma e papà litigavano troppo, a scuola se ne erano accorti e avevano pensato che non fosse salutare per la vita psichica di Pulce, e avevano deciso di portarla in un posto piú tranquillo (*troppo* tranquillo, quasi spettrale, con tutti quei vampiri che probabilmente si aggirano lí intorno). Questo però non spiegava perché io e mamma fossimo autorizzate a vederla, e papà no: mica papà litigava da solo! E poi, diceva la mamma, era sí vero che litigavano, ma erano in realtà come Don Camillo e Peppone, non avrebbero mai saputo vivere l'uno senza l'altra.

b) Oppure Pulce aveva scritto, forse inconsciamente «indottrinata da qualche maestra con un represso spirito da giornalista di cronaca», diceva il nonno, che papà la picchiava, o qualcosa di simile. Ma le maestre, gli assistenti sociali, i dottori, gli psicologi, tutti conoscono la nostra famiglia, come potrebbero pensare una cosa del genere?, s'interrogava mamma.

c) Altre ipotesi non erano venute in mente.

Io allora ho azzardato una buffa teoria: pochi giorni prima Pulce aveva dovuto fare una visita da un medico che l'aveva fatta spogliare, le aveva toccato il seno e misurato l'altezza; era per una cura ormonale per bloccare la pubertà precoce, mi aveva spiegato mamma. Magari Pulce aveva voluto raccontarlo alle maestre, cosí solo a titolo informativo, magari aveva scritto che un uomo le aveva toccato le tette e quelle subito erano andate a pensare che fosse stato papà. Poi lei avrebbe voluto spiegare che si trattava del dottore, ma non ci era riuscita perché a quel punto le maestre si erano convinte che di papà si trattasse, e l'avevano spinta, seppur senza farlo apposta, a raccontare un sacco di cose che non erano vere; e questo faceva parte di quel cinquanta per cento di fregnacce che c'era in quello che Pulce scriveva. Ma a nessuno era piaciuta la mia ipotesi. È troppo astrusa, ha detto papà; solo la nonna ha fatto capire che stava dalla mia parte, stringendomi la mano e dicendomi Brava Giovanna, sei proprio brava.

Poi mamma e papà mi hanno detto Adesso è ora di andare a dormire; io me ne stavo andando, contenta perché nonno aveva la faccia di uno che stava covando della rabbia, forse tra poco sarebbe riesploso con il suo Kalašnikov! Impiccagione! Telegiornale! Campanile!, e io non avevo proprio voglia di sentire il bis, quando mamma mi ha detto, dolce, Ancora una cosa: fa' attenzione con il telefono, a quanto pare è sotto controllo già da alcuni giorni.

Io sono diventata grigia come un cadavere, stava per venirmi un infarto, ho pensato a Pippa, ai compiti di epica, al marito della Garfagnino; e ho pensato che forse, ansiosa com'è Pippa, era il caso di non dirglielo.

Poi sono andata a dormire, che il giorno dopo dovevo essere bella in forma per il mio primo *interrogatorio*.

Capitolo terzo

Il Palazzo di Giustizia era una cosa enorme rossa e beige, che io tutte le volte che l'avevo visto avevo sempre pensato che fosse una fabbrica, o un supermercato molto grosso e molto brutto. Siamo entrate e c'era un signore in giacca e cravatta che ha detto Alt! (*Chivalà?*, ma era piú gentile della soldatessa della Giorni Felici), mamma gli ha fatto vedere un foglio che le avevano dato i Carabinieri, lui ha detto Ok, terzo piano, e abbiamo preso un ascensore grande come un ospedale che a me faceva paura perché le porte si aprivano prima a destra, poi a sinistra, a seconda del piano, e non sapevo mai da che parte guardare per trovare l'uscita.

Al terzo piano c'erano due signori, di cui uno belloccio che si è diretto verso di me, l'altro bruttino e un po' in là negli anni, tutto intento a spegnere una sigaretta sul bordo del davanzale, per non farsi beccare che stava fumando al lavoro. Dottor Martello e dottor Buffo, si sono presentati, e io non capivo che cosa c'entrassero i dottori; mamma mi ha messo una mano sulla spalla e mi ha detto Forza, coraggio, e mi ha spiegato che Buffo era il p-u-b-b-l-i-c-o-m-i-n-i-s-t-e-r-o di cui mi aveva parlato, e Martello il suo secondo; il Martello belloccio, dopo aver salutato Buffo il sigarettatore, mi ha detto Mi segua signorina Giovanna, andiamo. E a me suonava strano, perché nessuno prima mi aveva mai dato del *lei*.

La stanza era piccola e incasinata, dagli archivi sulle pareti pendevano come liane biro, matite, foglietti e cartelle, in un equilibrio talmente miracoloso che mi veniva da pensare che ci fosse un complicato meccanismo che li sorreggeva, e la possibilità che, con un intreccio di fili e rotelle ancor piú sofisticato, bastasse al Martello belloccio premere un solo piccolo bottoncino per sommergere completamente di scartoffie il suo interlocutore – io, in questo caso. La scrivania era fortificata da due torri di carta: su quella di destra, larga e tozza, niente merlature, ma un post-it, DENUNCE, sull'altra un foglietto verde SCARTOFFIE VARIE; in cima alla prima, proprio sui bastioni, potevo leggere «La signora *xxx xxx*, nata a *xxx* il giorno *xxx*, con la presente intende sporgere denuncia ai danni del signor *yyy*, genero della suddetta, per aver rapito e ripetutamente molestato e picchiato il suo cane, *zzz*, razza chihuahua, numero di tatuaggio *zzz*...»; non è carino per la signora *xxx* che tutti possano leggere i fatti suoi e del suo povero cane, pensavo, e allora ho voltato gli occhi: c'erano due penne bic rosse e un tratto-pen nero davanti a me, Martello non mi stava guardando, allora le ho prese, le ho messe prima tutte in riga, poi ho cercato di farle stare dritte in verticale, una per volta; poi volevo farne un treppiede, come quelli dei tepee degli indiani, ma mi mancava un pezzo di spago con cui legarle l'una all'altra, allora ho fatto finta che le tre penne fossero dei soldatini, due militari cinesi (quelle rosse) che avevano rapito un guerrigliero africano (alto e snello, un bel tenebroso).

Poi l'interrogatorio è cominciato, e io non ho piú staccato gli occhi dalle penne e dal piano della scrivania, anche se cercavo di concentrarmi su quanto mi veniva chiesto, ma quel Martello non mi piaceva, e non volevo guardarlo negli occhi.

– Signorina Giovanna... Immagino che lei e sua madre vi siate fatte un'idea del motivo per cui siete state chiamate qui.

– Sí, signore. Per fare l'i-n-t-e-r-r-o-g-a-t-o-r-i-o!

– Questo è naturale, anche se noi preferiamo parlare di

piccolo colloquio, e non di *interrogatorio*. Quello che però è strano è che ci *sia* un colloquio per lei e sua madre, non le pare?... Lei si era mai sottoposta ad altri incontri come questo, prima?

– No, signore.

Nossignore, signornò! Era questo il modo giusto di parlare con un p-u-b-b-l-i-c-o-m-i-n-i-s-t-e-r-o? Mi sforzavo di adottare un linguaggio da film, perché era lí che dovevano stare, pensavo, le persone e le situazioni come queste.

– E allora mi dia una risposta. O devo scrivere che non se la sente di rispondere?

– No, no, rispondo. I miei genitori hanno pensato che abbia a che fare con il fatto che mia sorella Margherita è stata portata in una comunità.

– E perché pensa che sia stato preso questo provvedimento?

– Io proprio non lo so.

– Ma si sarà fatta delle idee in merito. O mi vuol dire che è rimasta talmente indifferente a questa cosa che non ci ha neanche pensato?

Ho lasciato cadere le penne sulla scrivania (proprio ora che i cinesi si erano quasi decisi a liberare il bel guerrigliero ribelle), ho guardato negli occhi questo Martello, cercando di fare lo sguardo piú truce che mi veniva. E poi ho detto solo:

– Ovvio che *non* mi ha lasciata indifferente.

– E allora cos'ha pensato? Me lo vuol dire?

E allora gli ho raccontato delle ipotesi, «a» «b» e «c», poi gli ho spiegato bene del Miracolo, del fatto che il Miracolo di miracoloso non aveva mica tanto, e gli ho detto del cinquanta per cento di fregnacce in quello che Pulce scrive, che non è un'idea solo nostra, ma anzi lo dicono tutti gli esperti, che quindi forse Pulce voleva scrivere una cosa e ne aveva scritta un'altra, e poi gli ho spiegato bene la mia ipotesi, quella «astrusa», come aveva detto papà, che a me però continuava a sembrare piú che plausibile, e il dottore, e gli ormoni, e le tette eccetera, e lui, con una faccia da ispettore Derrick nei suoi momenti peggiori, pensando di avermi colta in flagrante, ha detto:

– Come mai, fra tutte le cose, siete subito andati a pensare a un abuso da parte di vostro padre?

(Non mi freghi, tenente Colombo).

– Semplicemente perché io e mia madre siamo autorizzate a vedere Pulce, mentre mio padre no.

– Signorina, chi è «Pulce»?

– È il nomignolo affettuoso con cui chiamiamo mia sorella Margherita in famiglia.

– Non le sembra dispregiativo, quasi discriminatorio, chiamare cosí una persona con delle difficoltà come sua sorella?

– No affatto.

– Signorina, le devo chiedere di rispondere alle mie domande in maniera un po' piú esaustiva.

– Allora, non penso che sia «discriminatorio», come dice lei, perché è affettuoso. Anche una mia amica, Filippa, detta Pippa, ha un ragazzo, Juri, che la chiama «topina». E lei non mi dirà certo che il topo è un bell'animale, ma Pippa non si arrabbia mai quando lui la chiama cosí, perché è una cosa molto affettuosa.

– Ritorniamo al provvedimento in questione, se non le dispiace, e lasciamo da parte i topi. Cosa pensa del fatto che sua sorella Margherita sia stata portata in una comunità?

– Io penso che ci sia stato un errore. E che Pulce a casa con noi stia bene.

– E secondo lei da chi è stato disposto questo provvedimento? Non crederà che una decisione come questa venga presa da un gruppo di dilettanti allo sbaraglio?

– Io non lo so proprio chi ha preso il provvedimento.

– Signorina Giovanna... Gradisce una caramella?

(Prendi la mela, Biancaneve, e formula un desiderio... È buona la mela, su, dài, mangiala! Non la vuoi? Ti farebbe bene, pensa, una bella mela, succosa...)

– No, grazie. A me piacciono solo quelle gommose alla frutta e le rotelle di liquirizia.

Chissà se anche queste caramellacce di questo Martello belloccio erano cattive come quelle della signora Lucetta, se sono anche queste al rabarbaro, o magari, peggio ancora, alle erbe alpine.

– Signorina Giovanna, questo nostro colloquio forse non è partito con il piede giusto.

I cinesi si erano messi in riga, allineati, si preparavano all'ultimo saluto d'onore al guerrigliero del continente nero, che avevano infine deciso di lasciare libero per la nobiltà dei suoi ideali. Io, presa da tutto questo, a Martello non sapevo proprio che cosa rispondere.

Lui ha continuato:

– Signorina Giovanna, cerchi di rilassarsi. Capisco che per lei non sia una situazione facile, che lei non riesca a concentrarsi perché è in pensiero per sua sorella, ma provi a fare un piccolo sforzo e a rispondere alle mie domande nel modo piú completo possibile. Si ricordi che ne va del buon esito delle indagini, e dell'eventuale rientro a casa di sua sorella. È anche nei nostri interessi non prendere dei provvedimenti avventati contro un innocente.

E come facevo a rilassarmi davanti a uno che mi dava del lei e che mi parlava da dietro i torrioni fortificati di una scrivania giudiziaria?

– Signorina Giovanna, si concentri e mi dica…

– Guardi che se vuole può darmi anche del tu, ho solo tredici anni.

Magari, se avessi potuto chiamarlo per nome, questo p-u-b-b-l-i-c-o-m-i-n-i-s-t-e-r-o-s-e-c-o-n-d-o mi sarebbe stato piú simpatico.

– Mi dispiace, ma sono tenuto a darle del lei. Fa parte della prassi.

«Prassi» era una di quelle parole che avevo sempre sentito, ma non avevo mai capito bene che cosa volesse dire.

– Dunque, dicevamo: signorina Giovanna, lei ritiene plausibile che suo padre abbia molestato, maltrattato o in qualche modo abusato di sua sorella Margherita?

– Assolutamente no, – mi sono limitata a dire, sfoderando di nuovo lo sguardo truce.

– Senza nessuna riserva?

– Non ho dubbi.

E poi è cominciata una serie di domande strane: Lei va a scuola? Come va a scuola? A che ora entra il lunedí? E il martedí? E gli altri giorni? Va a scuola da sola o accompagnata? A che ora va a scuola sua sorella Margherita? Chi l'accompagna? Qual è l'orario di ingresso? È lo stesso tutti i giorni della settimana? E i suoi genitori, quali sono i loro orari? Capita spesso che sua sorella stia da sola con sua madre? E con suo padre? E lei?, e io ho risposto come una macchinetta senza lasciarmi intimorire, abbandonando addirittura le mie penne-soldato per controbattere Sí!, A piedi!, Alle otto!, Alle otto!, Alle otto!, Da sola!, Alle otto!, Mia madre o mio padre!, Le otto!, Sempre lo stesso!, Dipende dai giorni!, A volte!, A volte!, A volte, non me lo ricordo!, e cosí via. Quando poi è arrivata una domanda che mi ha messo letteralmente in crisi:

– Chi cucina in casa vostra?

Le abitudini alimentari della famiglia Camurati meriterebbero un intero trattato. Il nostro frigorifero, quello che mangiamo, aveva detto una volta papà a mamma, sono la somma di tutte le nevrosi che ti porti dietro fin da prima di sposarci, piú quelle che ti sono venute dai problemi di Pulce, e io me l'ero segnata questa frase perché, dopo che mamma mi ha spiegato bene che cos'è una *nevrosi*, mi sembra che si addica molto bene alla nostra famiglia.

La famiglia Camurati si nutre principalmente di tre cose: prosciutto cotto senza grasso; petto di pollo; altri piatti elaboratissimi, come le trenette con pesto, pinoli e pecorino, la paella alla valenciana o il cuscus con verdure, tutti in comode buste surgelate da 500 g, basta gettare in padella e aggiungere due cucchiai d'olio, facendo attenzione che non attacchi. Una volta mamma ha anche provato a cucinare delle polpette, ma il risultato è stato un gigantesco piatto di palline in simil gore-tex, che probabilmente se fossero cadute in terra avrebbero rimbalzato, e che comunque sarebbero bastate a nutrire un reggimento, perché mamma ha sempre paura che il cibo non basti mai, dice che fa parte della sua *nevrosi*.

Il prosciutto cotto magro è una delle maggiori fonti di stress di mamma: quando va al supermercato, al momento di staccare il numerino per la coda, deve fare un lungo e attento calcolo per accaparrarsi proprio il turno di Gilda, una delle addette al banco gastronomia, che è l'unica disposta a levare via il grasso, senza farsi accorgere dalle colleghe, con nonchalance mentre affetta la cotica. Se, disgraziatamente, il calcolo non riesce e mamma si trova ad essere servita da Wilma, la veterana della gastronomia, o dalla biondina neoassunta di cui non sappiamo ancora il nome, si va incontro al vero disastro. Comincia una lunga serie di suppliche e preghiere disperate, Ma cosa le costa levarmi quel po' di grasso? Non vede come sono cicciotta, se devo mangiare anche quello divento una balena!, Mi dispiace signora, risponde quella impassibile, ma non posso proprio, se tutti mi chiedessero questa cosa, del prosciutto non resterebbe piú niente; mamma allora continua a supplicarla, tentando prima di prenderla razionalmente, Capirà anche lei che se le chiedo del prosciutto è perché voglio qualcosa di magro e rosa, altrimenti le avrei chiesto del lardo; poi all'occorrenza cerca d'intenerirla, prende in braccio Pulce, assume un'espressione sofferente e dice Ma guardi questa bambina, lei il grasso non riesce proprio a mangiarlo..., e quella niente, imperturbabile come un Budda di bronzo, Mi dispiace signora, ho degli ordini da rispettare; e allora mamma ogni volta è sul punto di dire

«Ma la sua collega Gilda, lei sí che...», però poi si tappa la bocca, il patto con Gilda è «Io ti tolgo il tuo benedetto grasso, tu guai a te se vai a spifferare che non faccio il mio lavoro come dovrei». Cosí mamma se ne torna a casa mogia mogia, stende il pacchetto con il prosciutto sul tavolo e dedica almeno mezz'ora a farne una pulizia attenta, estirpando con cura tutti i filini bianchi (all'occorrenza anche aiutandosi con le pinzette). E questa abitudine ha contagiato tutti, finché una volta, quando ho passato dieci minuti a spelare e smagrare una fettina di prosciutto da mettere in un toast per una merenda a casa di Pippa, sua mamma mi ha chiesto Ma perché non ti piace il grasso?, e io, che non mi ero mai posta questo problema, ho dovuto rispondere Effettivamente non lo so; e cosí ho assaggiato, costretta dalla mia amica, una bella fettona quasi tutta bianca, grassissima, da far venire il capogiro a mamma, e ho scoperto che non mi dispiaceva affatto.

Il petto di pollo è un po' come una spada di Damocle commestibile che pende sempre sul nostro frigo, dice la nonna. È l'ora di cena e papà dice Aah! Adesso mi mangio proprio una bella pastasciutta!, ma subito mamma urla No! C'è il petto di pollo che scade!, e allora cominciano le bufere, papà sbraita Ma sono anni che compri il petto di pollo solo per poi dire che bisogna mangiarlo prima che scada! Non piace a nessuno! Sei peggio di mia madre! È da quando sono alto cosí che cercano di propinarmi il petto di pollo, e non l'ho mai potuto soffrire!, e mamma allora attacca a berciare E dimmi tu che cosa posso comprare, allora! Non ci sono mica tante cose che si possono mangiare! Il pollo a Pulce piace!, e cosí via. In realtà penso che papà non abbia tutti i torti, ma credo che nessuno nella mia famiglia abbia abbastanza fantasia da sforzarsi di pensare che cos'altro potremmo mangiare, e poi ormai ci siamo adattati ai gusti di Pulce.

E se la qualità delle nostre cene è piú o meno la stessa, visto che escono da anni sempre identiche dal congelatore, la quantità varia invece a seconda dei momenti dell'anno, soprattutto per quanto riguarda mamma Anita. Quando le sue amiche le telefonano verso le nove di sera, e le chiedono Ti disturbo? Stai mangiando?, lei risponde Io sto sempre mangiando. Papà dice che mamma sfoga cosí la sua tristezza, e che mangiare è un modo per sentirsi coccolati. A me mangiare piace e basta, non ci ho mai pensato su, però forse papà ha ragione perché quando mamma sta seduta al tavolo per delle ore, e passa senza esitazione dal pandoro al pecorino, poi alla nutella, intervallando con una carota «ma solo perché sennò scadeva, e poi è l'ideale per sentirsi leggeri», arriva sempre il punto in cui io mi avvicino (di solito sperando che mi ceda un po' di tutte quelle cibarie) e lei mi guarda con gli occhi spalancati come se volesse abbracciarmi con le pupille e mi chiede Giovanna, ma tu mi vuoi bene?; papà dice che questa cosa è un problema, perché ad esempio quando mamma deve prendere delle medicine a stomaco vuoto si pone la questione che lei non è mai a stomaco vuoto.

Con l'arrivo del bel tempo sopraggiunge una nuova fase, detta «tempo di vacche magre» da papà, e semplicemente «carestia» da me. Mamma, dopo aver divorato sedici pandori, quaranta panettoni e trentadue uova di Pasqua con ogni genere di granella e praline, decide un brutto giorno di guardarsi allo specchio e sentirsi grassa. Inizia a fissarsi e rifissarsi, rigirarsi, pizzicarsi il sedere tra le mani dicendo tra sé e sé Guarda qua, che schifo; poi si solleva tutta la pelle e la ciccetta della pancia quasi fino alle ascelle, per vedere come starebbe se fosse magrissima. Poi lascia ricadere i rotolini e inorridisce visibilmente davanti alla dura realtà, vaneggiando parole come «cellulite», «buccia d'arancia», «grasso, grasso, grasso!», finché, preso il coraggio a due mani, sancisce a gran voce Domani comincio la Scarsdale!

Ma piantala, che stai benissimo! Ti preferisco un po' in carne che intrattabile perché non mangi!, urla papà dall'altro lato della casa, e lei ferrea ribatte Ma è già marzo, tra un po' dobbiamo andare al mare! Non entro piú in nessun costume!; ed è inutile tentare di convincerla che lei è bella lo stesso, non c'è niente da fare. Non puoi mangiare come un bue per tutto l'anno e poi perdere venti chili in due settimane, ti fa male!, cerca di spiegarle papà, mentre lei sgranocchia, godendosi morso per morso, un gambo di sedano scondito, unico alimento concessole in tutta la giornata da quel dietologo criminale, che se io e papà, e forse anche Pulce, lo incontrassimo un giorno per la strada avremmo un bel discorsetto da fargli. Che bello!, la si sente gridare ogni tanto piena di gioia, di solito il martedí, oggi posso mangiare addirittura una fetta di pane integrale!, e intanto il suo viso si asciuga sempre di piú, fino a somigliare a una mummia malaticcia, i seni rimpiccioliscono, il sedere si restringe sí e no di due millimetri e la pancetta (per fortuna, dico io) non ne vuole proprio sapere di andarsene, per quanto strizzata in malo modo da un costume da bagno a fiori di due taglie piú piccolo, «ma è come si usano quest'anno». La cosa piú terribile dei momenti di magra è però il frigorifero, la prima vera vittima della dieta. Di punto in bianco spariscono «i nemici», come li chiama mamma, ovvero le pastasciutte pronte surgelate, le merendine, i biscotti, e tutti quegli altri ipercalorici mostri contro i quali ha improvvisamente deciso di ribellarsi, e le dispense vengono invase da un esercito dietetico di insipidi spettri, zucchine bollite, broccoletti, pisellini fini sconditi, tutte queste cose che dovrebbero essere dichiarate non commestibili. Giovanna, dài..., comincia cosí la parte peggiore, quella in cui mamma tenta di estendere la dieta a tutta la famiglia, ti fa bene *purificarti* un po' dopo aver mangiato tutte quelle schifezze, mi dice mentre tenta di propinarmi un cavolino di Bruxelles e convincermi anche che è un alimento saporito, mentre la mia unica preoccupazione è come fare dopo a disintossicarmi da quell'orribile puzza verde. Ma di fronte ai risultati scoraggianti di tanta privazione, mamma si abbandona a un nuovo sconforto, che la porta a ricadere nella fase numero uno, quella dell'*abbondanza*. Una notte, nell'oscurità piú completa, sono scesa dal letto per fare la pipí e l'ho sorpresa seduta al tavolo con la bocca piena, davanti a una montagna di biscotti che galleggiavano nella nutella, Ma mamma... e la Scarsdale?, le ho chiesto. Eh, la Scarsdale... scarseggia, mi ha detto lei rassegnata, sputacchiando fuori qualche briciola di pastafrolla.

E quindi, date tutte queste complicazioni, se avessi dovuto rispondere la verità a questo Martello, avrei dovuto dire «A casa nostra cucina il banco frigo e la gastronomia della Coop, alcune volte anche il microonde, ma solo se è per riscaldare gli avanzi».

Però mi è venuto in mente che poteva esserci l'eventualità che avessero portato via Pulce perché si erano fatti una cattiva idea della nostra famiglia, e chissà cos'avrebbero potuto pensare, non conoscendoci, delle nostre abitudini alimentari. E allora ho preferito rispondere Non lo so chi cucina, perché a pranzo mangio sempre alla mensa della scuola, e quando torno a casa la cena è già pronta. Che non era proprio una bugia, perché la cena era pronta davvero, solo che era nel freezer, e l'avevano preparata le manine fatate di mamma Findus e papà Buitoni.

E quando ormai credevo che il mio interlocutore avesse avuto pietà di me, e che non avesse in serbo altre domande difficili come questa, ecco che mi sono accorta che il meglio doveva ancora arrivare:

– Signorina Giovanna, – ha cominciato a chiedermi con un leggero rossore sulle guance, – se sua sorella Margherita dovesse indicare l'organo genitale maschile... con che nome lo farebbe?

Ci siamo, ho pensato, adesso mi viene un infarto.

– La prego di rifletterci con attenzione, signorina, è molto importante.

Ed è allora che ho iniziato a dare dei colpetti di tosse nervosa, COFF! COFF!, sussurrando tra uno e l'altro, con solo un filo di voce, ... Pisellino..., COFF! COFF! COFF!... Pisellino..., e gli occhi bassi sul pavimento.

– Come dice signorina? PI-SEL-LI-NO? Grazie, signorina. E... l'organo femminile?

Non avevo piú nemmeno la forza di tossire, ho sospirato e ho risposto: – Farfallina.

A quel punto il dottor Martello si è allontanato dalla sua macchina da scrivere e si è avvicinato a me, con aria paterna, Signorina Giovanna, lo so che qua chi indaga siamo noi, ma lei ha dimostrato un buon intuito da detective. Effettivamente la sua ipotesi era esatta: lei infatti si trova qui proprio perché sua sorella Margherita ha recentemente comunicato di aver subito degli abusi da parte di suo padre.

(E tu hai anche il coraggio di fare dello spirito in questo momento, sporco piedipiatti?)

– Risponda solo se vuole: lei ha mai dovuto sopportare abusi, molestie, fisiche o verbali, maltrattamenti o quant'altro da parte di suo padre?

(Ma a cosa ti serve quel cappello sulla testa, se tanto non hai nessun cervello da tenere al caldo?) – No, nel modo piú assoluto. Io voglio molto bene a mio padre, e sono certa che lui me ne vuole altrettanto –. (E questa è l'ultima delle tue domande cretine alla quale ho intenzione di rispondere).

– Come probabilmente vi sarà stato notificato, il Tribunale Minorile ha accordato il permesso per lei e sua madre di visitare sua sorella Margherita una volta alla settimana. Permesso che invece non è stato accordato a vostro padre, per ovvie ragioni. Anche tenendo conto dei limiti intrinseci del metodo di cui si avvale, sua sorella ha comunicato ripetutamente e a piú persone di essere vittima degli atti ignobili di cui le parlavo: ciò avvalorerebbe l'ipotesi di veridicità di tali affermazioni. È contenta di avere la possibilità di vedere sua sorella, signorina?

E poi finalmente le domande sono finite, il belloccio mi ha detto Grazie signorina Giovanna, il suo aiuto sarà prezioso, ora può rilassarsi e tornare alle sue cose.

Mi ha dato un foglio, Questo è il verbale, ha detto, (Che cos'è esattamente un *verbale*?), firmi in calce ad ogni pagina, Come?, ho chiesto, In calce, ha ribadito, (E cosa c'entra la *calce*?), e qui credo di aver fatto un po' una figuraccia, perché con Pippa ci eravamo esercitate, in un'ora buca della Garfa, ad abbellire le nostre firme, e avevamo deciso che la sua sarebbe stata *Filippa*, con la gambetta della *a* che si allunga verso il basso a formare un lungo ghirigoro che termina in una stellina; e la mia *GIOVANNA*, in stampatello perché in corsivo avevo una brutta grafia, con un cuoricino in cima alla *I* al posto del puntino. E cosí quando Martello mi ha chiesto di firmare ho sfoggiato la mia bellissima firma nuova, tutta bella dritta e ordinata in stampatello, il cuoricino non l'ho messo perché ho pensato che poi magari avrebbe potuto capire male, tipo che avevo una cotta per lui. Gli ho ridato i fogli, lui ha sorriso e ha detto Grazie, ma poi la sua espressione è mutata, ora ricordava uno di quei personaggi arrabbiatissimi che piacciono tanto a Pulce. Ma signorina Giovanna! Non è una firma questa!, e io ho pensato Ma come! Ci siamo pure esercitate..., lui ha strappato tutti i fogli, ne ha stampata un'altra copia e mi ha detto severo Deve fare la *firma*, ha capito? Non, scrivere il suo nome. La F-I-R-M-A, e la firma si fa in corsivo. E allora ho fatto come voleva lui, col tratto-pen nero (il ribelle di prima) ho scarabocchiato *Giovanna*, mi sembrava tutta un po' storta, lo dicevo che in corsivo non ho una bella grafia, era molto piú bella l'altra.

Nel corridoio mamma mi stava aspettando, aveva finito prima, aveva le lacrime agli occhi, ha voluto sapere domande e risposte, ci avevano chiesto le stesse cose, lei aveva detto che spesso cucinava papà, E se abbiamo dato delle risposte diverse e poi pensano che abbiamo qualcosa da nascondere?, ho chiesto preoccupata, Non abbiamo niente da nascondere, ha detto mamma, l'importante è che tu abbia riletto il verbale, Il verbale?, ho chiesto io con aria svampita, Sí, quel foglio che ti hanno fatto firmare alla fine, dove avevano trascritto tutto ciò che vi siete detti, tu lo hai letto, vero?

Ecco che cos'era, il *verbale*.

Capitolo quarto

Va bene, visto che nessuno l'ha fatto riprendiamo l'esercizio sei, pagina quarantadue: Aggiungo la punteggiatura (virgole, punti, punti e virgola) al seguente brano: James Joyce, G-e-i-m-s G-i-o-i-s, «Ulisse», e non lamentatevi come vostro solito, se lo aveste svolto a casa, ora certo non saremmo qui... La Garfa in classe strillava e sequestrava cerbottane di cartone, Teo aveva ricominciato a tirare gessetti a Milú, finché quella si è alzata, ha preso il diario dal banco di lui, lo ha dato alla prof e ha detto Non crede anche lei che sia il caso di mettergli una bella nota?, e la Garfa ha fatto una sfuriata a tutti e due, causando un grido di gioia in tutta la classe che vedeva per la prima volta la prof accanirsi contro la sua cocca. E io, in ultima fila, avevo costruito con la scatola vuota delle pompette d'inchiostro blu una specie di macchina Polaroid di cartone, fatta in modo che qualsiasi foto fingessi di scattare, dalla fessura sul fondo usciva sempre la caricatura di un maialino rosa che avevo accuratamente disegnato, e ora stavo realizzando il book fotografico di Pippa, Girati un attimo CLICK, Raccogli la gomma CLICK, finché la Garfa, finite le filippiche per gli altri due, mi ha colta proprio mentre immortalavo Pippa con due penne nel naso, e mi ha fulminata dicendo Giovanna! Questo ti sembra il modo migliore di dimostrare a tutti la tua intelligenza, immagino!

Almeno due volte al giorno la Garfa mi dice Giovanna, io credo davvero che tu sia una ragazza ben avviata verso la maturità, solo che non riesci a rinunciare ai tuoi atteggiamenti infantili.

Un giorno stavamo facendo il tema, *Descrivo la mia migliore amica*, e Pippa ha travisato un po' il senso di quello che dice la Garfa e ha scritto: «La mia A. d. C. (Amica del Cuore) è Giovanna. Come dice la nostra prof di italiano, Giovanna è spesso infantile, anche se a me sta abbastanza simpatica, perché è molto giocherellona, ma tutti dicono che Giovanna è cresciuta solo da fuori e non di dentro, anzi forse Giovanna è cresciuta solo in larghezza, perché pesa già 58 kg, anche se non è proprio cicciona, però è la piú robusta della classe». Quando l'ho letto, non ho piú parlato a Pippa per due settimane; per farsi perdonare l'ho costretta a portarmi ogni giorno almeno un euro e cinquanta di caramelle gommose alla frutta, preferibilmente coccodrilli colorati e ciucci frizz.

Comunque quel giorno ce ne stavamo lí, davanti a questo esercizio della Garfa, io non l'avevo fatto perché ero dovuta andare al mio primo *interrogatorio* e mamma mi aveva fatto la giustifica «Per visita medica», e gli altri invece si erano beccati la nota «Non ha svolto il compito assegnato». E poi DRIN DRIN la campanella, io ho preso dalla cartella il mio succo di frutta e la mia crostatina al cioccolato – normalmente all'intervallo mi era concesso di mangiare solo una mela, dovevo dare un taglio al numero di chili perché non compromettessero il mio sviluppo, avevano detto alla visita di judo, ma ora il provvedimento era sospeso, in casa avevano dichiarato lo stato di emergenza.

Sono uscita dalla classe, correndo dietro a Pippa nel corridoio. Papà aveva detto che avremmo dovuto parlare di questa storia con meno persone possibili, gli avvocati avevano consigliato cosí, la voce avrebbe potuto spargersi rapidamente, *avvalorando la tesi della sua colpevolezza*; io, per parte mia, avrei voluto alzarmi in piedi in classe e dire Ecco cos'è successo; speravo che la Garfa e gli altri si impietosissero, e cosí avrei saltato la terribile interrogazione di geografia mercoledí, ma al di là di questo volevo davvero che lo sapessero, magari tutti insieme saremmo riusciti a trovare un modo per fregare il p-u-b-b-l-i-c-o-m-i-n-i-s-t-e-r-o, gli a-s-s-i-s-t-e-n-t-i-s-o-c-i-a-l-i e tutti gli altri; ma papà me l'aveva proibito nel modo piú tassativo. Mi era stato consentito, però, in via del tutto eccezionale, di parlarne con *una* persona, fidatissima, che mi promettesse di stare muta come un pesce. E allora sono andata da Pippa, che stava mangiando le sue schiacciatine al rosmarino e si sbracciava dalla finestra del corridoio per farsi vedere da Juri che giocava a calcio in cortile, Ehi, non è giusto che lui sta sempre in porta! strillava a Ugo, il rappresentante di classe, mentre Juri diventava di tutti i colori, abbassava la testa per la vergogna e fingeva di soffiarsi il naso o di legarsi le scarpe. Io mi sono fatta alle spalle di Pippa e ho detto BU!, ma quella non mi considerava, occupata com'era a gridare Juri, sei il migliore!, le ho detto Pippa, ti devo parlare..., E buttati, amo'! Che sennò non ne prendi manco una!, e io Pippa, prima che finisca l'intervallo dovrei dirti una cosa..., e lei voleva rendere partecipe anche me del dramma calcistico della sua dolce metà, Gio'! Ma hai visto quegli stronzi? Non lo fanno mai giocare avanti! Ma te lo dico io perché, perché lui è troppo bravo, e se sta avanti poi li stende tutti!, e io a quel punto avrei anche fatto a meno di distogliere la mia amica dal suo futuro di pon pon girl, dopotutto Pulce sarebbe tornata nel giro di una settimana al massimo, non era cosí urgente chiedere il suo consiglio, non mi serviva nemmeno una spalla su cui piangere, due o tre giorni di scompiglio famigliare non erano stati sufficienti per ammonticchiare abbastanza lacrime; ma poi ho pensato che era meglio che qualcuno fosse al corrente della situazione, in caso succedesse qualcosa, non si sa mai. E Pippa si era decisa a guardarmi, con quei suoi occhioni spauriti del colore di un fiume sporco, mentre sbocconcellava con la mano sinistra le sue schiacciatine al rosmarino, segandone delle listelle dagli spigoli molto regolari che poi triturava come un coniglietto nevrotico con la sua carota antistress. Ti devo parlare di una cosa, le ho detto, CHOMP CHOMP Di che?, ha chiesto lei, Di una cosa seria, CHOMP CHOMP Dài, a me puoi dirlo: c'è qualcuno che ti viene dietro?, No Pippa, acqua acquissima, Allora sei te che vai dietro a qualcuno? Io me lo sentivo troppo che c'avevi una cotta per Ugo... fuoco?, e poi ha cominciato tutto un balletto, con tanto di filastrocca rimata sul sottofondo della marcia nuziale, *Tra rose e fiooor E tulipaaan Giovy e Ugo si vanno a sposaaar! Partono in due Tornano in treee Questo vuol dire che è nato un bebèèè!*, ora camminava per il corridoio fingendo di essere la mia damigella e di lanciare del riso. Pippa, piantala con queste cretinate!, e approfittando di una sua esitazione ho raccontato che: mamma alla scuola di Pulce; Pulce dov'è? Pulce non c'è; sono stati gli a-s-s-i-s-t-e-n-t-i-s-o-c-i-a-l-i, vuoi che ti spiego chi sono?, No lo so già; poi il dottor Contengo; il dottor Castelli; il dottor Buffo e il secondo Martello, che poi dottori non erano; l'i-n-t-e-r-r-o-g-a-t-o-r-i-o; mamma che mangia le mele, gli altri che fumano; Pulce dov'è? La Giorni Felici, la donna-soldato, insomma una comunità: Pulce non c'è.

E dagli occhioni spauriti del colore di un fiume sporco, che fino a quel momento mi avevano fissato seri e incuriositi, improvvisamente è sgorgata un'alluvione Ma come, vuoi dire che tua sorella...?, il naso di Pippa è diventato rosso come una ciliegina sotto spirito, il suo corpo ansimava sconvolto dal fiatone (le succede sempre, ogni volta che si mette a piangere, anche quando litiga con Juri), balbettava Che cosa terribile...; io invano dicevo No, vedrai che Pulce tornerà presto, A me mi fanno troppo incazzare queste cose; e io cercavo di consolarla Ma vedrai che si sono sbagliati, si risolverà tutto, Ma perché l'hanno portata via, eh? Me lo vuoi dire?!, mi gridava piangendo, quasi fosse stata colpa mia se la mia famiglia era stata scombussolata da questa incomprensibile «storiaccia», come la chiamava papà, Gio', io non ce la faccio a sopportare questa cosa, sono troppo sensibile; mica la doveva sopportare lei, però, A me le ingiustizie fanno stare troppo male; non mi ascoltava nemmeno piú, io pensavo che ero contenta che ci fosse qualcuno cosí partecipe, ma proprio non capivo come avesse fatto a scoppiare a piangere cosí in fretta. E poi DRIN DRIN, fine dell'intervallo, Juri era rientrato sudato marcio dalla sua partita, facendo segno di vittoria con le dita, Gliele abbiamo date di brutto, 3 a 1!, era passato accanto a Pippa senza considerarla troppo, non gli piaceva baciarla in pubblico; Pippa, per parte sua, dopo essersi soffiata il naso aveva ripreso un colorito piú naturale, aveva gettato nel cestino l'avanzo di schiacciatine ed era tornata in classe, dicendomi È proprio una cosa terribile; ma io ero già seduta al banco, ad aggiungere le virgole e i punti a quell'incomprensibile di G-e-i-m-s G-i-o-i-s perché la Garfa non mi mettesse la nota.

Papà aveva sicuramente ragione: questa storia di Pulce era una storiaccia, e meno gente l'avesse saputa meglio sarebbe stato. Però, ho pensato, se lo dico anche a un'altra persona, solo una, che tanto non lo dirà a nessun altro, che differenza farà? E cosí, dopo il DRIN DRIN delle tredici, quando all'uscita la Garfa mi ha fermata e mi ha chiesto Cos'ha Filippa? La vedo strana..., le ho raccontato che: mamma alla scuola di mia sorella Margherita; Margherita dov'è?, Margherita non c'è; sono stati gli assistenti sociali (lei per caso sa dirmi con precisione chi sono?); poi il dottor Contengo; il dottor Castelli; il dottor Buffo e il secondo Martello, i Pubblici Ministeri – ero fiera di sfoggiare il lessico della situazione, a lei che non fa altro che dirci che non sappiamo esprimerci; poi l'interrogatorio (ecco perché non ho fatto i compiti); mamma che mangia le mele, gli altri che fumano, tutti nervosi, io penso sia stato un errore, ma Pulce dov'è? La Giorni Felici, la donna-soldato, insomma una comunità: Pulce non c'è. E io che potevo parlarne solo con una, fra tutte le persone avevo scelto quella sbagliata perché ci era rimasta troppo male, Secondo lei perché? Era la mia storia, mica la sua.

Vedi Giovanna, io penso che ci siano due tipi di sensibilità, mi ha detto, la prima, quella piú comune, è quella delle persone che si commuovono facilmente, come mia figlia che a vent'anni si mette a piangere guardando E.T. E questa è la sensibilità di Filippa, che ti vuole molto bene e sicuramente vorrebbe starti vicina, ma non riesce a dominare i suoi sentimenti. E poi c'è la sensibilità del secondo tipo, un po' piú complicata ma anche piú profonda: è quella delle persone che si fanno toccare dalle cose, che vedono quello che gli altri non immaginano nemmeno, è la sensibilità dei poeti, che magari però non sanno piangere davanti agli altri o commuoversi con un film, e allora spesso le altre persone non riescono a comprendere la loro sofferenza e, seppur senza volerlo, le lasciano sole. E io credo che tu, purtroppo o per fortuna, appartenga a questo secondo gruppo.

Io mi stavo guardando la punta delle scarpe, quando ha finito di parlare ho sorriso, anche se non riuscivo a capire se il suo fosse un complimento, in ogni caso ero felice di scoprire che per lei non ero solo una massa ambulante di note sul diario e compiti non fatti. L'ho ringraziata e ho pensato che magari la vecchia Garfa sarebbe potuta diventare la mia consigliera.

Poi sono tornata a casa, ho salutato il gatto, gli ho appeso un fiocchetto sulla coda e sono andata in camera a escogitare un modo per passare il tempo. Ora che Pulce non c'è, di tempo libero, dopo aver fatto i compiti, me ne resta parecchio. Me ne stavo sdraiata sul letto a guardare le stelline fluorescenti appiccicate sul soffitto, mamma ci aveva tenuto che non le appiccicassimo a caso, ma che ci aiutassimo col planetario per formare delle vere costellazioni, Dopo tutta la fatica che ci è voluta per crearlo, aveva detto, non bisogna riprodurre delle immagini inesatte dell'universo; di nascosto da tutti mi stavo mettendo le dita nel naso e ne estraevo le mollicce palline verdi che poi appiccicavo sul comodino, creando altrettante rappresentazioni originali del mio universo personale. Mi piace molto disegnare. Ho inventato una mia arte personalissima, che chiamerei il «disegno del no», per non dire il non-disegno: io disegno sempre quello che *non* c'è. Mi atteggio come una «pittrice naturalista», dice papà, e in casa è stato deciso che quello sarà il mio lavoro da grande, perciò posso dire di essere presa da tutti abbastanza seriamente: mi siedo a osservare il creato, tenendo il foglio in bilico sulle ginocchia, contemplo per ore la natura intorno a me, poi do ancora un'ultima occhiata a ciò che c'è, e lo cancello. Cosí che i miei fogli sono sempre pieni, ma pieni al contrario, di quello che manca. Per esempio, una stanza in penombra con una luce in un angolo; dentro, mamma e papà stanno litigando, io guardo la televisione: questo è quello che vedo. E quello che disegno sarà: un enorme spazio aperto sconfinato, tipo la pampa argentina; in mezzo, mamma e papà che vanno a passeggio, mamma sorride, papà le regala dei fiori, mamma si mette a cantare una melodia meravigliosa che colora tutto di rosa; io sono al centro della pampa, la televisione è esplosa, in terra insieme al tubo catodico ci sono anche i cocci del piccolo abatjour, ormai non piú necessario, perché è pieno giorno: io corro felice per i prati argentini, con me il Cappellaio Matto, Lady Oscar e Raffaella Carrà usciti dal televisore, allegri e intelligenti, che saltano e fanno giro giro tondo, il cielo si stende a perdita d'occhio.

Ora vedevo solo un soffitto, delle stelline fluorescenti perfettamente ordinate che non brillavano ancora perché ancora non era buio, e per il resto la casa vuota, solo la band mutilata dei panda sembrava fare caso a me, ma al panda batterista non riusciva di dare l'attacco, ogni canzone sarebbe suonata come un valzer d'addio, una malinconica sinfonia per la lontananza di Pulce. E cosí ho preso un foglio grande e il pennarello nero, come cavalletto il dizionario illustrato dei Puffi, e ho cominciato a disegnare Pulce, Pulce dappertutto, cosí vera come era vero che nella realtà non era da nessuna parte. E intorno a lei, nei margini del foglio rimasti liberi, migliaia di soli veri tutti disordinati – in barba alle fisse di mamma sulle rappresentazioni dell'universo – che illuminavano un palcoscenico sul quale io e la band dei panda suonavamo l'*Inno alla gioia* in onore del suo ritorno.

Tra le altre cose con cui tengo occupata la mente nei pomeriggi in cui non so cosa fare, c'è una specie di gioco. In realtà, non sarebbe affatto un gioco, ma quando ne avevo parlato a Pippa, e lei tutta entusiasta ne aveva parlato a sua mamma, e sua mamma tutta entusiasta mi aveva detto Che bel gioco, avevo pensato anche io che, se proprio ne dovevo parlare, era meglio parlarne come di un gioco. Il gioco è cosí: nell'armadietto sopra il frigorifero ci sono tante merendine buone, di tantissimi gusti diversi, tutte confezionate. Il gioco è che a me la sera viene fame, e m'intrufolo nella cucina per osservare da vicino questo scrigno dei segreti. Il gioco è che mamma e papà non vogliono che mangi dopo aver cenato, perché sono già in sovrappeso, e lo hanno detto anche alla visita di judo. Il gioco è che io una sera mi ero intrufolata in cucina, mi ero messa a osservare tutto il ben di dio e a un certo punto non ero piú riuscita a resistere alla tentazione. Il gioco è che, dopo aver dialogato un po' con l'angioletto sulla mia spalla destra, e averlo scacciato con una manata per dar retta al diavoletto sulla sinistra, dopo aver deciso che quando si ha fame bisogna mangiare e non c'è nulla da rimproverarsi se si segue questo naturale istinto, avevo deciso anche di allungare una mano verso lo scrigno delle gioie e dei peccati, per estrarne una succulenta crostata millefrutti da intrufolare nelle pieghe della mia camicia da notte. Il gioco è che, dopo essere tornata in camera con la patata bollente tra le mani, colpevole come un Giuda con i suoi trenta denari, avevo dovuto fingere un accesso di tosse per coprire lo strepitio del cellophane in cui il bonbon era avvolto, che ad ogni movimento delle mie dita golose sembrava gridare Al ladro! Al ladro! Il gioco è che la crostatina era molto buona, e il cellophane molto rumoroso. Il gioco è che, felice di aver compiuto una buona azione per il mio stomaco, avevo dimenticato di considerare quell'aspetto basilare della bibbia di ogni malvivente professionista: non lasciare impronte. E cosí era venuto il giorno dopo, e poi il giorno dopo ancora, e ad ogni pagina del calendario si ammonticchiavano prima sotto la mia camicia da notte, poi nel mio stomaco, e infine in forma di imballo di plastica sul mio comodino, crostatine, fette al latte, girelle, plum-cake, barrette ai cereali e quant'altro fosse noto all'industria dolciaria e al nostro scrigno delle delicatezze. Cosí che cominciava a porsi un serio problema per me: quello dei rifiuti. Nonostante avessi deciso che la mia tattica sarebbe stata quella della negazione a oltranza (Giovanna hai mangiato tu la crostatina?, No!, La girella?, No!, Il plum-cake?, No!, anche se avessero dovuto sorprendermi con le briciole di cioccolato ancora agli angoli della bocca), e avessi perciò tentato di camuffare gli eloquentissimi pacchettini di plastica, era chiaro che non ero fatta per una carriera criminale, cosí avevo deciso di costituirmi. Ma per il mio solito rifiuto verso i melodrammi, e soprattutto perché ero certa che non avrei saputo reggere un interrogatorio dolciario, avevo lasciato che gli imballi delle merendine, ormai cresciuti a dismisura, confessassero il misfatto al posto mio. Il gioco è che (e qui arriviamo quasi al dunque) mamma Anita aveva preso il tutto con estrema serietà, davvero troppa. Dopo aver passato una notte insonne a sfogare tutte le sue apprensioni su papà (Hai visto come si è ridotta? Ha tredici anni ed è già bulimica!, e altre cose di questo genere), aveva deciso che le crostatine, le girelle e balle varie fossero il modo che avevo scelto per chiedere aiuto, per cosí dire il mio campanello d'allarme, e che andassero perciò seriamente prese in considerazione. E il gioco è che, dopo aver passato bianca anche la notte successiva, questa volta a meditare in bagno su un manualone dal titolo *Disturbi del comportamento alimentare*, il responso che mamma Anita all'alba aveva prodotto era che non solo sfogavo la mia tensione mangiando, ma anche che esternavo il mio malessere attraverso una fastidiosa tossetta nervosa, che in realtà sarei stata benissimo in grado di controllare, ma che aveva finito per essere una specie di tic – avrei potuto dirle che cos'era, era che la plastica d'imballaggio delle merendine la fanno troppo spessa e rumorosa, è un casino per chiunque voglia mangiare di nascosto. Ed è cosí che arriviamo al gioco, che poi un gioco non è, o almeno non per mamma Anita: per porre rimedio ai miei *cattivi rapporti col cibo*, che in realtà sarebbero stati ottimi, se solo mi avessero lasciato coltivarli, mamma aveva deciso che la cosa migliore era mettermi a dieta: non la Scarsdale, che alla lunga sarebbe stata dannosa per una bambina ancora *in età dello sviluppo*, ma uno snervante regime a base di frutta e verdura, che mi permetteva il pane e le uova due volte a settimana ma era particolarmente severo proprio con *loro*, le mie amate, le mie merendine. Il gioco è qui: che per convincermi a fare questa benedetta dieta, mamma aveva dovuto accettare un compromesso: carciofi lessi e riso scondito, carote bollite e tacchino, su questo non avevo niente da eccepire; ma avrebbero dovuto essermi concesse per contratto almeno due merendine al giorno, quella della colazione e quella del pomeriggio. Ma il problema era che le merendine non hanno tutte lo stesso *apporto calorico*; insomma, possono somigliarsi per forma e colore, per marca e gusto, ma non c'è una merendina che faccia ingrassare allo stesso modo di un'altra. Cosí mi erano stati concessi sí due snack al giorno, ma solo a patto che la somma delle loro calorie non superasse mai le trecento, arrotondabili per difetto ma mai per eccesso. Ed ecco qui il gioco: nel giro di due giorni avevo già imparato a memoria l'apporto calorico di ogni dolcetto esistente sul mercato, e soprattutto quali erano le accoppiate vincenti che mi avrebbero permesso di giocare alla mia slot-machine dolciaria senza mai sforare.

E un giorno ero andata a casa di Pippa, e non so perché ma Pippa aveva raccontato a sua mamma di questa mia strana dieta, e appena avevo varcato la soglia, la Signora Pippa mi aveva guardata tutta seria, mi aveva puntato l'indice al petto come una pistola e aveva gridato Trancino al cioccolato?, e io mi ero affrettata a risponderle Centoquarantasei!, e lei allora Tortina alla crema e mirtilli?, e io Duecentododici!, e lei Con cosa abbini le barrette di cereali ai frutti rossi?, e io tempestiva Con un plum-cake dietetico alla carota, centottantanove piú settantatre sono duecentosessantadue calorie, mi resta un bonus di trentotto!, e questo giochetto, che a me a dir la verità non piace affatto, è ancora oggi uno dei massimi divertimenti della mamma di Pippa, che da allora è incapace di dirmi Ciao se prima non ha sparato un Rollino allo yogurt!, e cosí via. E poi c'è la seconda parte del gioco, e questa mi piace meno ancora. Oltre alle calorie e ai miei conseguenti rotolini di ciccia, un'altra cosa preoccupava la mamma: i miei colpetti di tosse; che col passare del tempo, e forse suggestionata proprio dalle paure di mamma che ci vedeva un problema molto serio, avevo finito per considerare indispensabili, cosí come loro sembravano non voler fare a meno di me, tanto che avevano deciso di essere il mio personale ed esclusivo «tic nervoso». Cosí che, mentre me ne vado per la casa a riflettere su equazioni di calorie e aspetto che l'orologio batta l'ora della merenda, per non pensare alla fame mi sfogo con i miei COFF! COFF!; ma neanche cosí posso stare tranquilla, perché dietro di me sento immancabilmente la voce di mamma che conta Sei! Oggi sei già a sei, Giovanna! Te ne restano solo piú quattro!; sí, perché è stato deciso che io possa esternare il mio stress, come lo chiamano i grandi, o la mia fame, come la chiamo io, solo attraverso trecento calorie di merendine e dieci colpetti di tosse quotidiani, non uno di piú. E nessuno ha avuto pietà di me neanche quando una sera, a tavola, ho inalato per sbaglio un chicco di riso (scondito), e mentre diventavo tutta paonazza e cercavo di tossire per sputarlo fuori, anziché versarmi dell'acqua o darmi una manata sulla schiena, mamma ancora contava QuatrCinSeiSett-OttNov... Dieci!

Capitolo quinto

Quando la macchina ha fatto CRIIC CRAAC sul cortile di ghiaia da oratorio della allegrissima Giorni Felici, mamma mi ha presa sottobraccio e mi ha detto Giovanna, io capisco che tu sia stressata, ma capisci anche tu che questa prima visita è un test molto importante per la nostra famiglia, e io perciò ti chiederei, se è possibile, di cercare di non dare colpetti di tosse mentre siamo lí, non voglio che gli educatori pensino che tu sia nervosa, potrebbero credere che ci sia davvero qualcosa che non va nelle nostre *strategie di educazione*: me lo fai questo piacere? Poi se vuoi, tornata a casa, oggi potrai dare anche venti tossate.

Quando sento la parola «comunità», mi viene come una sorta di angoscia. Mi viene voglia di chiudermi in bagno per nascondermi da mamma Anita e tossire almeno due ore, per sfogare la tensione. Non perché io sia davvero nervosa, ma perché questa è una parola che non mi piace per niente. Mi fa venire in mente una vecchia tedesca cattiva e grassissima, che di fronte a un gruppo di piccini spaventati incrocia le braccia, sfodera un sorriso inquietante e dice Ateesso pampini stiamo tuutti INSIEME!; insieme, senza possibilità di scampo, e se vuoi startene da sola a dare i tuoi colpetti di tosse la risposta è NO!, perché non è un'*attività socializzante*, come dicono loro. E perciò l'idea di entrare in questo posto dove si sta tutti insieme, senza tossire e senza merendine, senza creazioni cosmiche di caccole e senza disegni del no, non mi faceva sentire tanto felice.

La donna-soldato che avevamo già incontrato ci è venuta incontro appena la macchina si è spenta, (Parola d'ordine? eccetera eccetera) Foi folete federe pampina Margherita?, non parlava così, ma non mi sarei stupita se improvvisamente si fosse messa a gridare INSIEME! Ateesso tuutti insieme!; ci ha fatto salire delle scalette tristi che sapevano di maccheroni al sugo, quelli di plastica che danno nella mensa delle scuole e che hanno sempre lo stesso gusto; ci ha spiegato che i disegni appesi alle pareti erano lí in ricordo dei passati *ospiti*, una riga in alto era il cielo, una pennarellata verde il pavimento, e si vedevano case, bambini, donne-soldato, tavolate di bambini e donne-soldato nelle case a mangiare i maccheroni da un pentolone gigantesco, bambini-soldato a lavare giganteschi pentoloni, donne-soldato che dicevano Mangia i maccheroni!, donne-soldato che cuocevano a puntino nei pentoloni con i maccheroni mentre i bambini volavano verso la riga azzurra in alto fuori da ogni maccheronica comunità: quest'ultimo disegno in realtà non c'era, ma era quello che avrei fatto io.

E poi siamo arrivate nella nostra stanzetta, incrociando appena il dottor direttor Castelli, che senza alzare lo sguardo dalla punta delle scarpe si sfregava le mani e diceva Bene, bene...; e nella nostra nuova saletta degli incontri, in senso orario, c'erano: una finestrella; un planisfero politico di Mercatore, ancora con l'Unione Sovietica tutta insieme; un poster scientifico che descriveva il funzionamento dell'orecchio, con incudini, trombe di Eustachio e quant'altro, con tanto di didascalie; una pila traballante di giochi di società: Cluedo, Scotland Yard, il Gioco dell'oca...; un divano; un tappetone scomponibile con le lettere dell'alfabeto, come un gigantesco puzzle di gomma; una poltrona, sulla quale sedeva Pulce.

Io ho allargato le braccia, ho sorriso e ho detto Pulce, siamo arrivate!; mamma ha allargato le braccia, ha sorriso e poi è scoppiata a piangere; Pulce ha irrigidito le braccia, è scoppiata a piangere e ci ha tirato un pugno in testa.

Il problema di Pulce è che non si può mai sapere bene cosa c'è nella sua testa. Pulce non è come la maggior parte delle persone, che se le metti in una situazione piacevole facilmente sono felici; è che quella di Pulce, almeno per me, è una ribellione. Tu vuoi che io sia felice?, io credo che lei pensi, e allora PRRRT! – pernacchia –, io mi metto a piangere, per farti vedere che sono io che decido di che umore essere, e non gli altri. Insomma, io penso che Pulce sia molto anticonformista. E cosí noi eravamo venute a trovarla, tutte contente, e a noi che ci aspettavamo baci, abbracci e coccole, la scena strappalacrime della famiglia che si riunisce e porta avanti la sua battaglia, lei, dimostrando come me una spiccata antipatia nei confronti di ogni melodramma, aveva risposto PRRRT!, un pugno in testa. Ed è stata lí per tutto il tempo a guardarsi le mani, e mamma, esaurite le lacrime di commozione, cercava di attirare la sua attenzione con i regali che le aveva portato: audiocassette, vestiti nuovi, gadget coloratissimi che Pulce non degnava di uno sguardo, e io mi chiedevo che cosa stesse pensando di questa scena l'educatrice, una delle tante donne-soldato che avevano il compito di sorvegliare i nostri incontri (chissà che cosa temono, magari che ce la portiamo via?); come far capire a una persona che funziona in modo diverso che anche se Pulce piange e ci tira i capelli è felice di vederci, e forse è disperata solo perché c'è un sassolino nella scarpa che la infastidisce? Ho pensato che la mia era una battaglia impossibile, e ho immaginato Pulce come un personaggio di un fumetto che è stato disegnato con una nuvoletta in testa, ma questa nuvoletta è stata per errore dimenticata vuota, e allora chiunque ci può mettere dentro quello che vuole.

Allora ho cominciato a guardare l'orologio appeso alla parete, grande e rotondo come quelli delle stazioni, me ne stavo appesa alla lancetta delle ore e pregavo che si mettesse a correre: possibile che ci andasse cosí tanto a tagliare quel traguardo sbieco che portava il numero cinque?; e poi c'era la donna-soldato, che guardava me che guardavo l'orologio, e mamma che guardava Pulce e le lacrime che andavano e tornavano, e Pulce che non guardava altro che le sue mani, e chissà che cosa stava pensando, magari che l'avevamo abbandonata, magari che non l'avevamo piú voluta a casa con noi, certo non sarebbe stato facile per lei sottostare a questi *provvedimenti superiori*, ancora meno che per noi, lei che è cosí ribelle. E poi finalmente la lancetta maratoneta ha tagliato il traguardo, e la nostra ora di visita settimanale è finita, e io mi sono alzata e mi sono infilata il cappotto, mamma non avrebbe voluto andare via ma la donna-soldato le aveva già riconsegnato il suo impermeabile, come a dire «Cos'aspetti?», e Pulce senza dare nell'occhio si era alzata, aveva recuperato la sua giacca dall'appendiabiti e l'aveva data a mamma, come a dire «Mettimela, cosí sono pronta per venir via con voi». E la donna-soldato ha intercettato la giacca e ha detto Saluta Giovanna e la mamma, Margherita, torneranno a trovarti la prossima settimana. E Pulce ha riattaccato a piangere e a guardarsi le mani, e io m'immaginavo il dottor Castelli che scriveva nella sua relazione «La minore non ha dimostrato alcun piacere nel ricevere la visita dei suoi famigliari», e la donna-soldato che suggeriva «Ha anche fatto il gesto di riconsegnare il suo giaccone alla madre, probabilmente per liberarsi di tutto quanto le possa ricordare la sua passata vita in famiglia», e il dottor Castelli che aggiungeva «Ha manifestato atteggiamenti aggressivi nei confronti della madre e della sorella, sicuramente è segno della violenza che regna nell'ambiente famigliare da cui proviene», e pensavo a questi *provvedimenti superiori* che andavano avanti, a com'era difficile interpretare Pulce, e mi chiedevo se per caso anch'io non mi sbagliavo.

E mentre Pulce si è avvicinata alla finestra e forse guardava le rondini, forse contava i fili d'erba nel prato di sotto, mamma ha chiesto Perché ci sono quelle sbarre di ferro?

E la donna-soldato, piú fredda ancora di quelle grate di metallo, ha risposto È per gli ospiti piú indisciplinati, a volte scappano, o tentano di buttarsi giú mandandoci tutti nelle grane. E io mi chiedevo se la vista del cielo a righe avrebbe disturbato tutte le fotografie del mondo che Pulce si porta nella testa, magari avrebbe pensato che quello non era un cielo, oppure che un pittore pazzo avesse voluto tagliare a fette le nuvole per vedere se potevano cadere a terra, e io dal cortile mi sono voltata di nuovo verso la finestra, la donna-soldato si era affacciata per controllare che ce ne andassimo in fretta, e io vedevo le strisce nere che rigavano il suo corpo, e sognavo che un pittore pazzo avesse provato a tagliare a fette anche lei, e che da un momento all'altro si smembrasse in quattro o cinque parti sottili.

Mamma ha rotto il suo silenzio solo per dirmi Non le hanno nemmeno tagliato le unghie, ed erano tutte sporche di inchiostro; e io sono tornata a casa nella mia camera e ho abbattuto il dodicesimo panda, e Pulce ancora non poteva tornare.

Capitolo sesto

In quei giorni, la nostra casa era davvero molto vuota. Mamma e papà, quando non lavoravano, dovevano cercare di risolvere questo casino, e cercarsi degli avvocati, e cercare di spiegare agli assistenti sociali che avevano sbagliato tutto, e che papà era innocente, e che probabilmente Pulce aveva voluto fare uno scherzo, e che comunque avrebbero dovuto rimandarla a casa perché aveva bisogno di noi, e che per gli altri comunicare con lei sarebbe stato come trovarsi davanti a una versione di greco senza poter aprire il dizionario.

Io pensavo che avremmo dovuto fare qualcosa, che avremmo dovuto chiamare il telegiornale; nonno Vittorio stava zitto ma si leggeva ancora nel fondo dei suoi occhi seri un bagliore che diceva Kalašnikov!; nonna Carmen voleva ancora incatenarsi al campanile, ma papà sospettava che fosse piú che altro perché voleva comparire in televisione. I parenti, invece, che ormai erano stati tutti avvertiti dalla lingua incontenibile di nonna Ninni, chiamavano tutti i giorni per consigliare a mamma e papà dei nuovi avvocati per fare causa a questi *superiori* e alla loro *superiore idiozia*. Ma la causa, avevano detto gli avvocati, non si poteva fare, perché sarebbe stata contro le S.S., come li chiamava papà, cioè i Servizi Sociali; che a loro volta erano l'impronta di un'altra S, piú maiuscola ancora, che era quella dello Stato. E la causa contro lo Stato non la si poteva fare, perché i maiuscoli avrebbero vinto, noi avremmo perso un sacco di soldi, e Pulce non sarebbe tornata. E dovevamo anche fare attenzione, avevano detto, a tenere la nonna Carmen ben lontana da campanili, televisioni e quant'altro, perché papà era «colpevole fino a prova contraria», avevano detto, e con una nonna mangiapreti che volava penzolando dalla guglia di una chiesa aspettando i giornalisti la famiglia Camurati sarebbe risultata inevitabilmente *inadatta* a prendersi cura di Pulce; e papà sarebbe risultato *inevitabilmente* pedofilo, e Pulce non sarebbe tornata.

E poi, diceva papà, che lo dicevano gli avvocati, dietro tutta la nostra storiaccia c'era un enorme burattinaio, il Tribunale dei Minori. Ma a volte, diceva mamma, che lo dicevano gli avvocati, anche il Tribunale dei Minori poteva essersi sbagliato, e ciò che lo dimostrava era che la famiglia manifestava un *danno*: che qualcuno impazzisse, poteva essere un danno; che qualcuno si suicidasse, o cadesse in depressione, e un medico certificasse che aveva perso la voglia di vivere, era un danno; che qualcuno perdesse il lavoro, era un danno. E quando la famiglia si guardava allo specchio e si trovava dimagrita e depressa doveva andare da un misuratore di danni, che si metteva gli occhiali, e dopo aver esaminato il caso diceva Venti centimetri di schizofrenia in piú, e tre tentativi di suicidio, a diecimila euro al metro fanno esattamente..., e allora la famiglia poteva andare dagli avvocati, che andavano dai giudici portando lo scontrino del misuratore di danni, e questi prima o poi avrebbero fatto sí che alla famiglia disoccupata e schizoide arrivassero i soldi che spettavano ai suoi componenti per il loro lavoro di matti impazziti.

Gli occhiali di questo signor misuratore di danni, però, diceva mamma, che lo dicevano gli avvocati, erano disseminati di macchioline qui e là, e questo faceva sí che alcune cose ai suoi occhi rimanessero invisibili, immisurabili. L'ala dei suoi occhi preposta alla vista della tristezza, ad esempio, era ricoperta da un alone di caffè; proprio in corrispondenza di quella del dolore era caduto uno schizzo di dentifricio, e una spruzzatina di sugo appannava il millimetro del suo sguardo dedicato alla percezione dello sconforto. Cosí che, diceva mamma, il dolore che derivava dal fatto che Pulce era stata portata via non poteva in alcun modo rappresentare un danno, perché non si poteva vedere, e quindi misurare. E anzi, se mamma e papà fossero entrati nella bottega di questo signor Misurino, avrebbero dovuto far ben attenzione a non toccare niente, Gradite un chiletto di anoressia a quindicimila euro? O posso proporvi un'insalata mista di psicosi di stagione?, avrebbe detto lui, ma le leggi dicevano che non si potevano possedere una pazzia e un lavoro allo stesso tempo, perché bisognava lasciare qualcosa anche agli altri, e tantomeno era permesso avere una disoccupazione e dei figli a carico, a qualcosa bisognava rinunciare, e allora mamma e papà uscivano dal negozio del signor Misurino senza avere in tasca un soldo in piú di quando erano entrati, perché il loro dolore era fuori catalogo e fuori prezzo, non poteva proprio trovare un suo posizionamento sul mercato.

Insomma, mamma e papà avevano detto che non è che ci fossero molte cose che potevamo fare, se non aspettare, e io allora, per passare il tempo, cercavo una traccia che mi ricordasse Pulce: sollevavo inutilmente i cuscini del divano alla ricerca dei grissini che lei ci nascondeva come un cane col suo osso – è incredibile come la gente comune manchi cosí tanto di fantasia da mangiare sempre intorno a un tavolo, invece Pulce si portava i suoi rubatà dappertutto, ne ammucchiava dieci in una mano e dieci nell'altra per paura che qualcuno potesse rubarglieli, poi se li infilava tutti in bocca, e se voleva conservarne qualcuno per il futuro lo nascondeva appunto sotto i cuscini, ma a differenza di un cagnolino lei se ne dimenticava un momento dopo averli nascosti, e i grissini restavano lí fino a quando non formavano un mucchietto abbastanza grande da scricchiolare sotto le gambe di chi si fosse seduto, svelando cosí il bottino – ma oggi non ce n'era nemmeno uno, inutile cercare, forse Pulce aveva già ceduto le sue scorte ai divani della Giorni Felici.

Allora giocavo con Carlo Alberto, avevo l'impressione che anche lui si sentisse un po' solo da quando non c'era piú Pulce a tirargli la coda, lo vedevo gironzolare senza meta per la casa, mentre con lo sguardo triste tentava di scuoiare un mio maglione coi dentini. Una volta l'abbiamo sorpreso mentre si lanciava da una zampa all'altra una polpettina di carne trafugata, e quando gli ricadeva in testa scappava tutto spaventato, come fosse stato aggredito da un nemico invisibile. Mamma osservandolo ha detto Anche il gatto adesso è handicappato.

Oppure parlavo con Bernardo, Giulio e Cyber, i miei amici immaginari. Bernardo, il cui nome per esteso era Equino Fantasma Bernardo Marrone, come riportato dalla carta d'identità su fondo azzurro che gli avevo preparato quando facevo le elementari, era per l'appunto un cavallo, dal pelo marrone a chiazze beige, per la creazione del quale mi ero ispirata a un'enciclopedia di animali per ragazzi; si nutriva esclusivamente di cubetti di lego gialli, un surrogato immaginario della biada, ed era l'amico di piú vecchia data. Giulio invece era stato un tempo il compagno di fantasia di mio papà, il quale però un giorno aveva deciso di tagliare i ponti: il piccolo Gualtiero, indicando un aereo, aveva detto una sera Ora Giulio è lassú, e non tornerà. E io, quando ero venuta a conoscenza di questa storia, mi ero subito preoccupata per il destino della povera creatura impalpabile, e l'avevo adottata perché tenesse compagnia a Bernardo, considerando che gli avrebbe fatto senz'altro bene un po' di equitazione, dopo tanti anni di riposo. E infine Cyber, essere indefinibile dall'aspetto argenteo che si nutriva di cavi elettrici e si spostava a cavallo dei tralicci, massimo esperto di qualsiasi apparecchiatura elettronica, il cervello del gruppo. I tre erano tutti intenti, da anni, a risolvere il mistero della scomparsa di un papero giallo di nome Nessuno, rapito da imprecisate creature malefiche quando io ero ancora una bambina; è vero che io avrei potuto farlo ritornare in qualsiasi momento, bastava immaginarlo, ma poi come tenere occupati gli altri?

Ogni lunedí ritornavamo alla Giorni Felici, il castello in cui avevano rinchiuso la principessa Pulce. E un giorno il dottor direttor Castelli ha fermato me, mamma e il gigantesco Bugs Bunny gonfiabile che lei si portava sulle spalle, regalo per Pulce, e ha detto Signora, le devo parlare di alcune piccole *regole* prima di lasciarvi cominciare la visita. E visto che a me questa parola non è mai piaciuta, e ancora di meno mi piaceva sentirla in una *comunità*, ho preferito aspettarli fuori dall'ufficio. E quando mamma è uscita mi ha sommersa con questi Comandamenti dei No: Non nominare mai, per nessuna ragione, il nome di papà; Non nominare mai, per nessuna ragione, la Comunicazione Facilitata; Non parlare mai e poi mai, per nessuna ragione, di un eventuale ritorno a casa di Pulce; Non tentare mai e poi mai, per nessuna ragione, di avvalersi del metodo della Comunicazione Facilitata per parlare con Pulce. E cosí siamo entrati nella stanzetta, la donna-soldato come sempre ci stava a guardare a braccia conserte, Pulce questa volta era allegra e faceva dei lunghi discorsi al suo Panda, e io e mamma ci siamo sedute, ci siamo guardate negli occhi e ci siamo dette Bene, e adesso che non possiamo piú parlare di niente, che cosa facciamo?

Non è che siano proprio molti i giochi che Pulce sa fare. Piú che altro a lei piace parlare con Panda, a volte sta a guardarlo per delle ore, lo strapazza e gli parla nella sua lingua fatta di «Da Da Da», io ho sempre pensato che in quei momenti Pulce tenga dei comizi politici e adotti il panda come interlocutore di prova, immagino che urli, nella sua lingua, con tutte le sue forze Popolo dei panda! Ribellati! Rivendica la tua autonomia dal genere umano!, e cosí via, ma queste sono solo idee mie, mamma invece pensa che per Pulce il panda sia come un migliore amico, e che lei in quei momenti si confidi con lui; è stata sempre mamma a decidere che il panda non avesse un nome, cosí si può pensare che Pulce lo stia chiamando in ogni momento; papà invece dice che probabilmente quelli che noi chiamiamo «Da Da Da» sono delle sofisticatissime elucubrazioni in giapponese, e che quindi noi non capiamo la lingua di Pulce solo perché non è la nostra, ma invece con il panda, che viene piú o meno da quelle parti, devono intendersi benissimo; mamma ci tiene a precisare che, visto che «Da» in russo vuol dire «Sí», probabilmente invece Pulce parla russo. E comunque mia sorella non sa fare molti giochi, e del resto in una stanza chiusa con tanto di sorvegliante non è che ci siano troppi stimoli, è vero che una volta giocavamo chiuse in camera per delle ore, quando lei era piccolina: io avevo inventato due personaggi, Miciobaldo, che ero io, copia felina di Braccobaldo, che all'occasione si trasformava anche in Miciobaldik (coi dovuti debiti a Paperinik), e poi c'era lei, che era il mio secondo, e si chiamava Bernarda, una cavalla, perché lei all'epoca sapeva camminare solo a quattro zampe, ed era la promessa sposa del mio omonimo amico immaginario; però erano molti anni che non facevamo piú questo gioco, perché intanto Pulce aveva imparato a camminare diritta ma non sapeva piú gattonare, quindi non sarebbe stata un buon destriero, perciò ho pensato di non proporlo nemmeno.

Altrimenti a Pulce piaceva guardare i cartoni animati, ne aveva sempre uno preferito ma era uno diverso ogni mese, lo guardava un sacco di volte e mi metteva allegria lí davanti alla televisione perché rideva ogni volta come fosse la prima, mamma diceva che aveva letto nei libri che i gesti ripetitivi per gli autistici sono rassicuranti, perché sono prevedibili, ma a me semplicemente sembrava ammirevole che Pulce riuscisse a trovare delle cose che le piacevano cosí tanto da non stufarsene mai. Però comunque lí i cartoni non li potevamo vedere, perché in quella stanzetta non c'era la televisione e noi da quella stanzetta non potevamo uscire.

Un'altra cosa che a Pulce piaceva fare era guardarsi le mani, se le rigirava sotto gli occhi piú e piú volte e anche di quelle non si stufava mai, mamma diceva che anche quello era un *comportamento ripetitivo* o *stereotipia*, io pensavo invece che lei avesse deciso di impararle a memoria, piegolina per piegolina, e che ci passasse tanto tempo perché, con tutti quei dettagli che ci sono in una mano, non era certo un lavoro facile. Oppure, pensavo, le guardava per vedere se erano ancora identiche al giorno prima, o per cercarvi altre forme di vita, forse i suoi occhi erano cosí profondi che riuscivano a vedere oltre la pelle, dentro le vene, fin giú dentro al mondo dei globuli rossi, coi quali probabilmente parlava in continuazione. Comunque, visto che eravamo in una comunità, dovevamo fare delle *attività socializzanti*, e guardarsi le mani non andava bene perché Pulce lo poteva fare solo da sola, visto che noi non ne eravamo capaci. E quindi eravamo daccapo: non sapevamo bene che cosa fare.

La donna-soldato ha allora tirato fuori il Gioco dell'oca (possibile che non riesca a ficcarsi in testa che anche per un pensionato sarebbe un passatempo noioso?), Pulce è riuscita a renderlo divertente solo perché scagliava le pedine da un angolo all'altro della stanza, centrando sempre gli anfratti piú polverosi, costringendo cosí la nostra führer educatrice a imbrattarsi le mani di ragnatele per andarle a raccogliere; poi la donna-soldato ha tentato di convincere Pulce a giocare con il tappeto-puzzle, quello gommoso da scomporre e ricomporre, e ha storto il naso quando mamma le ha detto Mia figlia non sa maneggiare i giochi a incastro. Allora voleva portarla sull'altalena nel cortile, che era come quelle che si vedono nei film di una volta, un copertone appeso a una corda, ma mamma ha spiegato che Pulce sarebbe caduta, perché non avrebbe saputo dove tenersi, su un'altalena non omologata; il Cluedo, neanche a parlarne; allora la donna-soldato, non sapendo piú dove sbattere la testa, ha tentato di fare una minilezione di geografia, portando Pulce di fronte al planisfero di Mercatore per spiegarle dov'era l'Italia, ma lei per tutta risposta le ha sferrato un pugno sulla zucca; e quando è andata in un'altra stanza per prendere il Twister, quel gioco dove un tabellone indica le posizioni che devi assumere senza cadere, mamma era sull'orlo di una crisi di nervi, ma è riuscita a trattenersi commentando solo Non mi sembra il passatempo piú adatto per una bambina con problemi motori. E io m'immaginavo che in un'altra delle loro relazioni avrebbero potuto scrivere «La madre limita la mobilità della bambina, ritenendola incapace di prendere parte a dei giochi elementari».

E cosí le nostre visite venivano spese perlopiú in coccole, mamma si prendeva Pulce sulle ginocchia e le diceva Ti salutano tutti, ma proprio *tutti*, e chissà se questo era consentito dirlo, o se veniva preso come un modo indiretto per parlare del papà, poi le davamo dei baci, lei a un certo punto ci porgeva il registratore e ascoltavamo insieme una favola, e io fissavo l'orologio rotondo sulle note di *I sogni son desideri*, e per me e Cenerentola, per fortuna, a un dato momento arrivavano sempre le cinque.

Poi un giorno mi sono ricordata di una signora che vedevo sull'autobus quando andavo a casa di Pippa, era una donnona incredibilmente sferica che portava un cappello con un pennacchio di piume fucsia e al collo un sacco di ciondoli e amuleti a forma di peperoncino; saliva sempre alla solita fermata, quella che stava tra il bosco e il cimitero, nessuno sapeva da quale dei due tetri luoghi venisse, e tutti avevano troppa paura per provare a seguirla; entrava, si sedeva al solito posto – guai se lo trovava già occupato, scacciava subito e con un solo grido acutissimo il vile usurpatore –, si sistemava il cappello, si schiariva la voce e cominciava il suo comizio. Ssssoltanto perché il governo non ha mai digerito il mio mestiere di agente segreto, gridava digrignando i denti allo stesso tempo, nnnnnon ssssignifica che quessssto mi delegittimi dal tramare un complotto internazionale; intanto ansimava leggermente, dicevano fumasse dieci pacchetti di sigarette al giorno, E tutte quesssssste microspie che nasssscondete nei vostri stupidi inquietanti ridicoli berretti..., diceva cominciando a fissare con occhio torvo il cappellino di lana della malcapitata vecchietta che le sedeva di fronte, mentre l'enorme piuma fucsia del suo copricapo la innervosiva solleticandole la punta del naso, ... nnnnnnon saranno certo ciò che mi fermerà dal continuare a tramare, organizzare e cosssssspirare!; la gente attorno iniziava ad agitarsi sui sedili come fosse stata presa da un improvviso prurito al sedere o come se la voce della signorona pennacchiuta avesse sguinzagliato tante piccole e agguerrite formichine rosse che si erano intrufolate tra i loro vestiti, tutti cominciavano a guardarsi vicendevolmente con aria preoccupata, ma la piú preoccupata di tutti sembrava invece lei, che di fronte a quel fermento s'infervorava RRRRResistere! Bisogna resistere ai continui attacchi che ci vengono sferrati! SIETE PAZZI DA LEGARE!, il momento in cui diceva questa frase arrivava sempre, e io la aspettavo con grande impazienza, Chi non rrrresiste è unicamente inequivocabilmente PAZZO!, diceva, e la «p» di «pazzo» le restava un po' sulle labbra, come se aspettasse, per uscire, che tutta la rabbia salisse su dal fegato e si ammonticchiasse per bene in bocca, È inutile che continuiate ad assordarmi coi vostri discorsi reazionari approfittando di uno spazio pubblico per violentare le orecchie altrui costringendole ad ascoltare sempre, inequivocabilmente la vostra voce, SIETE PAZZI DA LEGARE!, e tutti a poco a poco cominciavano ad avviarsi verso la porta, e io restavo lí a chiedermi chi fosse questa buffa parlatrice e dove avesse preso il suo buffo cappello, qualcuno diceva che era un'attrice di strada, e che quando scendeva dall'autobus si tranquillizzava, qualcuno mormorava che avesse fatto la guerra. Io, prima che rapissero Pulce, non mi ero mai interessata particolarmente alla questione, ma adesso avevo cominciato a sentire una profonda simpatia verso tutti quelli che erano arrabbiati, primo perché piacevano a Pulce, e secondo perché erano arrabbiati come me e come lei. E allora, visto che non potevo portare Pulce sull'autobus per farle conoscere la signora col pennacchio, ma visto che volevo assolutamente che si conoscessero, ho deciso che mi sarei immedesimata io nella rotonda e pennacchiuta ribelle, avrei indossato virtualmente il suo copricapo fucsia e avrei tenuto uno dei suoi comizi sovversivi, per far ridere Pulce. E cosí, proprio mentre la donna-soldato della Giorni Felici ha cominciato a storcere il naso di fronte a Pulce che aveva preso a esaminarsi gli indici in un momento di silenzio, io sono esplosa PAZZI DA LEGARE!, avvicinandomi sempre piú alla faccia divertita di mia sorella, sgranando gli occhi e dilatando le narici, PAZZI! Pennnnnnsate di poter rinchiudere i sovversivi tra quattro mura!, dicevo, questa era una delle espressioni preferite della signora dell'autobus, PAZZI DA LEGARE! E con la vostra dissssciplina farete impazzire anche noi!, e Pulce mi guardava, guardava fisso nei miei occhi iniettati di sangue e poi subito sopra la mia testa, come se volesse controllare dove avevo messo il cappello con il pennacchio fucsia, e ad ogni improvvisa esplosione della parola «PAZZI!», Pulce rideva e rideva, si sbellicava sempre piú, mi abbracciava, rideva, e poi guardava con un occhio solo la donna-soldato, sorridendo sotto i baffi.

Anche a mamma è piaciuto questo gioco per far ridere Pulce, ma visto che lei la signora dell'autobus non la conosceva, perché non prendeva mai l'autobus per andare a casa di Pippa, ha cominciato a imitare i personaggi piú arrabbiati dei cartoni animati di Pulce: e cosí diventava Brontolo, che gridava imbestialito agli altri nanetti che lo avevano appena obbligato a fare un bagnetto; diventava

Shere Khan la tigre, arrabbiata, arrabbiatissima, perché le avevano appena portato via da sotto il naso il suo *cucciolo d'uomo*.

Poi ho sviluppato una mia strategia: visto che noi dovevamo obbedire ai loro *provvedimenti superiori*, ho pensato che anche loro avrebbero dovuto sottostare ai miei *raggiri inferiori*. E allora durante le nostre visite prendevo Pulce, la abbracciavo, la supatavo, la stringevo fino a che lei non mi copriva la faccia con i suoi capelli, e cosí, di nascosto dallo sguardo soldato dell'educatrice, cominciavo a dirle Papà ti saluta, ti saluta tantissimo, non vede l'ora che tu torni a casa, ti vuole bene, ti pensa sempre, non è per colpa sua che tu sei qui, si sono sbagliati, è successo un pasticcio; insomma le spiegavo tutto questo casino in cui, non si sa perché, improvvisamente ci eravamo ritrovati.

Quando pensavo a tutte queste parole che non potevamo dire ma che sarebbero state proprio le piú importanti, il papà, la casa, ma che cosa mai era successo, e com'era potuto succedere?, mi immaginavo una stanza buia con un falò al centro, e intorno tutti i nostri *esecutori di ordini superiori* che giravano in tondo al ritmo di una danza macabra, e il loro capo, che ancora non riuscivo bene a capire chi fosse, che dall'alto di un trono declamava «Padre!», e uno dei suoi scagnozzi prendeva un foglietto con quella parola scritta sopra e lo gettava nel fuoco, «Comunicazione Facilitata!», e cosí via, fino ad arrivare all'ultimo foglietto, «Famiglia Camurati!», che ci faceva precipitare tutti tra le fiamme. E visto che sentivo risuonare tutti questi No, e tutte queste voci che ripetevano tutte queste parole, e visto che queste parole non ce la facevano a starsene ferme nella mia testa, ma correvano giú sulle labbra, e facevano di tutto per uscirsene fuori, un giorno per non avere piú tentazioni ho fatto anche io il mio piccolo sabba malefico: ho preso il dizionario, l'ho aperto alla lettera C, e con un pennarellone nero a punta grossa ho cominciato a depennare tutte i concetti che ci erano stati proibiti, e già che c'ero ho dato una ripulita anche a quelli che mi stavano antipatici, cosí che nel mio falò non erano finite solo la *Casa* e la *Comunicazione Facilitata*, ma anche, e prima di tutte, la *Comunità*.

Quella mattina non riuscivamo a fare altro che passeggiare per il salone come delle anime in pena, io andavo e venivo cercando di riordinare, papà trafficava al computer, poi si alzava per un bicchier d'acqua, faceva due o tre giri intorno al tavolo, passava la scopa e si risedeva, mamma trasportava le pile di vestiti che avevo lasciato in giro fino al cestone della roba sporca; la mia attenzione si è posata sul vassoio dei cioccolatini che faceva bella mostra di sé in mezzo alla stanza, qualcuno per sbaglio aveva messo tra le praline la bustina di un farmaco per la gastrite, e mi sembrava che ciò fosse molto significativo dello stato d'animo della famiglia: aveva bisogno di qualcosa di piú potente dei dolcetti per liberarsi di tutto il suo stress.

Poi il campanello ha suonato, papà ha sobbalzato sulla sedia, è corso ad aprire dicendo Vi stavo aspettando, io sono corsa a nascondere in camera mia un paio di mutande che avevo dimenticato su una sedia, mentre entravano i Carabinieri.

Non era come in un film, perché erano molto gentili, e anche se erano venuti per fare un sequestro non avevano sfondato la porta, avevano chiesto Permesso anziché gridare Mani in alto o sparo. Poi hanno chiesto Avete già predisposto il materiale?, e mentre io stavo per rispondere che non sapevo di quale materiale parlassero, perché in casa nostra non c'era nulla da portar via, non essendoci armi o droghe nascoste, mamma mi ha tappato la bocca e ha indicato una pila di quaderni colorati, e un'altra montagna di scatolotti grigi, il computer disassemblato.

Procura della Repubblica presso il Tribunale
Sezione di Polizia Giudiziaria - Carabinieri

Con la presente si notifica il sequestro, in merito al procedimento penale numero …, a carico di Camurati Gualtiero, dei seguenti materiali:
nr. 7 quaderni tipo ciclo stile ad anelli, relativi ad appunti di conversazioni sostenute dalla minore Camurati Margherita con il metodo denominato «conversazione facilitata»;
nr. 2 diari scolastici appartenenti a Camurati Margherita;
nr. 8 quadernoni scolastici appartenenti a Camurati Margherita;
nr. 1 cartellina contenente esercizi scolastici eseguiti da Camurati Margherita;
nr. 8 libri scolastici appartenenti a Camurati Margherita;
nr. 1 tastiera plastificata per l'esecuzione del sistema di conversazione facilitata;
nr. 1 foglio recante la dicitura «sí» e «no» ed i segni «+» e «-»;
nr. 1 foglio recante le cifre da 1 a 9, riportate anche in lettere, ed i loro relativi multipli (materiale di studio di Camurati Margherita);
nr. 1 cartina politica dell'Europa, recante nomenclatura manipolata, per la precisione i nomi delle capitali corretti col pennarello e scritti come si pronunciano (materiale di studio di Camurati Margherita);
nr. 9 disegni raffiguranti personaggi di cartoni animati Walt Disney e Warner Bros., regalo della sorella per Camurati Margherita;
nr. 1 quaderno tipo ciclo stile ad anelli, recante la dicitura «Certificati asilo» quasi illeggibile, rimpiazzato dalla dicitura «Giovanna 3ª-5ª elementare»,

relativo a materiali di studio e comunicazioni delle sorelle Camurati;
nonché nr. 1 computer Pentium III (840 Mhz e 512 Mb Ram).

Insomma, questo era tutto quello che si erano portati via. Comprese le mie cose. Compreso il mio preziosissimo tema su Pulce, l'unico documento dal quale potevo ottenere un po' di *oggettività*. E poi uno di loro si era avvicinato a papà, gli aveva messo una mano sulla spalla e gli aveva detto Mi dispiace dottore, e gli aveva consegnato l'avviso di garanzia; e papà dal quel giorno era molto, molto piú triste di prima.

E io avevo voluto leggerlo questo foglio, che era pieno di cose pazzesche da parere uno scherzo, perché tra le altre cose c'era scritto:

CAMURATI Gualtiero,

INDAGATO

per il delitto di cui gli artt. 81 cpv., 609 bis I e II comma n.1, 609 ter n.5 c.p. perché, con più azioni esecutive di un medesimo disegno criminoso, abusando delle condizioni di inferiorità fisica e psichica della propria figlia CAMURATI Margherita (9 anni), affetta da encefalopatia connatale, e con violenza, consistita nell'imporre con la forza tali atti alla minore minacciando di farla rinchiudere in un manicomio se avesse riferito la cosa ad alcuno, costringeva la predetta minore a subire atti sessuali, non richiesti né graditi, consistiti in ripetute penetrazioni vaginali ed eiaculazione sul corpo della minore. Fatto aggravato perché commesso ai danni di persona che non ha compiuto gli anni sedici da parte di un ascendente. Fatti commessi nell'abitazione domestica, iniziati in data anteriore all'ottobre … e tuttora in corso.

E io pensavo che anche se papà davanti a Pulce era sempre allegro, in fondo soffriva abbastanza, e aveva dovuto ridimensionare molto la sua vita da quando lei era nata, e che non era giusto fargli passare delle cose del genere senza alcuna ragione, perché con uno che già soffre bisognerebbe andarci piú cauti.

Ma invece:

Il Tribunale per i Minorenni ha emesso il seguente provvedimento:

DISPONE

Che la minore CAMURATI MARGHERITA venga immediatamente allontanata dai genitori, anche con l'eventuale ausilio della forza pubblica, ove strettamente necessario, ed in ogni caso con prelevamento dalla scuola, ed inserita in una comunità per minori.

AUTORIZZA

La madre e la sorella Giovanna a visitare la minore, in luogo neutro (comunità o altra struttura) alla presenza di un operatore, una volta alla settimana.

INCARICA

Il S.S. ed il S. di N.P.I. dell'Asl ad attuare ogni opportuno intervento di sostegno nei confronti della minore e di presenziare alle visite autorizzate; inoltre, di approfondire l'indagine sulla minore e sulla famiglia, riferendo in merito con relazione scritta entro il ...

Dichiara il presente decreto immediatamente esecutivo nonostante gravame.

E dopo siamo rimasti tutti in silenzio intorno al tavolo, mamma si è alzata e ha preso dal vassoio dei cioccolatini quella bustina di farmaco contro la gastrite, e l'ha bevuta dicendo Mi devo calmare, e io non sapevo cosa dire perché, tra le altre, c'era una cosa che mi sfuggiva in modo particolare in quel momento, e non sapevo se dirlo o no, ma alla fine mi sono fatta coraggio e ho chiesto Mamma, ma che cosa vuol dire «eiaculazione»?

E lei mi ha fulminata con lo sguardo dicendo che peggioro sempre le situazioni già tragiche.

Capitolo settimo

Poi è passato un sacco di tempo senza che nulla di rilevante succedesse: la donna-soldato, le parole proibite, una stanzetta claustrofobica e sorvegliata a vista eccetera eccetera; e ogni volta che uscivamo mamma era piú triste, per esempio mentre mi faceva notare Le hanno tagliato solo le unghiette del piede sinistro. E lei non ci poteva piú fare niente con quelle unghiette, perché avevano deciso che Pulce dovesse avere una mamma sostitutiva, perché quella vera sembrava non andare cosí bene, colpevole com'era di aver sposato un mostro; solo che io non ero proprio sicura che a questa famiglia sostitutiva piacesse una figlia come Pulce, forse se l'erano ritrovata e non avevano saputo come prenderla, a forza di cercare di farla giocare al Gioco dell'oca lei si era ribellata, e cosí avevano smesso di andare d'accordo, e per ripicca ora le prendevano il piede e le tagliavano solo un'unghia sí e una no, con grande disappunto di qualsiasi mamma vera. E sicuramente loro non sapevano, come invece aveva scoperto mamma, che per tagliare le unghie senza che sentisse dolore, giacché molti autistici lo sentono laddove noi non lo avvertiamo, occorreva farlo mentre lei dormiva, ma solo un dito all'ora, guai se si fosse svegliata: a mezzanotte il pollice, all'una l'alluce, e cosí via, perché Pulce potesse alzarsi al mattino tutta bella e credere che le unghiette si fossero rimpicciolite da sole durante la notte, e non avere paura.

E chissà che spunto hanno trovato per le loro relazioni quando una volta, alla Giorni Felici, di fronte a Pulce impacchettata in un felpone viola tutto infeltrito, mamma ha commentato Le avete messo una maglia Bernarda, quella che si slunga e si slarga. E davanti alla donna-soldato che storceva il naso io non ero riuscita a trovare le parole per spiegarle che questo è solo un modo di dire che appartiene da anni al nostro lessico famigliare.

Eppure loro, quelli che facevano per professione la Famiglia Felice dei Giorni Felici, sembravano mettercela proprio tutta per farci vedere che Pulce non solo stava bene, ma da quando non stava piú con noi stava anche meglio. A scuola avevano preso l'abitudine di farle delle pettinature quando si dimostrava particolarmente volenterosa, cosí che ogni lunedí ce la presentavano tutta infiorettata di treccine, codini, elastichini, che sembrava appena uscita da un salone di bellezza, e c'era qualcosa nel modo in cui ci dicevano È stata molto brava oggi, che sembrava sottintendere «È sempre molto brava *adesso che sta nel posto giusto*». In comunità qualcuno aveva proposto di farle portare una collana di pasta quando si dimostrava ubbidiente e gentile, e avevano finito per non levarle piú di dosso quel monile di mezze penne e rotelle (Pulce ama molto le collane, ma non so quanto una cordicella ricoperta di pastasciutta e tempere soddisfi i suoi gusti raffinati); e ogni volta che andavamo a trovarla la donna-soldato faceva notare a mamma Ha visto signora, com'è brava Margherita? Anche oggi ha la collana.

Pippa non aveva mai smesso di interessarsi al mio casino, anzi, mi sembrava contenta che la sua amica cicciona e un po' emarginata avesse finalmente una bella storia da raccontare. Solo che tutto era entrato a far parte della routine, cosí che il lunedí mi chiedeva Oggi vai in comunità? con la stessa naturalezza con la quale il giovedí s'informava Oggi pomeriggio hai judo?

Un lunedí pomeriggio avevamo deciso di vederci proprio alle cinque e un quarto, subito dopo la mia uscita dalla Giorni Felici; io avevo detto a mamma che sarei tornata a casa a piedi per fare una passeggiata dimagrante, non volevo che pensasse che mi vedevo con la mia amica anziché stare a meditare sulla povera Pulce rinchiusa in un castello malefico. E Pippa mi aspettava seduta su una panchina dei giardinetti, quelli subito dietro via Machiavelli, aveva un paio di jeans stretti e scarpe con le zeppe, sembrava molto piú grande. Con Juri non andava tanto bene, lei aveva la costante impressione che lui preferisse stare coi suoi amici anziché con lei; e poi si era messa di mezzo anche quella sfigata di Milú, che aveva chiesto a Juri di fare un diario con lei, e Pippa era gelosissima ma non sapeva che cosa fare, e io vedevo la mia amica cosí occupata che avevo perso la voglia di raccontarle gli sviluppi della mia storia, pensando che queste avventure di amori e gelosie che le riempivano la testa dovevano essere sicuramente piú interessanti delle mie questioni di unghie dei piedi.

Lo capisci, Gio'? Se Milú mi ha già rubato Stefy, che era la mia migliore amica fino alla seconda e poi mi ha lasciata per fare un diario con lei, non capisco che bisogno ha 'sta tipa di fare un diario anche col mio ragazzo...; io la guardavo e dicevo Già... Già..., del resto a me nessuno aveva mai chiesto di fare un diario, e non ne avevo mai sentito la mancanza. La cosa peggiore, Gio', è che Juri non mi lascia nemmeno leggerlo, quel diario, e che cosa devo pensare, secondo te?; io la guardavo con occhi smarriti (e che ne so io che cosa ci si scrive, in un diario?), Io penso che loro tutto il tempo parlino male di me, ecco cosa penso!; a me non sembrava una cosa cosí automatica, ma la vedevo cosí convinta che non ce la facevo a contraddirla. E quindi io, grazie a una secchiona sfigata, perderò il mio ragazzo come ho perso la mia migliore amica!; io ero un po' dispiaciuta, perché per me era Pippa la mia migliore amica, e invece per lei ero solo un rimpiazzo, forse perché io ero contraria a tenere un diario visto che pensavo che tutto quello che c'era da dirsi si poteva dirselo a voce senza problemi, anziché stare lí a perdere tempo a scriverlo con le penne a gel brillantinate. Capisci Gio', è per tutti questi problemi che io ho cominciato a fumare.

Io avrei voluto dire alla mia amica che fumare fa male, che comunque c'è tutta la vita per cominciare e non c'è nessuna fretta di farlo in terza media, ma ero cosí affascinata da questo mondo che non conoscevo che me ne sono stata zitta, aspettando l'emozione di vederla tirare fuori una sigaretta. Perché sai, quando gli amici ti piantano non ti resta veramente niente..., io non avevo mai avuto di questi problemi, la mia amica vera era Pippa, e non vedevo proprio perché avrebbe dovuto piantarmi in asso; e poi c'erano Bernardo, Cyber e Giulio, e sapevo che loro non se ne sarebbero andati, a meno che non fossi stata io a desiderarlo.

Poi Pippa si era alzata, mi aveva fatto cenno di seguirla dietro un albero, mi aveva detto Stai occhio, che adesso facciamo lo svuotino. E io la guardavo affascinata mentre prendeva una sigaretta, Questa è una MS di mia mamma, la strapazzava con le dita finché tutto il tabacco cadeva per terra, poi tirava fuori dalla tasca una roba che sembrava una bustina di tè, Buffo, sembra tè alla menta, avevo detto io, Cretina, *è* tè alla menta, mi aveva rimproverato lei. Pippa estraeva con cura i peletti dalla bustina e li infilava in quel tubicino di carta bianca, chissà che bisogno c'era di svuotare la sigaretta per poi fare tutta quella fatica a riempirla di nuovo, non si faceva prima a fumarla cosí com'era? Abbiamo quasi finito, tu continua a fare il palo, diceva; io cominciavo a guardarmi intorno preoccupata: che cosa sarebbe successo se accidentalmente qualcuno della Giorni Felici fosse passato di lí e mi avesse vista intenta in questi traffici loschi, che cosa avrebbero scritto nelle loro relazioni a proposito della sorella della povera Camurati Margherita, cresciuta allo sbando tra mandrie di ragazzacci? Il primo trucco per non farti beccare dai tuoi, mi diceva Pippa, è non avere mai un accendino, prendi sempre i fiammiferi, cosí se te li sgamano puoi dire che li usi per fare dei giochi di prestigio. Si atteggiava già da grande esperta, per essere che doveva aver cominciato a fumare sí e no da una settimana. Al terzo fiammifero rotto, la nostra meravigliosa sigaretta finalmente si era accesa. A me sembrava che a Pippa venisse in continuazione da tossire, ma lei diceva che era normale, che quello era il rumore che il fumo faceva quando ti entrava dentro. Ci siamo sedute sotto l'albero e cercavamo di assumere un'aria tranquilla, Pippa diceva che anche quello era un modo per non farsi sgamare, che se tremavi come una foglia attiravi l'attenzione di chi passava che avrebbe potuto riferirlo ai tuoi. Lo sai Gio', mi diceva Pippa stravaccata contro il tronco del pino sventolando la sua sigaretta al tè come una diva, in fondo tu non sei poi cosí male, dovresti perdere qualche chiletto, ma tutto sommato hai dei bei lineamenti, secondo me potresti anche piacere a qualche ragazzo. Io la guardavo stupita, non so se piú per il suo modo di fumare o per quello che mi diceva. Il problema, Gio', è che tu non hai ancora capito come ci si deve vestire, guardati, ma l'hai vista quella tuta? È da sfigato, alle elementari ci si veste con la tuta, oppure nell'ora di ginnastica, e poi se uno già ha qualche chilo di troppo non si deve vestire largo, che sennò sembra un bidone, perché non provi a metterti dei pantaloni aderenti, una volta tanto?; io proprio non sapevo che cosa risponderle. In casa mia i vestiti li comprava mamma, e li comprava sempre ad agosto, quando lo spaccio della Robe di Kappa faceva i saldi, e a me questi vestiti non è che piacessero o non piacessero, semplicemente erano dei vestiti e quindi li mettevo. Senza contare che in casa nostra eravamo abituati a comprare solo i pantaloni con l'elastico e senza cerniera, in modo che Pulce potesse tirarseli giú da sola quando doveva fare la pipí, mamma per comodità li comprava cosí per tutti, e io non sapevo se i pantaloni attillati avessero l'elastico, ma ero quasi certa di no, perché la gente alla moda non ha mai di questi problemi. Ne parlavo l'altro giorno, proseguiva Pippa, con i miei amici, quelli della terza B: anche loro pensano che con una bella ristrutturata generale potresti migliorare parecchio. E io non capivo bene perché Pippa mi dicesse queste cose, a me non me ne importava niente di come si vestiva lei, ma forse mi ero abituata troppo bene ad avere amici come Bernardo, Cyber e Giulio, che loro non protestavano mai. E infatti proprio Giulio, che in quel momento non aveva niente da fare, era venuto a sedersi sotto l'albero con noi, e lo sentivo che mi diceva Non te la prendere. E io, che proprio negli ultimi giorni avevo riflettuto sull'eventualità di presentarlo a Pippa, avevo capito in quel momento che forse non era il caso, perché forse non sarebbero andati d'accordo.

E poi erano arrivate le sei, Pippa alle sei doveva essere a casa, e io prima di salutarla le avevo chiesto Senti, ma tu che forse sei esperta di queste cose... mi puoi dire che cos'è l'eiaculazione?; e lei si era messa a ridere e mi aveva promesso che me lo avrebbe spiegato un'altra volta.

Ho dovuto indire un'assemblea straordinaria. Bernardo, Cyber e Giulio stavano seduti in cerchio nella mia cameretta, al centro un pacco di merendine (è sempre meglio avere qualcosa da sgranocchiare, quando si affrontano problemi seri), io ero un po' emozionata ma alla fine ho cominciato a parlare. Ragazzi, ho detto, la situazione è piú seria che mai. Io temo che voi non potrete restare qui ancora per molto. Ci sono dei nemici, fuori, dietro ogni angolo, che stanno tramando contro di voi. E io proprio oggi ho subito un attacco. Ho resistito eroicamente, ma non so per quanto ancora riusciremo a fermarlo. Abbiamo già perso uno dei nostri combattenti piú valorosi, l'amica Pippa. Ed è per questo che vi chiedo di fare tutto il possibile, in caso la sconfitta sia inevitabile, per posticiparla quanto piú a lungo. Ho finito.

Mi meritavo una pausa, e una bella crostatina. Non sapevo quanto fosse imminente il rischio di dover salutare i miei amici immaginari, ma ai giardinetti con Pippa avevo capito una cosa: che magari un giorno avrei incominciato anche io a portare i jeans attillati, e che i pantaloni stretti sarebbero stati proprio troppo stretti per poterci infilare dentro anche Bernardo e tutti gli altri.

Era quindi importante festeggiare il fatto di essere ancora tutti insieme, perché già una volta avevo rischiato di perdere i miei amici. Era quando una sera stavo dando istruzioni alla banda a proposito di un piano geniale per recuperare il papero Nessuno, era quasi tutto pronto, solo che non mi ero accorta di aver parlato a voce troppo alta, e cosí mamma era entrata in camera e mi aveva chiesto Giovanna, con chi parli?, e io ero scoppiata a piangere. La questione era stata presa molto seriamente, non bastavano piú gli attacchi di fame e la tosse nervosa, ora la bambina aveva anche le visioni; mamma aveva passato un'altra notte insonne in ricerche, e al mattino mi aveva presa in braccio e mi aveva detto Stai tranquilla, io e papà abbiamo scoperto che avere amici immaginari è tipico dei figli di laureati, e denota grande fantasia. Io non mi ero sentita per niente consolata, e avevo iniziato a considerare i miei amici come una cosa da tenere nascosta.

A scuola, la Garfa continuava a interessarsi al mio casino, o al «sequestro», come lo chiamava papà, ma continuava anche a starmi antipatica.

Nell'ora di grammatica avevo incollato alla sedia il sedere di Pippa, e siccome quel giorno si era messa dei pantaloni vecchissimi, che faticavano a reggersi insieme, un filo della cucitura era stato intrappolato dalla mia trincea di super attak; la mia amica, alzandosi e dimenandosi per venire da me a vendicarsi, aveva scosso il didietro con troppa violenza, fatto che aveva prodotto con un sonoro CRACK! la rottura della cucitura posteriore, cosí che, appena era riuscita a scollarsi, era rimasta mezza desnuda davanti a tutta la classe, intanto scoppiata in un boato di gioia.

Io mi stavo rotolando sul pavimento dalle risate, Pippa aveva dovuto chiamare sua mamma per farsi venire a prendere con un paio di braghe nuove, nel frattempo la campanella aveva suonato, sul registro era apparsa una nota di classe, «Gli alunni si abbandonano all'ilarità dilagante nel bel mezzo della lezione», appena ero riuscita a riprendere fiato avevo cominciato a scartare quella crostatina ai lamponi (240 Kcal) che mi ero pregustata durante tutta l'ora di grammatica, ma proprio mentre stavo per addentarne il bordo seghettato la Garfa aveva deciso di venire a parlarmi.

Giovanna..., mi aveva detto con il tono piú mesto che avessi mai sentito uscire dalla sua bocca, lei che è in grado di produrre cosí tanti decibel tutti insieme, quando deve farci le sue sfuriate, Giovanna... come stai?, mi aveva messo una mano sulla spalla.

Io, che fino a quel momento stavo benissimo, mi ero improvvisamente sentita male.

Giovanna..., aveva continuato, ... io sono davvero preoccupata per te.

Anche io, in effetti, cominciavo a preoccuparmi per me. La prof mi aveva già rubato tre minuti e quarantadue secondi di intervallo, vedevo la crostatina ai lamponi a portata di denti ma non la potevo mangiare, lo stomaco aveva preso a scricchiolarmi.

Giovanna, aveva continuato lei incurante con la sua voce da funerale, Giovanna, guardati: passi tutto il giorno a ridere, scherzare con i tuoi compagni. «Magari, – avrei voluto risponderle, – lo farei anche adesso se non fossi costretta ad ascoltare lei che mi stressa, e mi godrei gli ultimi minuti di Pippa col sedere di fuori prima che sua madre venga a prenderla», Io credo che tutto questo non ti faccia bene, guarda, Giovanna, che non devi per forza dimostrare a tutti che sei forte, stai vivendo una situazione molto delicata, e credo sia giusto che tu ti prenda qualche momento tutto per te in cui, seriamente, cerchi di *metabolizzare il tuo dolore*.

Io la guardavo perplessa: e che colpa ne avevo se il sedere ignudo di Pippa era cosí divertente? E poi, pensavo, io mica ero come quei personaggi di quel telefilm sull'handicap che avevo visto, sempre lí a disperarsi e intristirsi a vicenda e spruzzarsi addosso l'un l'altro le proprie lacrime.

Io non credo, Giovanna, continuava la Garfa, che tu possa restare indifferente al dolore che ha investito la tua famiglia, del resto, dal fatto che tu non riesca neanche a seguire le mie lezioni perché sei distratta, emerge tutta la tua sofferenza.

«Sofferenza» era una parola che non mi piaceva per niente, perché mi sembrava che uno si sentisse per forza triste appena la pronunciava. Però, per la noia mortale delle lezioni della Garfa, in effetti era il termine piú appropriato.

Giovanna..., si era avvicinata, curvata leggermente verso di me simulando la dolcezza di una mamma, o forse solo di una vecchia zia, ... quando ti vedo ridere in modo sciocco, penso sempre a tutti i pensieri che avrai nella tua testolina, e quel riso mi sembra quasi un insulto.

Anche il suo del resto, pensavo io, era un bell'insulto verso il mio stomaco e tutte le preoccupazioni a lui connesse, come il fatto che era vuoto, vuoto, desolato, si stava solo riempiendo, a poco a poco, di un liquido verde di rabbia, la legittima rabbia degli affamati.

Io m'immagino, Giovanna, che tu sia sempre stata costretta, anche prima di questa storia, a fare i conti con un sacco di problemi. Ad esempio il fatto che sarai tu, un giorno, a doverti prendere cura di tua sorella, quando i tuoi genitori non ci saranno piú. E questo, magari, ti impedirà di costruirti una famiglia tua, o di lavorare.

Io, per far passare il tempo, mi ero messa a guardare le

piastrelline del pavimento sotto i piedi della prof, stavo notando che mentre col sinistro ne occupava nove e mezza, con il destro ne ricopriva piú di dieci, e mi chiedevo se fosse perché aveva comprato le scarpe in saldo di due numeri diversi o se realmente avesse un piede piú lungo dell'altro; poi avevo cominciato a chiedermi se ci fossero delle forme di vita tra una piastrellina e un'altra, magari quelle *amebe* che avevamo studiato nell'ora di scienze, e mi chiedevo come dovessero sembrare ai loro occhi i granellini di polvere che si erano accumulati lí nella fessura tra le mattonelle, se li vedevano come giganteschi macigni o come delle leggerissime nubi. E mentre pensavo a tutte queste cose mi erano arrivate alle orecchie le parole della prof, «Tu non lavorerai mai», e non capivo perché lo dicesse con quella voce cosí affranta, perché bisognava lavorare per forza ed essere contenti di farlo?, pensavo, e mi veniva in mente il nonno, che per tutta la vita aveva aspettato il momento in cui sarebbe andato in pensione, ma poi si era detto che sarebbe stato meglio andarci prima, quando uno è ancora giovane e pieno di energie. E io, a volte, quando la Garfa ci dava un sacco di cose da studiare per i compiti in classe, pensavo che avevo già lavorato abbastanza, e non sognavo altro che andare in pensione. Intanto continuavo a cercare tra le mattonelle del pavimento, chissà se anche le amebe aspettavano il momento di diventare grandi per lavorare e sentirsi utili o se nascevano già contente, e lavoravano tutte un pochetto per volta e poi passavano il resto del tempo a dirsi quanto erano contente di lavorare poco e di essere amebe. E poi sentivo la Garfa che mi diceva «Forse non potrai mai avere una famiglia», e io mi chiedevo se anche le amebe avessero una famiglia, se anche le loro mamme le costringessero ad andare a messa la domenica e subito dopo ai grandi magazzini, o se vivessero tutte insieme con le loro amichette, e potessero stare alzate fino a tardi la sera a chiacchierare in un unico letto gigante e mangiare i biscottini al cioccolato senza contarne le calorie, e se potessero cenare sempre insieme senza bisogno di fare tutti i convenevoli che facevano i grandi, «Verrei ma non vi vogliamo disturbare», «Non andiamo a salutarli perché non ci vogliamo autoinvitare», e tutte queste cose che mamma e papà facevano e io non riuscivo proprio a capire, e mi dicevo che sí, forse non avrei mai avuto una famiglia, avrei vissuto con Pulce, che anche a lei tutte queste cose non piacevano, e con Pippa, e con Bernardo, Cyber, Giulio, e tutti gli altri, tutti quelli che volevano venire, e nessuno avrebbe avuto paura di autoinvitarsi, e saremmo stati felici, e non avremmo lavorato perché ci avrebbero dato dei soldi per prenderci cura di Pulce, e nessun p-u-b-b-l-i-c-o-m-i-n-i-s-t-e-r-o e nessun dottore avrebbe potuto venire ad analizzare la nostra famiglia e dire che non andava bene, perché noi non eravamo affatto una *famiglia*, noi eravamo noi, e loro, non sapendo darci un nome, non avrebbero saputo dire se andavamo bene o no secondo la loro definizione.

Ma la Garfa, spostando il piede con un gesto fulmineo, col quale aveva probabilmente schiacciato gran parte delle amebe felici, aveva continuato L'ultima volta che ho parlato con tua madre, Giovanna, mi ha detto che la *pensione di invalidità* che danno a tua sorella è bassissima; io ero felice di apprendere che Pulce era già in pensione, avevo sempre pensato che lei aveva capito molte cose che ad altri sfuggivano, E mi ha anche detto, Giovanna, che ha bisogno di attenzioni continue, continuava la prof, che occorre sempre guardarla per vedere che non le venga una crisi epilettica e che non le manchi il respiro, e tu, Giovanna, di queste cose non parli mai, e non credo ti faccia bene, secondo me dovresti lasciarti andare, piangere quando è ora di piangere, concedere spazio anche alla tristezza, non voler sempre ridere per forza, e se hai bisogno di parlare, se hai bisogno di sfogarti un po' con me, ricordati che io sono qui.

E io, quel giorno, tornando a casa mi ero accorta che

non avevo neanche mangiato la crostatina ai lamponi perché le parole della Garfa mi avevano fatto passare la fame, e ora non sapevo neanche piú se dovevo essere triste come lei diceva che era giusto che fosse oppure se potevo continuare a sorridere come avevo voglia di fare, e ripensavo a quello che mi aveva detto, e per la prima volta davvero mi veniva voglia di piangere, perché non capivo, a me era sempre sembrato che non lavorare e non avere una famiglia fosse una cosa bella, e invece la Garfa mi stava dicendo che era sbagliato, e che forse ero io quella strana, ma io non avevo nessunissima voglia di sentirmi strana, e mi veniva da piangere, perché non capivo, e allora avevo cominciato a farlo di nascosto, asciugando subito ogni lacrima che usciva, sperando che Pulce non avvertisse quel cambio improvviso e impercettibile dell'umidità nell'aria, e che non le venisse voglia di evadere a tutti i costi dalla sua stanzetta per venire a consolarmi, perché per lei che si muove cosí lentamente sarebbe stato rischioso. E pensavo a tutte quelle volte in cui io ero stata triste perché avevo litigato con Pippa, o perché la Garfa mi aveva messo una nota e io l'avevo cancellata col bianchetto ma mamma se n'era accorta, e appena mi cadeva sul pavimento la prima gocciolina di tristezza, appena cominciavo a pensare che forse ero sola con le mie bravate, ecco che Pulce affacciava la sua testolina alla porta: ovunque fosse si alzava, veniva ad abbracciarmi, mi guardava, mi sorrideva e mi dava una carezza finché non vedeva che stavo meglio, mi scuoteva la faccia forse perché era certa che l'aria avrebbe seccato i miei occhi, e poi se ne tornava di là.

Poi ero andata in cucina, c'era papà seduto al tavolo che si era fatto un panino a dieci strati che probabilmente conteneva tutto il frigorifero, e gli avevo chiesto Papà, tu pensi che io sia troppo allegra?

Lui aveva sorriso, si era tolto un pezzo di spinacio che gli penzolava tra i denti, aveva tossito perché un pomodorino gli era intanto andato per traverso e mi aveva chiesto come mai mi metto sempre in testa strane domande. Io gli avevo raccontato della Garfa, che mi aveva detto che tutto andava male e io ridevo, che tutto sarebbe andato ancora peggio e io ridevo, che tutto sarebbe finito in rovina e io ridevo; e gli avevo anche detto di quel telefilm che aveva inondato il televisore di pianto, e gli avevo detto che a me non è che la tristezza sembrasse una cosa sempre sbagliata – io, ad esempio, ero triste di avere una prof come la Garfa che mi faceva domande come quella –, ma io avevo voglia di essere triste quando lo volevo io, per i motivi che decidevo io, e che invece in quella fiction si sapeva fin dall'inizio perché tutti soffrivano, per i *problemi*, problemi di salute, problemi di sofferenza, problemi di famiglia e di lavoro, problemi di vita e di morte.

Vedi, Giovanna, mi aveva detto papà, cedendomi anche metà del suo panino che nel frattempo era franato rovinosamente sul tavolo, collassato sotto il suo stesso peso, la cosa che questi telefilm non ti dicono, ad esempio, è che avere un figlio disabile può diventare piú leggero, se intorno a te ci sono delle persone che ti aiutano, o se lo Stato ti dà abbastanza soldi, ma forse, in quei telefilm, la gente ha gli occhi cosí pieni di pianto che non vede neanche piú queste cose, e continua ad essere triste solo perché suo figlio non è *normale*.

In quel momento era arrivata anche mamma, aveva visto la bocca di papà annegare nella maionese e aveva chiesto Che cosa state facendo?, papà aveva risposto Ci stiamo domandando se sia giusto che Giovanna sia cosí allegra. Mamma mi aveva dato una carezza, aveva cominciato a sgranocchiare una carota che era stata espulsa dalla massa informe del panino e aveva detto Tesoro, il solo fatto che tu abbia degli amici immaginari dimostra che sei sola, che hai bisogno di coccole e stai soffrendo.

Io me n'ero andata di là facendo finta di avere un sacco di compiti in arretrato, la verità era che dovevo subito convocare una riunione straordinaria con gli abitanti della mia fantasia per dargli la terribile notizia: la loro esistenza era di nuovo minacciata da mamma che non se n'era dimenticata, e che probabilmente sarebbe andata a cercarli per scacciarli e scacciare, con loro, la mia presunta solitudine.

Visto che, però, nessuno era riuscito a rintracciare Bernardo, perché era andato a correre chissà dove, la riunione era rimandata; cosí, per ingannare l'attesa, mi ero appoggiata con l'orecchio alla parete di camera mia, per sentire quello che mamma e papà dicevano, per scoprire se si stavano già mettendo alla ricerca dei miei amici immaginari.

Povera Giovanna, sentivo che diceva papà, come se lei non soffrisse abbastanza da aver bisogno di una professoressa idiota che la mette in crisi con certe domande.

È bulimica, passa tutto il giorno a strafogarsi di merendine, questo non sarebbe espressione del suo dolore? E quella tosse, poi..., gli rispondeva mamma, e io mi chiedevo se fosse il loro linguaggio in codice, se in realtà non si stessero mandando messaggi cifrati riguardo alla cattura dei miei amici a zero dimensioni.

E mi chiedevo anche che cosa avrei dovuto fare, ripensavo a ciò che la Garfa mi aveva detto ed ero giunta alla conclusione che avrei provato a non ridere per l'intero pomeriggio. Avevo dovuto immaginare di essere un personaggio versalacrime della televisione, e che la Garfa fosse seduta davanti allo schermo, che era la mia cameretta, a piangere per la mia tristezza, e io per darle soddisfazione dovevo affettare un sacco di cipolle e aspettare che tutto il loro tristissimo vapore si ammonticchiasse ai bordi dei miei occhi, me li corrodesse piano piano finché non si scioglievano in un liquido trasparente; lei se ne stava in poltrona e alternava pop-corn e fazzolettini di carta mentre si godeva lo spettacolo di tutta quella tristezza, e tentava di imitarla, ruga per ruga, mentre allargava le narici, inarcava le sopracciglia, gonfiava a dismisura il labbro inferiore e lasciava che la saliva sommergesse i denti; intanto sentivo dall'altra parte della parete di cartongesso mamma che diceva Ti ricordi quando Pulce ha avuto quella bruttissima crisi epilettica?; e continuavo a immaginarmi la Garfa davanti alla telenovela-Camurati, mentre reggeva il telecomando con aria attonita facendo ben attenzione a non cambiare inavvertitamente canale con le sue dita tremolanti, C'era solo Giovanna con lei, rispondeva papà, Che tristezza..., commentava intanto la prof, con l'aria a metà tra il disperato e il compiaciuto, Non ha respirato per dieci minuti, ha rischiato davvero di morire, ricordava mamma; la Garfa a questo punto non reggeva davvero piú, il dolore era troppo, e tutti quei *problemi* messi insieme, condensati in quell'unica parola, «morire»; m'immaginavo mamma che dall'altra parte della parete aveva preso anche lei a imitare la prof spettatrice, e i suoi occhi cominciavano ad arrossarsi senza l'aiuto di nessuna cipolla, Abbiamo passato tutta l'estate a doverla controllare continuamente, diceva papà, e la prof intanto gongolava davanti a questo copione struggente, Tutta colpa di quell'ignorante di Contengo che ci aveva detto di sospendere il Gardenale; la prof sorrideva orgogliosa della sua preparazione: lei, che ne aveva viste a valanghe di sit-com sulle malattie, lo sapeva bene che cos'era il Gardenale, era un farmaco per l'epilessia, me la vedevo che telefonava a un'amica, dopo, e diceva Ho guardato *La famiglia Camurati*, e ho pianto tanto, tanto... mi sono proprio divertita!, ma lo spettacolo andava avanti, Era tutta blu, te lo ricordi?, chiedeva mamma, poi continuava, Abbiamo dovuto metterla a testa in giú per togliere quel grissino che le era rimasto in bocca quando ha avuto la crisi, sperando che ritornasse a respirare; la prof aveva ben chiara la scena davanti a sé, e quel blu, quel blu cosí intenso che colorava non solo lo schermo ma per un momento anche tutta la stanza, E c'era solo Giovanna, povera, solo Giovanna che non sapeva minimamente che cosa stava accadendo, meno male che poi siamo arrivati noi; vedevo la prof che s'inteneriva, che cominciava a nutrire istinti materni verso di me, verso Pulce, persino verso mamma e papà, e improvvisamente aveva voglia di salvarci tutti, Giovanna tuttora non riesce a parlare di questa cosa, diceva papà, forse le ha fatto troppo male, stringere da sola sua sorella tra le mani e accorgersi che è lí, con tutta la sua fragilità, e può svanire da un momento all'altro; anche la prof si sentiva incredibilmente toccata da questa cosa, e le era venuta voglia di stringerci, stringerci tutti prima che svanissimo, si era anche alzata con un balzo reso goffo dai singhiozzi ed era corsa ad abbracciare la televisione, era venuta a consolarci per il nostro dolore, per tutto il dolore che aveva visto in noi, tutto quel dolore che c'era nelle telenovelas, ed era cosí colpita dal nostro dolore che ora era diventata lei l'inconsolabile, e per farsi forza aveva avuto bisogno di abbracciarci, di stringerci in tutta la nostra fragilità, che potevamo svanire da un momento all'altro, ma con quell'abbraccio ci aveva soffocati, il televisore era esploso in mille pezzi, le lacrime si erano sparse ovunque ed era impossibile recuperarle a una a una per asciugarle tutte, era impossibile tornare a condensarle tutte in un unico copione per farne una soap opera, non era piú possibile abbracciare il nostro dolore per com'era secondo gli spettatori, perché non c'era piú televisione, non c'erano piú spettatori, non c'era piú il loro dolore.

Capitolo ottavo

Comunque anch'io, nel mio piccolo, forse animata dalle parole della signora dell'autobus, che ripeteva nella mia testa Resistenza!, ero riuscita a fregarli. Mi sono arrampicata sulle mensole, mi sono allungata fino all'ultimo ripiano dello scaffale, ho appoggiato il piede su uno scatolone (chissà se mi regge?), e ho tirato fuori dal suo nascondiglio il mio quaderno con Lupo Alberto, gioiosamente colorato: nessuno avrebbe potuto sospettare che fosse un *documento detenuto illegalmente*. Per non essere costretta a chiedere il permesso di consultare il *tesoro di casa* ogni volta che volevo sentire la voce di Pulce, avevo preso l'abitudine di trascrivere su dei foglietti colorati coi buchi tutto quello che lei scriveva; poi li inserivo in questo «quadernone tipo ciclo stile ad anelli», come lo chiamavano loro. Quando gli agenti erano venuti, e senza sfondare la porta ci avevano detto Dateci tutti i documenti relativi a questo *procedimento penale in atto*, e si erano portati via il *tesoro* fatto di anni di parole infilate in cartelline trasparenti, io ero sicura che nessuno dei loro occhi giustizieri sarebbe caduto sui miei foglietti, e infatti cosí era stato. Non avevo piú il mio tema, e soprattutto non avevo piú Pulce, ma almeno potevo ricordarmi di lei attraverso le sue parole, che probabilmente non erano proprio sue, o lo erano al cinquanta per cento o forse anche molto meno, ma comunque era meglio che niente.

E cosí ora potevo immaginarmi Pulce che si sedeva al tavolo del salone, davanti a lei la macchina da scrivere, accanto la mamma con una mano sotto il suo gomito; e come per magia, a caratteri grandi, prima sul display e poi sul foglio di carta stampata comparivano le loro parole.

Ciao Pulce. Vuoi dire qualcosa alla mamma?
SÍ

E grazie a questo sí, ogni volta un mondo ci si apriva davanti, un mondo che era rimasto sommerso troppo a lungo, e che ora avevamo una gran voglia di ascoltare. Mamma allora, emozionata come sempre, le chiedeva:

Che cosa vuoi dirci, Pulce?
SONO ERRORE

Forse, visto che quella era stata la prima frase che Pulce aveva scritto in vita sua, sentiva il bisogno di ripeterla in continuazione: a volte la scriveva con le lacrime agli occhi, sembrava non esserci modo di spiegarle che, solo perché faceva delle cose diverse rispetto alle altre persone, non per forza doveva essere uno sbaglio; altre volte la usava solo come scusa per farsi coccolare o non fare i compiti, insomma ci marciava un po', diceva papà. In ogni caso forse pensava che quello dovesse essere l'inizio di ogni conversazione, forse perché, come gli altri bambini dicono «mamma», quella era stata la sua prima parola, ed era, per quello, la piú importante. Mamma le rispondeva:

Non ti buttare giú, topolino. Tu sai fare tante cose: sai leggere, scrivere, andare a scuola... anche se non parli ti sai far capire molto bene. Che cos'è che ti fa soffrire?
POCO IO PARLO
Non c'è bisogno di parlare per forza. Tu sai scrivere e puoi comunicare cosí. Vuoi dire altro?
SÍ

Che cosa?

QUESTA RAGAZZA TROPPO ZITTA

Io continuavo a leggere nel mio quaderno, ed era come avere di nuovo Pulce tra le mura di casa, mentre si ripetevano una serie di scene all'ordine del giorno quando era con noi.

Ciao Pulce. Questa notte piangevi e non riuscivi a dormire. Avevi paura?

SÍ

Di che cosa avevi paura?

PAURA DI MORIRE

Perché mai dovresti morire?

PERCHÉ MALATA

Malata dove?

DI ERRORE

Effettivamente, spesso Pulce si alzava nel cuore della notte, e decideva che non aveva piú nessuna voglia di dormire. Mamma diceva, che l'aveva letto nei libri, che era un *problema neurologico*, che molte persone autistiche ne soffrivano, e che era il loro cervello che, tutto incasinato, li teneva svegli come se si fossero persi in un labirinto, e dovessero per forza trovarne l'uscita prima dell'alba. Pulce si alzava alle quattro di notte con gli occhi sgranati, incredibilmente riusciva ad attraversare la cameretta senza fare rumore e senza inciampare nella marea di giocattoli e calzini sporchi che ero solita lasciare sul pavimento; apriva la porta del salone, sempre tenendo il Panda abbracciato a sé, controllava se per caso sul tavolo era rimasto dalla sera prima qualcosa da mangiare, e poi andava a sedersi sul divano sgranocchiando un grissino, l'unico alimento che non era incartato singolarmente e che quindi era piú accessibile alle sue manine sempre assonnate. Si sedeva, nell'oscurità piú completa era in grado di riconoscere le copertine delle sue videocassette preferite, sceglieva quella che aveva voglia di vedere in quel momento, la guardava e guardava rigirandola tra le mani con l'aria tutta compiaciuta, pregustava il momento in cui avrebbe visto sullo schermo tutte quelle scene di personaggi arrabbiatissimi che la facevano ridere, e mentre la agitava tra le mani con un sorriso gigante sulla bocca, trascorrevano le ore, finché mamma o papà non si accorgevano dei suoi gridolini, andavano in salone e la trovavano mentre guardava intensamente il televisore spento.

Mamma o papà, a seconda di chi si era svegliato, le concedevano mezz'ora di cartoni animati, poi provavano a spiegarle che era notte, e che di notte bisogna dormire se si vuole il giorno dopo essere belli e in forma per andare a scuola. Provavano a riportarla a letto, tornavano a dormire anche loro, pensando finalmente di poter riprendere i sogni, salvo poi essere svegliati pochi minuti dopo da Pulce che con una lunga conversazione fatta di «Eh! Eh!» sembrava dire «Eh, non vedi che non ho piú sonno? Te lo sto dicendo da mezz'ora! Perché ti ostini a volermi far dormire per forza?» Allora mamma (se la volta prima era sceso papà), o papà (se prima era toccato a mamma), si alzava, le concedeva un altro quarto d'ora di cartoni, facendo ben attenzione a saltare le scene che Pulce preferiva, perché, pensavamo, le avrebbero tolto quel poco di sonno che ancora le restava, poi prendeva un gigantesco materasso di gommapiuma, lo adagiava accanto al divano dove intanto Pulce si era sdraiata, per nulla stanca ma a suo agio tra Panda, copertina e cuscino, e provava a farla addormentare. La strategia a questo punto era: primo, spiegarle tutte le ragioni per cui era importante dormire, Perché domani devi andare a scuola, Pulce, e poi se ti addormenti sul banco non puoi seguire le lezioni, e come farai quando la maestra Popi farà la verifica? E poi domani tu devi anche andare ai giardinetti, e io devo anche lavorare, e se non dormiamo poi non riusciamo a fare niente. Finiti tutti questi discorsi, che a Pulce non interessavano per niente – lei, che è cosí ribelle, immaginavo pensasse che l'importante era dormire, e visto che comunque si dorme sempre un dato numero di ore, non era importante a che ora si decidesse di farlo, giacché ci si sente sempre riposati dopo averlo fatto; e poi, visto che dormire era un piacere, bisognava farlo quando si aveva voglia, e non quando lo decidevano gli altri –, insomma, finiti questi discorsi che non ottenevano nessun risultato, papà partiva allora con il piano B. Di solito, per far addormentare i bambini si raccontano le favole, ma a Pulce le favole suscitavano la reazione opposta, quella di entusiasmarla e quindi svegliarla, papà si era a lungo scervellato per trovare qualcosa di veramente soporifero da raccontarle. E cosí, dopo innumerevoli tentativi, aveva trovato le sue parole di cloroformio nella ricetta delle patate al latte. Allora Pulce, cominciava, si prendono le patate, si lavano, poi si pelano...; con le altre ricette non funzionava, le melanzane alla parmigiana, ad esempio, forse perché erano un piatto piú pesante, sortivano l'effetto contrario, dopo aver ascoltato i consigli di cottura Pulce prendeva a salterellare contenta sul divano, mentre invece si addormentava papà, Le tagli a rondelle, facendo ben attenzione a farle tutte uguali, e molto sottili...; con le patate invece era perfetto, Pulce seguiva attentamente parola per parola, si rilassava e sembrava entrare in profonda sintonia con il mondo dei tuberi e dei latticini, Prendi una teglia imburrata, fai un primo strato di patate ricoperto da uno di mozzarella..., e cosí si addormentava felice, dalla sua bocca sorridente cominciava a uscire un leggerissimo ... zzz... proprio quando papà, tra uno sbadiglio e l'altro, terminava la sua rievocazione culinaria dicendo Metti il tutto in forno a 180 gradi per trenta minuti e... buon appetito!

Pulce, diceva mamma, quando non riusciva a dormire era perché era angosciata, lo dicevano i libri, e tutti i bambini come lei lo erano. Forse, diceva mamma, che lo dicevano i libri, vedeva delle cose che non c'erano. Magari, nello schermo vuoto della televisione che restava a osservare per ore, vedeva dei mostri verdi che le dicevano Non dormire!, e lei gli dava retta per paura che loro poi potessero mangiarsela. I suoi occhi, diceva papà, erano diversi da quelli che aveva di giorno, non erano i soliti profondi occhi scuri, erano sbarrati, sfuggenti, senza spessore, lo sguardo era tutto lí in superficie, come se quei mostri che vedeva le fossero entrati dentro e avessero occupato tutto lo spazio che c'era in profondità, cosí che l'iride e le pupille avevano dovuto venire a galla e rimanere sospesi lí, terrorizzati.

Altre volte di notte Pulce si metteva a tremare, tremava cosí tanto che diventava per se stessa come la vibrazione della sveglia, e apriva gli occhi di colpo. Poi si alzava, correva in salotto, e le sue mani erano freddissime, e anche se la si avviluppava dentro a tre o quattro coperte non ne voleva proprio sapere di riprendere temperatura e colore. Inarcava le sopracciglia e cominciava a ballare con un'aria preoccupatissima, muoveva il pugno gelido su e giú, che era il gesto che per lei sostituiva la parola «musica», e noi allora cominciavamo a cantare sperando di rassicurarla, ma era difficile perché Pulce sapeva come dirci che voleva ascoltare una canzone, lo diceva con un gesto, ma non ne aveva inventato uno per ogni melodia, e cosí non poteva mai spiegare *quale* volesse sentire, e noi non riuscivamo a rassicurarla per niente.

Restava per un po' a guardare un punto fisso, lo indicava col dito come volesse farci vedere qualcosa, e una notte questo punto fisso combinazione era proprio sotto l'ascella sinistra del crocifisso, e quando nonna Ninni l'aveva saputo aveva detto che forse era posseduta e bisognava chiamare un esorcista, e noi per un po' non le avevamo piú parlato.

Poi, improvvisamente, ogni mattina tornava l'alba, e i raggi del sole sul corpo di Pulce le riscaldavano le mani e le scioglievano via l'angoscia dagli occhi, restituendole i suoi sorrisi.

Tutte queste cose, diceva mamma, dimostravano che Pulce era infelice. Io, che la notte non riuscivo sempre a svegliarmi, perché avevo il sonno troppo pesante, vedevo che di giorno Pulce sorrideva, e non riuscivo a immaginare che ci fossero davvero dei mostri che non la facevano essere contenta.

Eppure, come diceva papà, le sue angosce ogni tanto emergevano.

Ciao Pulce, vuoi chiedere qualcosa?
SÍ
Che cosa?
DI ERRORE SI GUARISCE?

Pulce, diceva mamma, era ossessionata dal fatto di non poter parlare e comunicare. Io, per parte mia, pensavo che Pulce potesse comunicare benissimo, perché ci faceva dei gesti quando aveva fame o sete, o ci indicava le fotografie, e per tutto il resto scriveva. Eppure, quando scriveva con mamma, sembrava essere triste davvero.

Ciao Pulce, come stai oggi?
MALE
Perché?
PERCHÉ LA SO MARGHERITA LA PAROLA
Spiegati meglio, non capisco.
MARGHERITA PIÚ PAROLE PARLEREBBE

E a volte, diceva mamma, indugiava in questo suo silenzio, se ne compiaceva, ed era lei stessa a non volerne uscire.

Ciao Margherita, come va?
A QUESTA DOMANDA MARGHERITA RISPONDE
SUO SEGRETO CHIUSO A CHIAVE

Oppure si prendeva troppo sul serio, nelle sue difficoltà.

Ciao Pulce, oggi abbiamo incontrato Graziella e tu non le hai neanche detto ciao. Come mai?
PERCHÉ IO NON PARLO

E anche se qualcuno ogni tanto diceva che forse non era giusto continuare a farla scrivere, perché questo la rendeva triste, alla fine nessuno riusciva a smettere davvero, perché tutti ci eravamo affezionati a quel suo modo di dire le cose molto tenero, tutto suo. O forse, come dicono i libri sulla Comunicazione Facilitata, tutto nostro. Cosí che dopo ore di scrittura con la mamma, anche a lei veniva qualche dubbio.

CF SERVE A COMUNICARVI NIENTE
Perché dici cosí?
BATTE IMBROGLIO SUBITO
Non capisco bene, che cosa vuoi dire?
ANITA SPINTA DÀ
Io ti spingo mentre ti faccio scrivere?
ABBASTANZA
Ma adesso sei stata tu a scrivere o io?
AVEVO AIUTO
Sei stata brava a dirmelo, cercheremo di fare piú attenzione. Vuoi dirmi altre cose?
DEVO MARGHERITA CHIEDERE A LUCETTA
SE È MARGHERITA CHE SCRIVE
Va bene, allora presto andremo da Lucetta e glielo chiederai. Secondo te chi è che scrive, tu o io?
MARGHERITA MI SEMBRA SCRIVA

E cosí, quando facevamo i *test di validazione*, che vuol dire che doveva provare a scrivere qualcosa che il facilitatore non sapeva, e lei non ci riusciva mai, scoppiava a piangere e scriveva IO HO PAURA DI IO MARGHERITA PENSARE, perché forse chi pensava tutte queste belle parole non era lei, e non le piaceva che qualcuno la costringesse a farlo.

Però sembrava un miracolo cosí bello, che chiunque avrebbe avuto voglia di crederci. Soprattutto quando Pulce era piú allegra e forse vedeva le cose come le vedevamo noi.

Ciao Pulce, vuoi dire o chiedere qualcosa?
SONO IO PIÚ FURBA DI RESTO DEI RAGAZZI?

Ed era anche bellissimo quando si sedeva e si sforzava di assumere un'espressione seria ma intanto si vedeva che le veniva da ridere sotto i baffi mentre scriveva.

PROPRIO PAPÀ È UN PO' CATTIVO
Perché dici cosí, Pulce?
PERCHÉ IO MARGHERITA È PROPRIO UN PO' ARRABBIATA
Perché sei arrabbiata?
SO IO (e scoppiava a ridere)
Era uno scherzo?
SÍ
Vuoi dire delle altre cose?
IO PAPÀ E TU E GIOVANNA SIAMO UNA FAMIGLIA BELLA

Oppure, sempre per ridere, si prendeva gioco delle sue stesse difficoltà.

CRETINA MARGHERITA
Pulce, perché scrivi queste cose brutte?
SONO FELICE
Allora era uno scherzo?
SÍ

E a volte era difficile capire la sua felicità, perché era una felicità ribelle come era ribelle Pulce, non funzionava come per la maggior parte delle persone.

Ciao Pulce, come stai oggi?
QUESTA RAGAZZA TROPPO FELICE
Che bello! Cos'è che ti fa essere felice?
HO PAURA DELLA STREGA
Avere paura ti diverte?
SÍ

Quando mamma le chiedeva come mai le piacessero i personaggi dei cartoni animati quando erano arrabbiati, lei rispondeva PERCHÉ ARRABBIATI COME ME: arrabbiata perché *errore*, diceva, ma anche perché essere arrabbiata la divertiva.

La tastiera ci serviva pure per sapere come se la cavava in classe, e con gli altri ragazzi.

A MARGHERITA PIACE LA SCUOLA
Bene! E qual è la cosa piú bella della scuola?
SEDERE SULLE SCALE
Ma in classe con gli altri ci stai o resti tutto il tempo fuori?
RESTO ERRORE
Non è vero! Tu sei intelligente, sai fare un sacco di cose e sei capace di seguire la lezione insieme ai tuoi compagni. Hai capito?
POTERE IO RESTARE IN CLASSE
E invece che cosa non ti piace della scuola?
SEMPRE REGOLI
Ma a scuola non si studiano solo i regoli, si fanno anche tante altre cose interessanti, come la geometria che ti piace tanto. Adesso vuoi scrivere qualcos'altro?
A SCUOLA IO SAPEVO GIÀ LEGGERE
È vero, tu hai imparato a leggere da sola. Per questo non devi credere di essere un errore. Che cosa ne pensi?

PENSO IO PIÚ MARGHERITA FURBA

Hai proprio ragione. Ma a volte tu a scuola smetti di sorridere e diventi seria: come ti senti in quei momenti?

MERDA

Non ho capito, che cosa vuoi dire?

RESTO UNO ZERO, che nella sua lingua vuol dire che si sente diversa da tutti gli altri, come se tutti fossero dei numeri alti e lei solo uno zero.

Qualche volta invece era piú entusiasta.

Come è andata oggi a scuola?

È ANDATA TROPPO BENE

Cos'hai fatto?

BALLETTO

E ti sei ricordata i passi?

DETTO TUTTI MARGHERITA FATTO BENE IL RUOLO

Qual è la cosa che ti è piaciuta di piú?

ZUCCHERO MARGHERITA

Ti hanno dato delle caramelle?

SÍ

Vuoi chiedere delle altre cose?

SONO STATA BRAVA?

Sono sicura che sei stata bravissima. Hai altre cose da dirmi?

TUTTI DETTO MARGHERITA SIMPATICA

Lo credo anche io. Tu cosa ne pensi?

MARGHERITA SIMPATICA

Capitava che fosse piú giú di corda.

Ciao Pulce. Oggi a scuola avevi paura, perché?

PAURA DI RIMANERE SOLA

Perché non c'era la mamma?

NO

Perché allora?

PERCHÉ SENZA PANDA

Non preoccuparti, Pulce. Il panda non può venire a scuola con te, ma ti sta sicuramente aspettando a casa e sta pensando a te. Ma perché invece a volte lo butti giú dalla finestra?

DALLA FINESTRA ROMPO PANDA

Tu vuoi romperlo?

NO

Ti piace il panda?

HO AMICO

Tutti i bimbi hanno dei pupazzi come amici, ma bisogna farsi anche degli amici tra i bambini veri. Sei d'accordo?

FARSI AMICI MARGHERITA NON SA

Non è vero, gli altri bambini ti vogliono bene, sei tu che devi provare ad avvicinarti a loro. Ora vuoi che andiamo ai giardinetti?

NO

Perché non vuoi?

HO ANSIA DA BAMBINI

Effettivamente, a volte, gli altri bambini si dimostravano davvero strani.

Un giorno, mentre eravamo ai giardinetti, una bambina era rimasta a guardarci per mezz'ora, fissando attentamente ogni nostro movimento, senza dire una parola. Se noi andavamo a sederci, lei veniva con noi, sempre tenendosi a due metri di distanza di sicurezza; se noi decidevamo di tornare sull'altalena, ecco che ci seguiva, si appoggiava contro il muretto lí accanto e restava a osservarci. Avevo preso a sorridere alla bambina sperando che si decidesse ad aprire la bocca, ma visto che cosí non avevo ottenuto nessun risultato mi ero messa anche io a osservarla incessantemente, per farle capire ciò che si provava. Lei allora era andata a chiamare altri amichetti, che come lei avevano cominciato a fissarci, si erano radunati in gruppetto e ci avevano praticamente accerchiate, confabulando qualcosa nell'orecchio l'uno dell'altro; poi, dopo una ventina di minuti, quando intanto io avevo detto a Pulce Guarda che strani, questi bambini, e lei si era messa a ridere, un biondino piccolissimo tra il gruppo, indicando mia sorella, mi aveva chiesto Ma lei a casa sua parla, vero?; e Pulce si era messa a ridere, e io avevo immaginato che pensasse che, anche se avesse potuto parlare, a individui del genere non avrebbe mai rivolto la parola.

Mamma diceva che spesso, ma io per fortuna non c'ero quando succedeva, arrivavano ai giardinetti e i bambini piú piccoli cominciavano a scappare, si radunavano in gruppetti che scorrazzavano da una parte all'altra del parco giochi gridando Allarme! È arrivato il mostro!; a me sembrava cosí strano, quando mamma me lo raccontava, che stessero davvero parlando di Pulce, proprio non capivo, perché Pulce aveva un'aria cosí carina, ma mamma diceva che gli altri si spaventavano quando lei lanciava i suoi gridolini, perché nessuno mai gli aveva spiegato quali erano i problemi di Pulce e loro non li sapevano capire, e io pensavo che forse erano infastiditi da tutta quella contentezza che Pulce manifestava con le sue risate ad alta voce, e allora volevano scacciare tutta quella felicità che non conoscevano.

Continuavo a sfogliare il mio quaderno, e vedevo materializzarsi davanti a me la scena di Pulce a scuola, mentre faceva i compiti insieme alla maestra Popi.

Adesso, Margherita, facciamo un compito: viaggio nella fantasia. Tu dove vorresti andare?

A CASA DI PANDA

E cosa vorresti fare una volta arrivata?

ZERO ERRORE

Non ho capito, che cosa volevi dire?

GUARIRE

E una volta guarita cosa faresti?

PARLEREI A PANDA

E cosa gli diresti?

TANTO QUESTO NON SI AVVERA

In un altro compito aveva scritto:

Ciao Margherita, oggi abbiamo guardato la videocassetta di Aladdin. Se tu trovassi una lampada, che cosa chiederesti al genio?

LA PAROLA

E il tuo secondo desiderio quale sarebbe?

TORNARE LIBERO

Brava, libereresti il genio, proprio come succede nel cartone! E il tuo ultimo desiderio, quale sarebbe?

ULTIMO SAREBBE IL RESTARE PIÚ FURBA

E leggendo quello che scriveva a scuola, mi chiedevo come andassero le cose lí tra i banchi, e come si comportassero i suoi compagni con lei. E mi chiedevo se anche i suoi compagni, come i miei, portassero i pantaloni attillati, e se questo fosse compatibile con la sensibilità raffinata di Pulce.

Ed effettivamente, mi raccontava mamma, non è che fosse cosí facile essere compagni di Pulce. C'erano alcune bambine, le aveva raccontato la maestra Popi, che avevano dimostrato un grande interesse per Pulce, forse perché erano «di buona famiglia», aveva detto, o forse perché, pensavamo io e mamma, erano simpatiche e basta. Le regalavano spesso un pezzo della loro merenda, le facevano dei pensierini a Natale e a volte addirittura, diceva Popi, «sacrificavano il loro intervallo per passarlo con lei, ed erano tanto tenere». A tutte queste attenzioni, a una carezza, a un bacino dato da qualche bimba buona durante la lezione, Pulce era solita rispondere in un solo modo: con un pugno in testa. L'autismo, diceva mamma, che lo dicevano i libri, non le permetteva di districarsi tra gli incomprensibili linguaggi dei *rapporti sociali*. Il cervello degli autistici, diceva mamma, che lo dicevano i libri, non era in grado di capire che se una persona sorrideva era per mostrare una certa benevolenza, o voglia di fare amicizia. E allo stesso modo non era in grado di capire che a quel sorriso, se si voleva fare amicizia, non bisognava rispondere con un pugno in testa, ma preferibilmente con un altro sorriso. Cosí che molte delle povere bambine, dopo aver ricevuto innumerevoli pugni in testa, avevano pensato che sorridere non fosse la strada giusta per avvicinarsi a lei, ma non avendone trovata un'altra ci avevano rinunciato. Pulce, d'altro canto, era molto selettiva con le persone che aveva intorno: a seconda del suo umore, poteva non degnare di un saluto nonna Carmen, ma gettarsi a braccia aperte addosso a uno sconosciuto. C'erano, probabilmente, delle facce che ispiravano un'istintiva simpatia agli occhi di Pulce, che forse erano tanto profondi che riuscivano a vedere dentro le persone; cosí che al supermercato dovevamo tenerla a bada affinché non sommergesse di baci qualche ignara vecchietta che passava di lí.

Una cosa che a Pulce piaceva tantissimo era infilarsi negli abbracci degli sconosciuti. Quando i suoi occhietti avvistavano due persone che si correvano incontro, Carissima! Quanto tempo!, dicevano, lei era presa da una felicità pazzesca, era piú commossa di quelle due amiche che si erano perse di vista per tanti anni, Che piacere rivederti!, dicevano, e Pulce forse trovava cosí carino il piacere altrui che non riusciva a resistere, spalancava le braccia e correva incontro alle due sconosciute, si tuffava addosso alle loro camicette sudaticce e forse ci si sarebbe infilata dentro dalla contentezza se solo gliel'avessero permesso, Quanto tempo!, si dicevano le due amiche, e probabilmente lo pensava anche Pulce, giacché non averle mai viste era piú o meno come non vederle da un'eternità.

Mamma diceva, che lo dicevano i libri, che probabilmente Pulce, e con lei tutti gli autistici, aveva una *percezione distorta* della realtà. C'erano degli autistici molto intelligenti, diceva mamma, che li aveva sentiti parlare, che avevano spiegato come loro percepivano il mondo, dicevano che sentivano sempre troppo o troppo poco, che annusavano con le orecchie e toccavano con le papille, ed era probabile che anche l'interno nascosto di Pulce funzionasse cosí: probabilmente, diceva mamma, che lo spiegavano questi autistici intelligenti, Pulce poteva ad esempio non essere in grado di percepire il suo corpo come un insieme. Era ragionevole credere che Pulce, a scapito del suo aspetto da bella bambina e tutta d'un pezzo, avesse bisogno di toccarsi in continuazione per verificare che le sue mani fossero ancora attaccate alle braccia, e non si fossero invece spostate a rimpiazzare le ciglia, per poi spiccare il volo e appiccicarsi al corpo di qualcun altro. Cosí, diceva mamma, che ci aveva molto pensato, era probabile che tutti gli abbracci di Pulce, che fossero rivolti ai suoi cari o agli sconosciuti, fossero in realtà dei tentativi di ricomporsi, di sovrapporre le sue braccia a quelle degli altri per assicurarsi di riuscire ancora a stringerli. A me questa cosa faceva ridere perché mi ricordava quella storia del *Visconte dimezzato* che ci aveva spiegato la Garfa, e io non l'avevo studiata bene perché ero già stata interrogata, ma mi ero chiesta se per caso il protagonista non fosse uno di questi autistici intelligentissimi amici di mamma. E pensavo a quando Pulce si sdraiava sul divano e si faceva fare per ore il solletichino sotto i piedi, e poi mi ricordavo dei momenti in cui ci stringeva fino quasi a stritolarci perché stava per scoppiare di felicità, e pensavo che forse la storia di quegli autistici non era la storia di Pulce, perché lei era una bambina molto affettuosa e ogni angolo del suo corpo, fosse intero o sparpagliato, sembrava confermare quest'idea.

Un'altra cosa che Pulce faceva e che mamma trovava molto imbarazzante era sedersi agli angoli delle strade: ma siccome per le sue gambette sarebbe stato troppo scomodo sedersi per terra, ne approfittava dove trovava una sedia, o un giaciglio già pronto. E cosí finiva in braccio a Clodoveo, il vagabondo che viveva nella piazza centrale in compagnia del suo vinello nel tetra-pak, e mamma mi si avvicinava col naso storto sussurrandomi all'orecchio È sporco, puzza; ma Pulce sul suo letto di coperte stava piú che comoda, Clodoveo le stava simpatico, forse perché quando era ubriaco era arrabbiato anche lui, e allora gli si sedeva in braccio e lo stringeva a sé tra gridolini di felicità, e la gente che passava guardava la scena, guardava il cartello «Offerta libera, per mangiare», e apriva il portafoglio tirandone fuori due banconote, una per Clodoveo e una per Pulce, e mamma correva a recuperarla, scusandosi Non ci faccia caso, Clodoveo!, diceva, È che gli autistici non hanno il senso dei *comportamenti sociali*!

Mamma diceva, che lo dicevano i libri, che gli autistici non riescono a capire le facce delle persone. Se per esempio, dicevano, tu guardi fisso negli occhi un autistico e fai la faccia piú truce che ti riesca di fare, piú cattiva ancora di quella di Rambo nei film di guerra, è molto probabile che non si spaventi per niente. Forse, anzi, gli verrà da ridere perché hai un'infinitesimale macchia di caffè sotto l'occhio sinistro, che ti porti appresso da questa mattina quando ti sei alzato, e anziché correr via terrorizzato, ti sorriderà e ti farà una pernacchia. Per tutti gli altri, diceva mamma, è come se gli esseri umani andassero in giro con delle goccioline di gioia liofilizzate sulle labbra quando sorridono, o delle particelle di dolore cristallizzato sulla fronte quando inarcano le sopracciglia. Per quelli come Pulce, invece, queste particelle restavano invisibili, non le potevano vedere negli altri e non le sapevano far emergere fuori dalla pelle, diceva mamma, restavano sommerse a chissà quanti chilometri piú dentro degli occhi. E probabilmente c'erano delle cose vere in quello che quei signori dicevano, pensavo, perché loro erano scienziati e noi no. Io però, per parte mia, mi ero detta che forse lei le capiva le facce, ma riusciva a farlo solo da lontano, da una stanza all'altra, perché lei aveva degli occhi cosí profondi che non aveva nemmeno bisogno di guardare, aveva già tutto dentro. Diceva mamma, che lo aveva letto in un libro, che per gli autistici il mondo è come un gioco con delle regole incomprensibili ma nel quale bisogna giocare per forza. E io guardavo gli occhioni di Pulce, le sorridevo, mi sorrideva, pensavo che di lí a poco avremmo giocato ai nostri giochi, e sarebbe stato cosí bello che avrebbe fatto passare a chiunque la voglia di scrivere anche solo una riga, che tutti si sarebbero messi a giocare e basta.

C'erano alcune compagne di scuola che forse avevano capito i modi di Pulce, anche loro avevano scoperto che agli occhi di mia sorella gli arrabbiati risultavano particolarmente affascinanti, e cosí avevano cominciato a trasformarsi nel Grillo parlante adiratissimo con Pinocchio (Pinocchio!, sbraitavano, In che posto ti ritrovi? Guardatelo! Fuma! Gioca al biliardo!), oppure nello sceriffo Woody che gridava a Buzz Lightyear (T-tuu... S-seei... UN GIOCATTOLO!), e forse grazie a questo Pulce aveva continuato a voler andare a scuola, perché si trovava bene.

Mamma aveva scelto la scuola per Pulce tra altre mille, e tra mille interrogativi, specialmente perché dappertutto le responsabili per l'accoglienza e l'inserimento dei disabili le avevano detto Ma è proprio sicura di volerla mandare qui da noi? Lei lo sa che un diversamente abile alla scuola costa un sacco di soldi?; ora però non c'era niente di cui sentirsi in colpa, perché Pulce era andata via, e se volevamo sperare che tornasse dovevamo pagare profumatamente fior fior di avvocati, e quindi anche la Scuola, a noi, stava costando un sacco di soldi, diceva papà.

Visto che mamma voleva sempre avere tutto sotto controllo – glielo aveva detto la psicologa spiegandole la sua *nevrosi fobico-ossessiva* –, aveva voluto conoscere una per una tutte le possibili maestre, e i presidi, e le bidelle, e le loro esperienze, e le loro vite. Lo credo che ce l'hanno portata via!, diceva ora papà, Con quanto gli hai rotto i coglioni a quelle maestre con le tue domande!, ma non era vero, diceva mamma, papà era arrabbiato e non sapeva a chi dare la colpa, perché *loro* erano troppo lontani, e allora se la prendeva con chi aveva davanti in quel momento. Anche quando aveva infine optato proprio per *quella* scuola, mamma era comunque agitatissima, E se poi i compagni di Pulce non capiscono come ci si deve comportare con lei?, diceva, e allora aveva passato una delle sue notti chiusa in bagno tra pinzette per le sopracciglia e libroni di pulciologia applicata, e il giorno dopo, con le mani che le tremavano per l'emozione e le occhiaie cosí blu che sembravano dipinte, era andata alla scuola per tenere una *conferenza introduttiva* sul tema «Camurati Margherita». E per essere sicura che nessuno si dimenticasse la lezione aveva deciso di ripeterla ogni settembre, cercando di chiarire tutti i possibili dubbi.

I compagni di Pulce, nell'ora di matematica, avevano preparato delle domande da fare a mamma, per avere una risposta alle loro curiosità: e cosí mamma era arrivata, e le era stata consegnata una cassettina di cartone dipinta coi pennarelli che portava la scritta «Per la signora Camurati». E mamma l'aveva aperta e aveva srotolato ogni bigliettino con lo stesso piacere con cui pregustava le massime che incartavano i cioccolatini, e poi si era lasciata avvolgere da tutti quei punti interrogativi colorati, «Margherita parlerà un giorno?», chissà se sarebbe stata in grado di tenere una lezione per bene, si chiedeva intanto, «Margherita è nata cosí oppure ha smesso di parlare quando era già grande?», e chissà se loro avrebbero capito, e se volevano bene a Pulce, «Margherita un giorno potrà avere una vita normale?», era importante spiegare per bene ai bambini qual era la *patologia* di Pulce, «Come fa Margherita a farsi capire?», e poi aveva cominciato a parlare, *autismo*, *neuroni specchio*, *disturbo pervasivo dello sviluppo*, *dispercezione sensoriale*, *encefalopatia epilettogena*, e i compagni erano stati attentissimi e alla fine dell'ora avevano scritto altre domande, altri punti interrogativi colorati e anonimi per la signora Camurati, «Ma che cosa vuol dire quando

Margherita urla e ride? È triste o è contenta?», io pensavo che cosí avrebbero avuto ancora piú voglia di stare con Pulce, «Margherita capisce tutto quello che le viene detto, anche se sembra di no?», perché per loro era come aver assistito a una conferenza su un personaggio famoso, «Come avete fatto a capire che Margherita era malata?», e ora avrebbero pensato che era una fortuna conoscerla di nuovo nella sua vera essenza visto che se ne parlava tanto, «Come sarà Margherita a quarant'anni?», magari sarebbero anche andati da lei a chiederle un autografo, «I movimenti che Margherita fa sono volontari?», sarebbero tornati a casa dicendo Non sai chi ho visto oggi, «Quando qualcuno non la vuole o la prende in giro, Margherita capisce? E che cosa prova?», ho visto nientemeno che Margherita Camurati, «La sua malattia potrà peggiorare? E migliorare?», si sarebbero sentiti orgogliosi del fatto che Pulce volesse restare lí tra di loro, «Come bisogna comportarsi con Pulce?», mamma era quasi commossa, «Come bisogna comportarsi con Pulce?», non l'avrebbero presa in giro, sarebbero stati i suoi amici, «Come bisogna comportarsi con Pulce?», e sarebbero stati amici molto piú tridimensionali del Panda, «Come bisogna comportarsi con Pulce?», le avrebbero voluto bene, ciascuno a modo suo, «Come bisogna comportarsi con Pulce?», l'insegnante intanto scuoteva la testa su e giú, con gli occhiali sulla punta del naso, «Come bisogna comportarsi con Pulce?», anche le maestre, pensava mamma, avrebbero aiutato i bimbi a capire, «Come bisogna comportarsi con Pulce?», gli avrebbero spiegato che bisognava essere sensibili e carini con lei, e loro non l'avrebbero presa in giro, «Come bisogna comportarsi con Pulce?», gli avrebbero spiegato che era piú importante voler bene a Pulce che prendere buoni voti, gli avrebbero spiegato che ciascuno doveva impegnarsi con lei come poteva, e che tutti insieme sarebbe stato piú facile e piú bello, «Come bisogna comportarsi con Pulce?», poi la maestra si era alzata, aveva stretto la mano a mamma, Bene bambini, adesso ritorniamo alla lezione di matematica..., mamma era uscita e si era soffiata il naso un sacco di volte nel corridoio, per sfogare la tensione, ... allora bambini, tutti seduti composti e ditemi..., poi Pulce aveva fatto il suo ingresso nella classe, ... quanto fa 2,5 + 3,4?, tutti si erano alzati per andare a salutarla, Bambini, adesso è ora di tornare alla lezione, tutti erano emozionati di rivederla, ora che la conoscevano *nel profondo*, «Come bisogna comportarsi con Pulce?», poi era arrivata l'ora di poesia, si studiava *Il cinque maggio*, Pulce stava seduta al banco e si guardava intorno, contenta, un bimbo in ultima fila aveva alzato la mano, Quando Napoleone venne esiliato..., Pulce ogni tanto si alzava e faceva qualche balletto in giro per la classe, poi tornava a sedersi, «Come bisogna comportarsi con Pulce?», il bimbo in ultima fila aveva alzato la mano e aveva detto Ma maestra, perché Margherita deve studiare Manzoni, se tanto poi non potrà mai parlarne con nessuno?

Quando la mamma di Pippa aveva scoperto che Pulce andava a scuola aveva chiesto Ma va in una scuola speciale, vero?; io non sapevo bene che cosa volesse dire, e allora l'avevo chiesto a papà, Una volta in Italia c'erano delle scuole apposta per i bambini con difficoltà, mi aveva detto, poi le hanno tolte, perché lí i bambini stavano male; allora gliel'avevo detto alla mamma di Pippa, che noi non volevamo assolutamente mandare Pulce in un posto dove sarebbe stata male, e lei mi aveva chiesto Ma gli insegnanti come fanno a sapere come bisogna comportarsi con Pulce?, Mamma gliel'ha spiegato, le avevo risposto, e sarebbero stati tutti carini con lei, perché Pulce è cosí dolce che è impossibile che stia antipatica a qualcuno, E l'insegnante di sostegno, continuava la mamma di Pippa, è ben preparata?, e io non lo sapevo, allora l'avevo chiesto a papà, e lui mi aveva detto che non lo sapeva nemmeno lui, sapeva solo che si era laureata in lettere ma poi non aveva trovato lavoro, e aveva dovuto improvvisarsi pulciologa, e la mamma di Pippa mi aveva chiesto Ma se è cosí non sarebbe stato meglio lasciare le scuole speciali, dove almeno tutti avevano studiato pulciologia?, e io non lo sapevo, papà diceva che erano dei posti brutti, ma che in altre parti del mondo c'erano, e quindi forse non erano poi cosí brutti, e la mamma di Pippa, che aveva piú domande dei compagni di classe di Pulce, mi aveva chiesto Ma allora perché vogliono fare le classi differenziali per gli stranieri, e non le fanno per i disabili?, e io non avevo saputo proprio che cosa rispondere, e pensavo che sí, effettivamente era bellissimo che anche gli altri bimbi potessero imparare delle cose da Pulce, ma forse a lei non piaceva studiare Napoleone, forse lei avrebbe voluto studiare delle cose piú vicine al suo mondo. Mamma diceva che la maestra non voleva accompagnare Pulce in bagno, perché non le sembrava fosse il suo compito, forse a Pulce sarebbe piaciuto di piú imparare a fare delle cose semplici, ma concrete, la maestra *speciale* chiedeva a Pulce se aveva capito come si calcola l'area di un quadrato, lei senza alcun dubbio rispondeva di sí, Quando Napoleone morí a Sant'Elena, Alessandro Manzoni..., intanto la maestra continuava la sua lezione di poesia, non sempre le due insegnanti riuscivano a mettersi d'accordo, e cosí a volte Pulce studiava matematica mentre tutta la classe faceva qualcos'altro, ... Manzoni si sentí molto toccato da questo fatto..., Base per altezza..., Pulce sorrideva, poi la maestra speciale usciva dalla classe richiamata dalla bidella, lasciando cadere dalla borsetta un pacchetto di biscotti, Pulce se ne accorgeva, nulla sfuggiva ai suoi occhi profondi, sorrideva, li afferrava, li rigirava tra le dita, ... e cosí Manzoni decise di commemorarlo nei suoi versi, gracchiava in sottofondo la lezione di poesia, Pulce provava ad aprire i biscotti, li sbatacchiava contro il banco per vedere se la plastica cedeva, *Ei fu. Siccome immobile, dato il mortal sospiro*, poi, visto che cosí non funzionava, continuava a rigirarseli tra le mani, forse li osservava per capire come attaccarli, forse invece aspettava che si aprissero da soli, *Stette la spoglia immemore orba di tanto spiro*, la classe ripeteva l'*ode* da imparare a memoria, la porta si apriva, la maestra *speciale* stava rientrando, Adesso ritorniamo ai nostri poligoni regolari, Pulce!, era certa che Margherita ne sarebbe stata contenta, si sa che gli autistici sono dei geni in matematica, Allora, lato per lato..., cominciava a dire, finché non si accorgeva che Pulce era seduta lí, sorridente, mentre sgranocchiava un pacchetto di biscotti con tutta la plastica, perché non era riuscita ad aprirlo.

Poi il mio quaderno continuava, Pulce ritornava seduta nel nostro salone, mentre scriveva con papà. E ora toccava a lei tirare fuori tutti i suoi punti interrogativi.

GUALTIERO ASCOLTA SAI SE ESAMI MARGHERITA VANNO BENE?

Quali esami?

DI SANGUE

Vanno bene, ma perché me lo chiedi?

VOGLIO MARGHERITA GUARIRE

Da cosa dovresti guarire?

NON RESTARE ERRORE

Tu non sei un errore, sei una bambina molto intelligente. Che cosa vorresti saper fare, oltre alle cose che sai già?

SAPER PARLARE E CANTARE

Non puoi parlare, ma sai scrivere e fare molte altre cose. Che cosa ne pensi?

BALENGA RESTO

Leggevo quello che Pulce scriveva, ma ricordavo anche quello che non aveva voglia di dire.

GUALTIERO ASCOLTA DEVO MARGHERITA CACCA FARE

Ma perché ridi cosí tanto mentre mi scrivi questo?

FACCIO APPOSTA PERCHÉ NON HO VOGLIA DI SCRIVERE
DETTO TUTTO

Però piú spesso sembrava felice di avere la possibilità di parlare, e ce lo raccontava.

MARGHERITA ADESSO SA SCRIVERE CON TASTIERA
SONO QUASI ERRORE
Che cosa vuoi dire, Pulce?
SONO MENO MARGHERITA ERRORE
ERRORE RESTO MENO SE TASTIERA USO
ASPETTA E VEDRAI

E si complimentava soprattutto con papà, forse perché era stato lui, partecipando a un sacco di convegni, a scoprire la Comunicazione Facilitata.

GUALTIERO SEI STATO SAGGIO A MARGHERITA LEGGERE
Che cosa vuoi dire?
GUALTIERO MARGHERITA DECIFRARE
GUALTIERO BATTE LUCETTA A DECIFRARE MARGHERITA
LUCETTA FARE GUALTIERO IN PICCOLO
Che cosa vuol dire quest'ultima cosa che hai scritto?
SAI PIÚ TU DI LEI
PAPÀ RESTA MARGHERITA IL PIOLO PER CF
GUALTIERO DÀ MARGHERITA SICUREZZA
ADESSO È CRESCIUTA MARGHERITA
GRAZIE A TASTIERA ZITTA
Cosa vuol dire piolo per te?
PER APPOGGIO
È vero, vuol dire proprio quello. Vuoi dire altro?
SONO ALLEGRA PER CASA PAPÀ CON MARGHERITA
CREDEVO STAVI FUORI
DA OGGI STAI IN CASA
Sei molto gentile, ma non posso stare sempre con te! Ogni tanto devo anche andare a lavorare...

GUALTIERO ASCOLTA DEVI CON MARGHERITA CASA STARE
TUO SEDERE È POSTO VICINO A MARGHERITA

Vuoi che mi sieda vicino a te?

SÍ
SEI GUALTIERO MIO PAPÀ PREDILETTO

Dove hai sentito questa parola?

SCUOLA

Cosa vuol dire?

PREDILETTO VUOL DIRE PREFERITO

Ma tu hai un solo papà. Come la mettiamo?

GUALTIERO SEI UNICO PAPÀ
SEI STATO BRAVO A MARGHERITA DECIFRARE
STOP

Ma c'erano alcuni «interrogativi esistenziali», come li chiama papà, che la assillavano. Mamma aveva una grande fede, che cercava di inculcare anche a Pulce, lei però non sembrava mai troppo convinta.

Ciao Pulce. Oggi siamo andate insieme al catechismo. Hai qualche domanda su quello che ti hanno spiegato?

PIÚ SUO POTERE DIO?

Spiegati meglio, non capisco.

DIO PUÒ TUTTO?

Sí, Dio può tantissime cose, diciamo quasi tutto. Ma tante cose le lascia decidere agli uomini. Vuoi dirmi o chiedermi delle altre cose?

MAMMA ACCANTO A BUON DIO

Non ho capito bene, che cosa volevi dire?

DIO AMICO HAI

È vero, io sono fortunata perché Dio mi ha dato la fede, e lo sento sempre vicino a me come un amico. Tu sai cosa bisogna fare per essere amici di Dio?

SÍ STARE BRAVA

È vero, devi trattare bene gli altri e lavorare molto a scuola.

MA SCUSA LAVORARE COSA C'ENTRA?

Devi lavorare a scuola perché quello è il tuo dovere. Vuoi dire altro?

SONO ARRABBIATA CON DIO

Perché?

ARRABBIATA MUTA

È per quello che oggi al catechismo piangevi?

SÍ

Avevi paura?

SÍ

Di che cosa?

DI DIO

Ma tu sei sicura di sapere bene chi è Dio?

SÍ È PAPÀ CHE ABITA IN CIELO

E perché Dio ti faceva paura?

PAURA CHE VOLESSE RUBARE TUTTO IL MONDO

Dio è molto buono, non ci farebbe mai del male. A te piace questo mondo?

SÍ

E qual è la cosa che ti piace di piú?

TU

Sei molto gentile, Pulce.

AGGIUNGI ANCHE BELLA E INTELLIGENTE

E anche modesta! Vuoi chiedermi delle altre cose?

DIO VUOLE IO VADO IN CHIESA?

Dio vuole che tu vada in chiesa solo se sei sicura di essere credente. Tu sei credente?

DIO FA PAURA

Perché ti fa paura?

MARGHERITA È ZITTA

Non è colpa di Dio se non puoi parlare. Dio ti ha dato anche tante qualità. Tu cosa pensi?

FEDE MARGHERITA HA

Una volta, dopo una lunghissima lezione di catechismo in cui si parlava del paradiso, tornata a casa aveva chiesto DOVE VANNO I NONNI CHE MUOIONO?

E quando zia Bibi era guarita dopo una lunga malattia, Pulce si era fatta non poche domande.

Sei contenta di aver rivisto zia Bibi?
FANTASMA
Cosa volevi dire? Spiegati meglio.
FANTASMA PERCHÉ TROPPO MAGRA
È vero, zia Bibi è molto dimagrita, ma tra un po' ritornerà com'era prima. Ma secondo te esistono i fantasmi?
A ESSERE SINCERA SE ESISTONO HO PAURA DI SÍ
I fantasmi non esistono, quando uno muore va in cielo.
POSSO ANDARE IN PARADISO IO UN GIORNO?
Certo! Quando morirai anche tu andrai in paradiso, e lí potrai parlare. Vuoi chiedermi delle altre cose?
BIBI SA È TUA SORELLA?
Certo che lo sa! Siamo cresciute insieme, quando eravamo piccole vivevamo con i nostri genitori, come te e Giovanna.
QUANDO DESIDERO STARE CON ZIA BIBI COME FACCIO?
Basta che tu me lo scriva e andiamo a trovarla. Se vuoi ci andiamo domani. Vuoi che le compri un regalo da parte tua?
SÍ

E cosí il giorno dopo...

È MARGHERITA ZIA BIBI TROVATO REGALO?
Sí, le ho comprato una marmellata da parte tua, perché so che a lei piace molto. Vuoi scriverle un biglietto?
HO REGALATO A ZIA BIBI ESSERE GRASSA
IMPARA MAMMA ANITA ZIA BIBI FARE INGRASSARE

E ancora qualche mese dopo ritornava a informarsi È ZIA BIBI PIÚ INGRASSATA?, forse per scongiurare la paura del fantasma.

Le parentele non sembravano convincerla molto, magari per questo non smetteva di interessarsi a zia Bibi, magari voleva capire che cosa realmente significasse «zia», se avesse davvero a che fare con i fantasmi. E poi, forse, aveva cominciato anche a interrogarsi sul significato di altre parentele: «figlia», «mamma», «sorella»; nessuno, diceva mamma, poteva sapere che cosa volessero dire queste parole nella sua testa. Ed effettivamente una volta le aveva chiesto:

TU E PAPÀ SIETE SICURI DI ESSERE I MIEI GENITORI?
Ma certo, Pulce! Avevi dei dubbi?
SÍ
Cosa pensavi?
FIGLIA DI ALTRI

Mamma, dopo questa cosa, aveva deciso che per un po' Pulce a scuola, anziché studiare Napoleone, avrebbe studiato la sua evoluzione personale. Le aveva messo nella cartella tutti gli album di foto che era riuscita a reperire, l'intero repertorio della famiglia Camurati, dalla preistoria (foto della pancia di mamma) all'età contemporanea (foto di Pulce oggi), passando per il medioevo (foto di Pulce piccola come un micino, che zampetta in salotto) e il rinascimento (Pulce che compie cinque anni, tutta contenta, e ha la faccia piena della panna della sua torta di compleanno).

E papà si arrabbiava perché diceva che Pulce queste cose le sapeva benissimo, sapeva chi erano i suoi genitori e sapeva come noi che il tempo passava e cambiava, e se ogni tanto cominciava a dubitare di queste certezze, diceva papà, la colpa era del catechismo, dove con tutte quelle storie di spirito santo, madri vergini, figli con due padri eccetera, diceva papà, le avevano incasinato le idee. Mamma allora diventava triste, Ma perché dobbiamo sempre essere perseguitati?, diceva, È dai tempi di santo Stefano che non ci lasciate in pace!, e papà continuava Siete voi che cercate sempre di indottrinare chiunque!, mamma ribatteva Ma è Pulce che ha scritto di avere fede! Non gliel'ho mica inculcata io!; la discussione poteva durare anche dei pomeriggi interi, poi passava di lí il nonno e diceva È una vita che l'umanità si fa la guerra su queste *questioni millenarie*, dovete proprio perderci tempo anche voi?, e allora mamma andava via scocciata, dicendo che tutti ce l'avevano con loro, che era una chiara discriminazione, ma di fronte a quella violenza avrebbe porto l'altra guancia.

Quando ero piú piccola, anche io andavo al catechismo. Mamma mi aveva detto che la cosa piú importante era l'amore, e che bisognava metterlo in ogni cosa. Diceva che era importante fare degli «atti d'amore», cosí li chiamava (prendermi cura di Pulce era un atto d'amore; fare la spesa con cura, andare a trovare la nonna, voler bene a chiunque, questi erano atti d'amore), e per incoraggiarmi a farlo mi ritagliava delle figure colorate (la sagoma di una bambina, un alberello, un uccellino) e ogni volta che facevo un atto d'amore dovevo aggiungere un particolare, e diceva che quando ci sarebbero stati venti particolari il disegno si poteva considerare pieno d'amore e si poteva appendere sulla parete del salotto, perché *tutti* – anche papà, anche il nonno, mi diceva – sapessero che ero una bambina brava. E cosí, quando ero andata alla prima lezione di catechismo, ed ero entrata in quella stanzetta della parrocchia che puzzava d'incenso, pensavo che il catechismo fosse quello: ritagliare tante sagome di disegni senza dettagli (una paperella, un sole, una luna) e poi cominciare a farsi tanti *atti d'amore* a vicenda per potere, alla fine della lezione, appendere i disegni, a quel punto tutti pieni di particolari, coloratissimi, e cosí far splendere le pareti di bontà. Invece nessuno sapeva niente di questa storia, e io, che ero andata alla lezione portando in tasca un topolino che aveva già diciannove particolari, gli mancavano solo i baffi per considerarsi proprio finito, alla fine dell'ora avevo chiesto alla catechista Pensa che io sia stata brava, oggi?, e lei, che non mi conosceva, mi aveva detto Sí; e cosí io avevo potuto aggiungere quei bei baffi lunghi e neri al disegno, perché lí che nessuno sapeva che cosa voleva dire non si sarebbero accorti che stavo imbrogliando, che stare brava non era proprio esattamente un atto d'amore, e che quei baffetti erano illegali.

Poi avevano cominciato a darci dei compiti, e io non capivo perché dovessimo fare anche quelli oltre a quelli della scuola, e ci avevano dato un sacco di fotocopie da colorare, Gesú che moltiplica i pani e i pesci, colorare uno per uno, pesce per pesce, Gesú che parla con i dodici, colorare uno per uno il calzino sinistro di ogni apostolo, da Giuda a Simon Pietro, e non era come con i disegni di mamma, che bisognava aver fatto un atto d'amore per poterli colorare, qui si doveva riempire ogni spazio col pennarello e basta, nessuno veniva a chiederti se avevi fatto qualcosa per meritartelo, e quando una sera papà mi aveva trovata ancora alzata alle undici, china sulle fotocopie delle nozze di Cana, e mi aveva detto Ma vai a dormire! Che ci fai ancora alzata?, mamma era accorsa gridando No! Deve finirle tutte assolutamente, che domani è Pasqua!, papà l'aveva guardata di sbieco chiedendole Anita, in che modo pensi che tutto questo possa avvicinare la bambina a dio?, e cosí al catechismo non ero piú andata.

Solo alla messa della domenica continuavamo a partecipare, anche se ogni volta papà, vedendoci uscire, chiedeva Andate a guadagnarvi i punti-paradiso? Piano piano, uno a settimana...; a me piaceva andare a messa perché c'era sempre un'atmosfera tranquilla e si poteva pensare con tranquillità a tante cose, e poi Pulce portava sempre qualche libro o qualche gioco, e allora l'inginocchiatoio diventava il letto del Panda, e i giocattoli si radunavano e cospiravano, volevano impossessarsi del *pulpito*, quella specie di balcone che stava piú in alto di tutto, e poi volevano andare a suonare l'organo, e la messa passava cosí, discutendo di quale fosse la strategia migliore per riuscire a fare tutte queste cose, e io stavo bene perché mi divertivo, venivano sempre anche Bernardo, Cyber e Giulio, anche se loro in realtà della messa non avrebbero avuto bisogno perché vivevano già nel mondo immaginario, che poi stringi stringi altro non è che il paradiso, e stavamo tutti bene fino a quando, ogni volta, mamma si alzava per andare a fare la comunione – noi la invidiavamo, nessuno di noi sapeva che sapore avesse quella cosa rotonda che somigliava a una patatina fritta –, e poi tornava, s'inginocchiava lí su quello che per noi era il letto di Panda, chiudeva gli occhi e cominciava a piangere, e noi avremmo sempre voluto chiederle perché piangesse, ma piangeva in modo cosí silenzioso e strano che non avevamo mai osato interromperla, e cosí non l'avevamo mai scoperto; noi passavamo tutto quel tempo a guardarla serissimi, io una volta, già che eravamo lí, avevo provato a pregare Dio perché mamma in quel momento non piangesse piú, ma non aveva funzionato.

L'unica che restava allegra come sempre anche in quel momento era Pulce, che continuava a fare i suoi coretti di risolini, abbracciava il Panda, ballava sulla panca; ma un giorno il prete era andato da mamma, Le volevo chiedere, signora..., e intanto aveva appoggiato una mano sulla testa di Pulce, con aria paterna, ... se da oggi in poi poteste seguire la messa dalla cappella laterale..., aveva anche preso ad accarezzare i capelli di Margherita, ... perché sua figlia, con tutte le urla che fa, durante la predica mi distrae, e soprattutto mi distrae i fedeli che si spaventano e si voltano a guardarla. E cosí, da quel giorno, mamma aveva cambiato chiesa, Quel mostro, giuro che adesso ritorno lí portandomi dietro dieci autistici; ma aveva desistito anche perché non avrebbe saputo dove trovarli; allora io e Pulce la domenica rimanevamo a casa con papà e chissà se mamma continuava a piangere inginocchiata dopo la comunione. Poi avevano portato via Pulce, e mamma continuava a fare la comunione, ma aveva cominciato a piangere anche in altri momenti.

Diceva papà che anche mamma era diventata un po' autistica, perché ormai aveva i loro stessi *comportamenti ripetitivi*: quando le veniva voglia di piangere, ma forse sentiva che non era il momento di farlo perché non aveva appena fatto la comunione, ascoltava ossessivamente la stessa canzone, ripetendola centinaia e centinaia di volte, Sopra il giorno di dolore che uno ha, Sopra il giorno di dolore che uno ha, Sopra il giorno di dolore che uno ha, Sopra il giorno di dolore che uno ha, Sopra il giorno di dolore che uno ha...

Questa cosa della fede però, diceva mamma, le era molto d'aiuto. Ogni volta che era in pensiero per Pulce, diceva, o che si sentiva triste perché pensava che Pulce non avrebbe mai avuto una vita come tutti gli altri, le faceva bene avere qualche amica che le telefonava e le ricordava «Beati gli ultimi», come aveva detto il buon Gesú, che era uno che aveva sempre una parola di conforto per tutti. Queste amiche di mamma facevano parte di un «gruppo di preghiera», cosí si chiamava, che si ritrovava tutte le settimane per parlare dei loro problemi e di dio, e di come queste due cose potessero andare d'accordo, diceva papà, dio e i problemi, se fosse dio che servisse ai problemi o viceversa, se uno si creasse dio perché si era creato troppi problemi, diceva papà. Quando queste sue amiche telefonavano, diceva papà, sembravano sempre in punto di morte. A casa nostra c'è la segreteria telefonica, perché mamma e papà sono medici, e serve per i pazienti, cosí si sente a voce alta tutto quello che la persona che sta chiamando dice, Buongiorno risponde la segreteria telefonica dei dottori Camurati, Ciao Anita, sono Mariantonietta..., papà dice che le amiche di mamma la chiamano per annunciare disgrazie infinite a voce alta attraverso la segreteria rattristando tutta la famiglia, ... volevo dirti che l'incontro di preghiera si fa martedí alle otto, e che è mancata la mamma di..., e intanto papà bofonchia Tiè!, e fa le corna, mamma si offende Fammi sentire! Non hai nessun rispetto per me e per la religione!, e nel frattempo la «voce dall'oltretomba», come la chiama papà, continua Anita carissima, volevo anche dirti che il fratello di Ugolina ha la leucemia..., e papà di nuovo Tiè! Tiè! Tiè!, e comincia a toccare ferro, cercare amuleti di peperoncino, intrecciare corone d'aglio, ... e poi volevo dirti, Anita carissima, che è morto il mio cane, ma che per il resto stiamo tutti bene, e spero altrettanto per te; e appena si sente il TUU TUU che segna la fine della telefonata, papà sbotta Ma quelle lí portano una sfiga nera!, e a me viene da ridere perché i pazienti che chiamano mamma e papà dicono le loro malattie, e dal numero di malattie che elencano mamma e papà capiscono se è urgente o no, e se devono rispondere, ma anche le amiche di mamma elencano sempre un sacco di malattie, e allora non si capisce piú se è un paziente o è un'amica, Buongiorno dottoressa, volevo dirle che ho di nuovo la pressione alta, le gambe gonfie..., Carissima, e che l'incontro di preghiera è fissato per martedí alle nove...

Nel mio quaderno era il momento dei biglietti di auguri di Pulce: quando era il compleanno di qualcuno le chiedevamo di scrivere qualcosa per quell'occasione, facilitandola di nascosto dal festeggiato; io ritagliavo quello che aveva scritto e lo incollavo su un foglio di carta colorata, non senza aver ricopiato il testo sul mio quadernetto di Lupo Alberto. E pensavo che lo stile di Pulce mi ricordava quel G-e-i-m-s G-i-o-i-s del compito in classe della Garfa, perché anche lei non usava la punteggiatura, ma nel suo caso il perché era chiarissimo: quando aveva finito una frase ed esaurito tutto quello che aveva da dire, il suo modo di scrivere «punto a capo» era semplicemente alzarsi dalla sedia.

Oggi è il compleanno della nonna. Vuoi scriverle un biglietto?

ALLA NONNA CARMEN SESSANTOTTO AUGURI
SEI PERFETTA
TI VOGLIO BENE
MARGHERITA

Biglietto di compleanno per papà:
GRAZIE ANCORA PAPÀ
PER AMORE CHE DAI A MARGHERITA
ADESSO CASA PIÚ BELLA CON TE

Ciao Pulce, oggi è il compleanno della mamma. Le scriviamo un biglietto?
DICO MARGHERITA ANITA VEDE COME AMICA DEL CUORE
DICO TENEREZZA DAI SEMPRE
SAI DARE A MARGHERITA AMORE
TU RESTI IL MIO REGALO
TI VOGLIO BENE
SEI BELLA
AUGURI
MARGHERITA

Solo con il suo compleanno aveva qualche problema.

Abbiamo scritto un biglietto per il compleanno della mamma. Ma tu sai quando è il tuo compleanno?
NO
È il 30 marzo. Hai capito? Ricordatelo. Vuoi chiedere o dire altro?
DEVO RICORDARE FINO A DOMANI?

E anche a scuola, con la maestra, scriveva i suoi biglietti di auguri per la festa del papà o per Natale, mentre gli altri bambini preparavano i pensierini con la pasta e sale.

Il Natale, in casa nostra, è sempre una bella avventura. Verso gli inizi di novembre, mamma comincia a preoccuparsi È quasi Natale, e ancora abbiamo tutti i regali da comprare! Non ce la faremo mai!, inizia a tenere un lungo elenco, diviso in due colonne, da una parte i regali possibili, dall'altra le persone a cui deve assolutamente fare *un pensierino* – che sono soprattutto i medici che hanno visitato Pulce fuori dal normale orario di lavoro, per poterla immobilizzare ed esaminarla senza traumatizzare gli altri pazienti –, e spende tutte e quattro le settimane dell'avvento cercando di abbinare gli elementi della colonna A con quelli della colonna B. Poi cominciano ad arrivare i primi cioccolatini, panettoni, sono i pazienti di mamma e papà che vogliono ringraziarli per aver curato i loro acciacchi, e allora li riempiono di cassette di verdura, spezie, frutti esotici o caserecci, alberelli con gianduiotti al posto delle palline, monete d'oro e monete di cioccolato, piatti natalizi di ceramica (Butta via 'sta roba!, urla papà quando li vede, Io 'sta pacchianeria in salotto non la voglio!), pandori ripieni e altre prelibatezze. Verso la metà di dicembre, sul tavolo del salone si è formata una montagna di succulento cioccolato natalizio incartato di rosso, io mi pregusto il contenuto di quei pacchetti, m'immagino quale meraviglioso sapore si nasconda sotto il pupazzo di neve brillantinato che dice «Grazie di cuore dottoressa», e proprio mentre sono lí a contemplare il tutto con la bava alla bocca, ecco che arriva mamma Questo qui lo ricicliamo e lo diamo a..., mattone dopo mattone smonta quella montagna dei desideri, Ma mamma!, protesto io, Almeno qualcosetta potremmo tenercela, Sei pazza?, risponde contrariata, Hai una vaga idea di quanti regali io debba ancora fare?, e cosí a poco a poco i bigliettini si staccano, tutti i «Grazie dottoressa» vengono sostituiti con altrettanti «Grazie mille e buon Natale dalla famiglia Camurati», e tutto l'esercito di cioccolato, opportunamente reincartato, esce dalla porta cosí com'era entrato, e si mette alla ricerca della stella cometa sotto altri alberi di Natale, facendo la felicità delle pance di tutte quelle persone a cui mamma deve fare *un pensierino*. Una volta, però, questo losco traffico al cacao è stato smascherato da quella che mamma ha definito «una colossale gaffe» («figura di merda», dice papà): la colpa era stata di quella confezione di praline artigianali, quelle dotate ciascuna di fogliettino esplicativo, Il bonbon numero dodici contiene pistacchi caramellati e zucchero di canna, il numero quattro invece...; data la prelibatezza che lasciavano prevedere, mamma li aveva scelti come regalo per la persona piú importante della colonna B, un illustrissimo medico famosissimo al quale mamma si sentiva riconoscente per non so bene che cosa. Mamma, tutta contenta perché pensava di aver fatto una bella figura, aveva appoggiato il pacchetto sulla scrivania del dottorone, e dopo aver stretto la mano del Famosissimo dicendo Speriamo che le piaccia e tanti tanti auguri, era tornata a casa e aveva ricevuto una telefonata Dottoressa, ha visto i cioccolatini che le ho regalato? Quando li avrà mangiati tutti vedrà che in fondo alla scatola le ho messo un disegno di mio figlio, con una dedica apposta per lei!; mamma era sbiancata, si sentiva svenire, che cosa avrebbe pensato il dottorone?, Che figura, che figura!, ripeteva, e cosí da quel giorno aveva sí continuato a «riciclare», come diceva lei, i regali dei suoi pazienti, ma non senza averli prima aperti, esplorati in ogni loro angolo, passati sotto i raggi X dei suoi occhi preoccupati di fare un presente all'altezza della situazione come un ispettore dell'aeroporto alla ricerca di una bomba, per poi reincartarli in una carta da pacchi tutta nuova e tutta nostra, che non dicesse piú «Grazie dottoressa».

E cosí ci preparavamo a rimpinzarci nella grande cena di famiglia, ma ben poche erano le cose che restavano sotto il nostro albero: un cotechino di cavallo, troppo assurdo per poter essere regalato, un barattolo di babà al genepí, Ma chi la mangerebbe 'sta robaccia?, diceva papà, un panettone senza canditi, dei cioccolatini di sottomarca e un set di porcellana polacca, candela piatto e tazza, cosí brutti ma cosí brutti che non li si poteva proprio rifilare a nessuno. In compenso, però, il nostro alberello si riempiva di giorno in giorno, mamma lo addobbava con le sorpresine che trovavamo nei pacchetti di mozzarelle, o con qualsiasi cosa raccattasse in giro, cosí che dai rami di plastica innevati penzolavano: Puffo Quattrocchi, col berretto dipinto di rosso per l'occasione; un Bob Marley in tenuta giamaicana, con un sorriso enorme a riprova della sua pace interiore; una madonnina di Lourdes, un po' ingiallita dalla polvere, che era in realtà una boccettina d'acqua santa il cui contenuto era però nel frattempo evaporato; i pupazzetti dei calciatori con cui giocavo quando ero alle elementari, quelli con il corpo piccolissimo e la testa grande, mamma aveva detto che andavano bene, perché erano cosí vecchi che nessuno sarebbe stato in grado di dirne il nome, e quindi si potevano prestare a rappresentare il cristiano qualunque, che aspetta la venuta annuale del Gesú bambino. L'unico babbo natale che avevamo appeso all'albero era stato rimosso da mamma in seguito alla perdita del guantino della mano sinistra: mamma diceva che non era piú un personaggio verosimile, perché si sa che in Lapponia fa un freddo becco, e senza guantino non sarebbe mai sopravvissuto, avrebbero dovuto come minimo amputargli una mano. Anche le lucine, come tutto il resto, contribuivano a togliere qualsiasi traccia di natalizietà al nostro albero: papà era l'addetto ufficiale alle lampadine, ma a differenza di tutti gli altri, che le volevano quanto piú pirotecniche possibile, che facessero giochi di luce sbalorditivi, lui le voleva *normali*: che si accendessero, e si spegnessero, e basta, senza intermittenza, senza jingle bells di sottofondo, bastava che stessero accese, e non lampeggiassero, perché sarebbe stato pericolosissimo per Pulce, mi aveva spiegato mamma, ai cui occhietti ogni luce tremola rappresentava una seria minaccia, perché avrebbe potuto scatenare una crisi epilettica come quelle che aveva avuto quando il dottor Contengo ci aveva detto di sospendere le medicine.

Ora che Pulce non c'era, io avevo pensato che per Natale avremmo potuto avere un albero fosforescente e luminosissimo, con giochi di luci spettacolari come fuochi di artificio, con flash che si accendevano e spegnevano, proprio come quelli delle macchine fotografiche dai quali dovevamo sempre proteggere Pulce; e anche mamma pensava che questo Natale avremmo potuto fare un sacco di cose, avremmo potuto andare a sciare, che Pulce non è capace e in montagna potrebbe prendere troppo freddo, ed è meglio non portarla, perché forse si annoierebbe; avremmo potuto andare a cenare fuori, al ristorante, che a Pulce fa una paura tremenda aspettare, ogni volta che le diciamo che si va a cena fuori lei è tutta contenta, cosí arriviamo, ci sediamo, lei si guarda intorno, si sistema la sedia e si siede anche lei, poi gli occhi le s'inumidiscono, si alza e prova ad andare via, picchiando se serve il cameriere che cerca di propinarle qualcosa per farla restare Signorina prenda un'oliva, è buona..., a Pulce fa paura aspettare, ed effettivamente uno non è che ci sia proprio abituato, quando ci si siede al tavolo a casa è perché la cena è già pronta o al massimo arriva nel giro di un minuto, a nessuno in casa verrebbe mai in mente di sedersi senza avere nemmeno idea di che cosa mangerà. Ora che Pulce non c'era, avremmo potuto fare tutte queste cose, io ero andata a prendere in cantina la cassetta di cartone con gli addobbi di Natale, e volevo proporre a mamma di usare i miei risparmi per comprare delle lucine nuove, ma poi ci eravamo guardate, e non avevamo fatto l'albero, non eravamo andati in montagna, non eravamo andati a cenare fuori, perché volevamo solo che Pulce tornasse, e di tutto il resto non ce ne importava piú niente.

E in un certo senso, aver trovato questo quaderno era come se Pulce fosse un po' piú presente, ero arrivata a leggere la parte in cui ci sorprendeva con le sue considerazioni buffe, come quando era venuto a trovarci Giacinto.

Ciao Pulce, ti è piaciuto Giacinto?

NO

Perché?

TROPPO SERIO

È vero, Giacinto non sorride molto, però è molto gentile. Vuoi scrivere qualcosa per lui?

SE TORNA DEVE SORRIDERE
DI' GIACINTO RIDERE

Era strano, a Pulce piacevano gli arrabbiati, però evidentemente le piacevano anche i tipi sorridenti, ed ero contenta perché anche per me era cosí. In realtà, tra gli amici di papà quello che le piaceva di piú era Barabba, lo chiamavano cosí perché anni prima era stato in galera anche se era buono: una volta mamma, quando se n'era accorta, le aveva chiesto *Perché ti piace proprio lui?*, e lei si era messa a ridere, aveva spalancato le braccia come a voler descrivere qualcosa di immenso e poi aveva scritto PERCHÉ È GRANDE. Effettivamente, Barabba era alto quasi due metri, aveva una bella pancia e due braccia muscolosissime con una stellina rossa tatuata sopra, aveva i capelli neri e lunghi, e tutti avrebbero pensato, non conoscendolo, che fosse un pirata, ma un pirata buono che va ad abbordare le navi dei ricchi per dare tutti i soldi ai poveri. Da quel giorno Pulce, per farci capire che aveva voglia di vederlo, aveva cominciato a fare «il gesto dell'immensità», come lo aveva definito nonna Ninni, cioè allargava le braccia piú che poteva come a dire «Voglio lui, perché è il piú *grande*». Quando Pulce doveva fare gli esami del sangue, o andare al ristorante per accompagnare mamma e papà, o fare qualcun'altra delle cose che non le piacevano, mamma come premio le prometteva Dài, fai questa cosa, che poi chiamiamo Barabba. Quando lui arrivava a casa nostra, Pulce cominciava a saltellare, sorridere ed esplodere in gridolini di felicità; per i primi cinque minuti faceva finta di non vederlo, Forse, diceva la nonna, per farsi desiderare. Poi d'improvviso si alzava e andava verso di lui, come se fosse appena arrivato, e cominciava a stritolarlo, baciarlo e fargli lunghissimi discorsi, quelli che di solito riservava al Panda, e l'allegria esplodeva quando, dopo essersi pregustata a lungo il momento, si faceva prendere in braccio e, al settimo cielo, allargava le braccia piú che poteva, forse per dire Sei davvero grande come ti ricordavo. Barabba le sorrideva, la faceva ballare un po' sorreggendola tra le sue braccione con la stella rossa, poi ritornava a sedersi per parlare con papà, e una volta Pulce era cosí felice, ma cosí felice di vederlo che non aveva piú voluto scendere dalle sue gambe, e Barabba le aveva fatto anche lui dei discorsi lunghissimi di Da Da Da, come quelli del Panda, e poi si era messo a piangere.

Poi il mio quaderno continuava, con Pulce che aveva voglia di farsi coccolare da mamma, e allora chiedeva delle cose tenere.

Ciao Pulce, vuoi chiedermi qualcosa?
SÍ
TU MI VUOI BENE?
Ma certo, tantissimo! Hai altri dubbi?
SONO IO LA TUA BIMBA?
Certo, tu e Giovanna siete le mie due bimbe.
IO TU RESTIAMO INSIEME?
Ma certo! Adesso scriviamo insieme, poi andiamo insieme ai giardinetti. Hai altre domande da farmi?
È MARGHERITA LA TUA PREFERITA?
Io voglio bene sia a te che a Giovanna, siete voi le mie due figlie. Tu cosa ne pensi?
È MARGHERITA LA TUA PREFERITA

E a volte sembrava complottare con la mamma contro di me.

È MARGHERITA PIÚ INGRASSATA?

Non lo so, Pulce, se vuoi adesso ci andiamo a pesare e lo scopriamo.

MA GIOVANNA PIÚ GRASSA DI MARGHERITA

Giovanna sta facendo la dieta, vedrai che tra poco sarà magra, se la smette di mangiare merendine di nascosto.

E il mio quaderno continuava ancora, riportandomi a quando Pulce complottava con papà contro gli esperimenti parrucchieristici di mamma.

COSA DATO ANITA A TESTA?

La mamma si è messa un olio per i capelli.

DILLE CHE NON STA BENE

A ANITA CHIEDI LAVARE

DAI ANITA UNA SPAZZOLA

E visto che, almeno secondo papà, mamma le aveva fin troppo inculcato le *buone maniere*, convincendola a lasciarsi depilare le gambe e i baffetti (per un po' mamma lo aveva fatto di nascosto, mentre Pulce dormiva, perché aveva paura che non sarebbe stata ferma per tutto il tempo necessario alla crema depilatoria, poi aveva deciso di renderla partecipe), Pulce sembrava essersi immedesimata in questi problemi di etichetta che mamma le poneva, e s'informava cosí sulle regole del bon ton.

Ciao Pulce, vuoi chiedere o dire qualcosa?

POSSO RUTTARE IN REFETTORIO?

Ma poi il mio quaderno finiva, e Pulce smetteva di scrivere e finiva alla Giorni Felici, e noi dovevamo finirla di credere che tutte queste belle cose uscissero dalla sua mente, perché il miracolo era una bufala ed era per questa bufala che ce l'avevano portata via, e papà ora lo diceva che forse sarebbe stato meglio accontentarsi di un semplice sorriso di Pulce, anziché farla sedere davanti alla macchina da scrivere e metterle in bocca tutte queste cose, che magari erano le cose che noi volevamo dire da sempre ma non ne avevamo il coraggio, tipo che mamma quando non si mette l'olio sui capelli sta molto meglio. Addirittura, diceva papà, forse eravamo stati noi a inventarci il modo simpatico che Pulce aveva di esprimersi, forse lei nemmeno sapeva che cosa volesse dire «zitta», noi avevamo voluto farne una persona divertente, e lei si era lasciata guidare il braccio sulle lettere giuste. Qualcuno aveva voluto farne una martire, e lei aveva scritto qualcosa di strano su papà, qualcosa di cosí brutto che ancora non volevano dircelo. E chissà, in mezzo a tutto questo mare di parole, dove stava quel cinque per cento – cinque per cento, diceva mamma, o poco piú: ormai non potevamo permetterci di credere a un cinquanta – di parole autentiche, forse erano una qua e una là, non piú di due o tre per pagina, magari non piú di SÍ o NO.

Capitolo nono

Alle cinque e un quarto di quel lunedí avevo un altro appuntamento con Pippa ai giardinetti. Faranno un salto a trovarci anche quelli della B, mi aveva detto, vedi di vestirti in modo decente. Io mi ero fatta aiutare da mamma, mi aveva prestato un paio di mocassini di cuoio marrone, diceva che erano piú eleganti delle mie scarpe da ginnastica puzzolenti, li avevo messi anche se mi stavano troppo grandi e mi sembrava di avere ai piedi due canoe; si era anche offerta di aiutarmi col trucco, mi avrebbe prestato la sua matita contorno occhi nera, io avevo risposto che c'era tempo per queste cose, e che le scarpe potevo sempre togliermele una volta tornata a casa, mentre invece col trucco avrei rischiato di finire come lei, che si sveglia la mattina con due macchie nere gigantesche sugli occhi anche se la sera prima ha passato ore a struccarsi, e non riesce mai a riavere la sua solita faccia, e Pulce la guarda e si mette a ridere perché cosí conciata le ricorda Panda. Poi mamma era uscita per fare delle commissioni e io avevo dovuto cavarmela da sola: alla fine avevo optato per una camicia a quadretti che mi aveva regalato nonna Carmen qualche anno prima, avevo pensato che la camicia sarebbe stata in ogni caso piú elegante della mia solita maglietta, quindi non mi ero soffermata a guardare la fantasia e ad abbinare i colori. Per la visita a Pulce avevo coperto questo mio nuovo look con una felpa sportiva, non volevo che la donna-soldato sospettasse qualche cambiamento.

Pippa mi stava aspettando ai giardinetti, era seduta sullo schienale di una panchina, aveva una gonna e delle calze scure, e si stava colorando una gamba con un pennarello. Si può sapere che stai facendo?, le avevo chiesto. Mi si è smagliata una calza, ma se mi coloro la pelle di nero non si vede, tu non lo fai mai?, Pippa sapeva benissimo che non avevo mai messo una gonna in vita mia. Stai bene vestita cosí, le avevo detto per sdrammatizzare. Viene anche Juri, la longuette l'ho messa per lui, Che cosa vuol dire «longuette»?, Mannaggia, bisogna sempre spiegarti tutto, a te: è questa qui la longuette, una gonna che non è né una mini da troia né una gonna lunga da nonna, e poi aveva alzato gli occhi dal suo polpaccio dipinto e mi aveva squadrata chiedendomi Ma come cazzo ti sei vestita?; mi faceva piacere che avesse notato i miei sforzi di vestirmi in modo moderno: anche se non avevo dei pantaloni attillati, avrebbero messo in risalto la mia ciccetta, ero quasi certa che quelli della B avrebbero pensato che il momento della «ristrutturata generale», come avevano detto, era arrivato. I mocassini sono di mia mamma, avevo risposto con aria distratta, per togliermi dall'imbarazzo. Ma Gio'... quella camicia fa cagare! Non l'hai nemmeno messa nei pantaloni, non so se somigli di piú a un maschiaccio o a un *patelavache*!; lo sapevo benissimo che cos'è un patelavache: vuol dire picchiamucche, è un pastore, quello che rincorre le mucche che scappano nei prati, in piemontese si chiama cosí. E non è un bel complimento. E ho capito perché tua mamma ti ha dato quelle scarpe, continuava, perché lei non le avrebbe mai messe, non si usano piú da vent'anni! Ommioddio... senti, ma non fai in tempo a passare a casa a cambiarti, prima che arrivino quelli della B?, ma era già troppo tardi: poco lontano, un gruppo di ragazzi aveva appena varcato il cancello d'ingresso, e Juri davanti a tutti, che indicava con il dito la sua fidanzata. Pippa, come sempre, era diventata tutta rossa, non aveva nemmeno salutato la sua dolce metà ed era corsa ad abbracciare Lalla, l'unica donna del gruppo, la sua migliore amica della B, gridando Amore! Tesoro mio!, poi tutti si erano seduti vicino a noi, sullo schienale della panchina. Raga, io posso stare poco perché domani c'ho il compito di mate, diceva Juri, e Steo, che sembrava un po' piú grande e aveva gli occhi azzurri, lo rimproverava Statti zitto e guarda cosa c'ho qua, e tutti smettevano di parlare e si voltavano verso di lui che tirava fuori dalla tasca qualcosa di metallico e luccicante. Che figata! Ma come hai fatto a prenderlo?, chiedeva Pelo, un tipo basso e bruttino che portava una felpa fucsia, e Steo, dopo aver tentato di sputare il cicles sui capelli di Lalla, rispondeva Sono andato con Matte l'altra sera, c'era uno stronzo che aveva lasciato la macchina davanti al cinema, Matte faceva il palo e io l'ho tolto col cavatappi del coltellino. E io, che ancora non avevo detto una parola, dopo che tutti arrivando avevano fulminato con gli occhi le mie scarpe, avevo commentato Mi hanno detto che se ti beccano con uno di questi stemmi Mercedes attaccato alle chiavi ti mettono dentro subito. E Steo mi aveva fulminata un'altra volta con i suoi begli occhi azzurri, Cazzate, non gli ho mica rubato la macchina, 'sti cosi qua c'è un amico di mio papà che li vende anche su internet, e non gli hanno mai fatto un cazzo. E io allora me n'ero stata in silenzio per tutto il tempo, cercavo di capire come erano vestiti e che cosa c'era che non andava nel mio look, forse era una questione di marche, ma Pippa non era ricca, e le cose di marca mamma diceva che se le comprano solo i ricchi che non sanno come spendere i soldi, eppure a Pippa nessuno chiedeva mai «Come cazzo ti sei vestita?», e allora avevo pensato che fosse un problema di linea: probabilmente, essendo grassa, a me i vestiti non stavano mai bene, mentre loro, magri, potevano anche indossare uno straccio che facevano sempre bella figura; e poi non capivo come stavano le cose, Pippa e Juri erano seduti ai lati opposti della panchina e non si parlavano mai: ma essere fidanzati non voleva dire che uno si parlava di piú?, e poi si abbracciavano tutti, maschi e femmine, e si facevano i dispetti, Steo tirava i capelli a Lalla e lei, anziché mettersi a ridere, s'incazzava perché diceva che già i capelli non le stavano in nessun modo, figuriamoci se lui glieli metteva in disordine, e poi si alzava in piedi per sistemarli, e Steo la spingeva, e lei faceva finta di cadere e lui cominciava a rincorrerla, e lei scappava e poi si faceva prendere gridando Cheppalleee, non mi lasci mai in pace!, e lui la abbracciava, e non erano fidanzati, e nessuno mi aveva mai rincorsa o fatto un dispetto, o se me l'avevano fatto io mi ero messa a ridere e tutto era finito lí, e allora io avevo provato a fare un dispetto a Pippa, avevo visto che aveva le mutande del Re Leone che le spuntavano fuori dalla gonna, allora mentre lei era distratta io gliele avevo tirate fortissimo facendole lo sparticulo, ma lei si era messa a urlare Giovanna!, di solito non diceva mai il mio nome per intero, Ma ti sembra il momento di fare 'ste stronzate?, e tutti mi avevano di nuovo guardata male, com'è che loro potevano farsi i dispetti e io no? Steo aveva smesso di rincorrere Lalla e aveva di nuovo tirato fuori il suo stemma dalla tasca Questo qui me lo incollo sul motorino, davanti, sopra il fanale; Pelo commentava È troppo figo il suo motorino, è il Phantom nuovo metallizzato, Mio padre me l'ha preso per la promozione, adesso che compio i 14 lo posso già usare; Juri aveva ripreso a lamentarsi del suo compito di mate Raga, io devo troppo andare, Steo stava parlando del suo giubbotto di quella marca famosissima che io non avevo mai sentito nominare, che un altro amico di suo padre li vendeva su internet, che lui non avrebbe mai speso tutti quei soldi per prenderselo nuovo in un negozio, e Juri continuava a ripetere che lui doveva andare, che sua mamma lo metteva in punizione se portava a casa un'altra insufficienza, e poi si era avvicinata una macchina, Minchia raga è mio padre, Steo aveva estratto dalla tasca un pacchetto ancora nuovo di cicles doppia farcitura e bollicine frizzanti, Oh, stordita, aveva detto a Pippa nascondendoglieli sotto la maglietta in mezzo alle tette, questi tienili te, che se mia madre me li sgama poi s'incazza che domani devo andare dal dentista; il papà di Steo era sceso dalla macchina, tutti avevano salutato Pippa, Ciao Pippa, Lalla le aveva dato un bacio gigantesco su un orecchio e lei si stava lamentando perché non ci sentiva piú niente, Oh, ciao, qualcuno aveva aggiunto girandosi verso di me e le mie scarpe e la mia camicia, e il signore grassottello con un giubbotto uguale a quello di suo figlio aveva dato una lucidatina alla macchina con un fazzoletto usato, aveva scrostato con un'unghia un abbozzo di cacca di piccione e mettendo una mano sulla spalla del figlio aveva detto Se un giorno o l'altro lo pesco quello stronzo che mi ha rubato il simbolino Mercedes, giuro che lo gonfio di botte.

Quando sono tornata a casa mamma mi ha chiesto Che cos'hanno detto i tuoi amici del tuo nuovo super look? Guarda che le scarpe puoi prenderle quando vuoi!, io mi sono rimessa le mie pantofole con le pecorelle, e ho nascosto i suoi mocassini nella scarpiera, se Pippa aveva detto che erano fuori moda era bene che qualcuno lo facesse capire anche a mamma Anita; poi ho aperto il diario per scoprire quale supplizio ci avesse inflitto la Garfa per il giorno dopo. «Se fossi grassa mi *metterei* a dieta», (scrivi cinque frasi usando il condizionale), «*Vorrei* fare i compiti, ma la mia religione me lo impedisce», (che palle questi esercizi inutili), «Se fossi libera, *andrei* al mare», (e invece devo stare qui a fare la schiava della Garfa e della sua profia volontà), «Mi *sarebbe piaciuto* nascere magra e ricca», intanto si era avvicinata mamma, Brava cucciola, fai i compiti, aveva letto quello che stavo scrivendo e quello che la Garfa ci aveva spiegato in classe, «... e inoltre il condizionale si usa nel periodo ipotetico di terzo tipo per esprimere desideri irrealizzabili», e di fronte ai miei sforzi sovrumani per spremere fuori la frase numero cinque, «*Sarei venuta*, ma avevo un impegno», aveva commentato Una persona insicura e ansiosa come me non potrebbe mai studiare il condizionale: dimmi tu perché uno deve perdere il suo tempo a scrivere i suoi desideri irrealizzabili per poi rileggerli e scoprire che la grammatica stessa dice che non si avvereranno. Frase numero sei: «Se Pulce parlasse, *avrebbe* molte cose da dire».

I mesi piú o meno passavano cosí, la Garfa aveva detto che l'esame di terza andava preso estremamente sul serio, e io studiavo il condizionale e analizzavo i *desideri irrealizzabili* della generazione che era scesa in piazza nel Sessantotto, argomento della mia ricerca; e tra una pagina e l'altra dei libri di storia cercavo qualcosa di divertente per tirare avanti, e avevo trovato nella cucina a microonde un interessante stimolo per la mia fantasia e, soprattutto, per il mio stomaco. Quando ancora la fila dei panda contava qualche superstite in piedi, la famiglia Camurati non si era ancora abituata alla sua nuova vita: i nostri pasti erano ogni giorno minacciati da eserciti volanti di cibo biologico e sminuzzato, alimenti facilmente masticabili che mamma cercava di propinare a papà (Ma Gualtiero, ti fa bene la ricotta! Non posso mica comprare il gorgonzola, chissà tutte quelle cose verdi come reagirebbero sul corpicino di Pulce), che le mani-catapulta di papà facevano svolazzare e rimbalzare sul lampadario come la neve finta in una sfera di vetro souvenir di Venezia, Ma la butto dal balcone io, la ricotta! Che se la mangino i piccioni!; una volta una polpettina di patata «predigerita», cosí le chiamava papà, aveva centrato in pieno un turista giapponese che stava fotografando dalla strada gli affreschi del campanile davanti casa: ricordo della famiglia Camurati. E anche le poche occasioni in cui ci concedevamo una gita al ristorante – fuori città, papà non voleva che la gente pensasse che si faceva festa nel bel mezzo del funerale della sua *patria potestà* –, la bocca vigile di mamma scandiva i nomi delle pietanze che potevano comparire sulla nostra tavola, spendeva qualche minuto a tessere l'elogio dei «cibi malleabili» – cosí chiamava lei quello che per papà era «vomito indiano» – che ci avrebbero riempito la pancia senza interferire con i dentini fragili di Pulce, e dedicava mezz'ora a denigrare tutte le altre durezze arzigogolate che il ristorante offriva, prodotto, secondo lei, di non si sa quale mente insensibile e infernale. Ma poi, all'ennesimo litigio a palle di ricotta, ci eravamo accorti che Pulce mancava anche dalla tavola, e che quindi, perlomeno per i pochi giorni ancora in cui sarebbe stata lontana, avremmo potuto anche solidificare un po' la nostra alimentazione. E cosí erano comparsi il roquefort, orribilmente azzurro e sicuramente pericolosissimo, le lumache (Guai se Pulce ne vedesse una! Conosco un sacco di bambini che sono morti strafogandosi col loro guscio, si terrorizzava mamma), gli spaghetti al dente (Povera Pulce, perché riesca a mangiarli bisognerebbe tagliarglieli, ma chi oserebbe sottoporre il piatto di pasta a una crudeltà simile?), e poi i gamberoni, i granchi, e altre sfilze di crostacei inespugnabili tutti chele e niente carne, e mangiarli era difficile, ma cosí difficile, che almeno ci permetteva di sentirci un po' occupati (allungavano la durata di ogni pasto di almeno mezz'ora) e di portare i nostri pensieri, per un attimo, da una stanzetta chiusa della Giorni Felici al nostro piatto. Ma poi erano cominciate le controbattaglie, Ma io ho un lavoro! Una vita! Non posso passare la giornata a scrostare un cavalluccio di mare, diceva papà, e prima di permettergli di armare le sue proteste con proiettili di chele di granchio ecco che mamma gliele aveva già portate via da sotto il naso, tornando a sostituirle con i piatti facili di sempre: mezze pennette, rigorosamente rigate, crocchette di patata, prosciutto cotto magrissimo, petto di pollo, ricotta, ricotta, ricotta. E io che forte dei miei studi avevo preso ad alimentare i miei sentimenti rivoluzionari, avevo deciso che avrei cominciato la mia lotta dalla cucina, opponendomi all'ordine stabilito: il mio cavallo sarebbe stato il microonde, la mia spada le melanzane: tutti continuavano a ripetere, infatti, che avrei potuto sopprimere un po' della mia ciccetta se avessi soppresso il desiderio di dolciumi attraverso l'ingurgitamento di verdura, e io mi stavo rassegnando. Ma affinché questa dieta cosí sana non risultasse noiosa, avevo dovuto fare delle melanzane un personaggio, e dei miei pranzi un cartone animato. Le mie amiche vegetali potevano cosí prestare una delle loro multiformi facce al piatto-panda, ideato in onore di Pulce, che consisteva in una gigantesca fetta di provolone fuso a microonde decorato da due fettine piú scure, le melanzane appunto, che cosí assemblate ricordavano gli occhi del peluche di mia sorella. Altro esemplare della mia nouvelle cuisine era «Il re Mida con le orecchie d'asino», ideato in un pomeriggio di noia come risposta a un compito di antologia della Garfa: dorata come la faccia del re sciocco, una montagnola di fontina sciolta faceva bella mostra di sé al centro del piatto, mentre due fettone lunghe delle mie verdurone viola rappresentavano il castigo del dio Apollo per il sovrano. Poi c'era il mio preferito, «La Garfagnino vecchia con i brufoli», di difficile realizzazione perché presupponeva l'uso di una fettona di melanzana grossa e rotonda, di cui i supermercati non sempre erano forniti, alla quale spettava la funzione di faccia rugosa della mia professoraccia, sulla quale venivano triturati pomodoro e carote in abbondanza: il tutto veniva infornato nel microonde, per vedere quali altri distorsioni sul viso della mia arpia finalmente cucinata a puntino il calore avrebbe potuto produrre. Mi divertivo cosí con le mie creazioni, le facevo vedere a Carlo Alberto, gli promettevo che un giorno avremmo fatto una caricatura a microonde di mamma e papà, e magari anche di nonna Carmen, se fossimo riusciti a trovare una melanzana davvero grande, e mi chiedevo se Pulce avrebbe apprezzato la mia arte, se sarebbe riuscita a masticare le melanzane, ma soprattutto se sarebbe riuscita a ingurgitare un piatto elaborato a immagine e somiglianza del suo migliore amico di pezza, o se l'avrebbe considerata una crudeltà. E poi mi chiedevo se per caso avrei potuto portarle un piatto dei miei alla Giorni Felici perché lo assaporasse, o se i soldati l'avrebbero intercettato e sbrindellato, per vedere se ci si nascondeva dentro una lima. Ma poi mi ero convinta che non era affatto necessario far conoscere a Pulce la bellezza dell'arte da cucina, perché lei non solo già la conosceva ma anzi ne era un'esperta, con tutte quelle sculture che era in grado di fare (gli Appennini, le Ande, e persino, a guardarli da vicino e con attenzione, dei piccoli pastori a cavallo dei loro lama che percorrevano la cresta della montagna) quando affondava i dentini nella forma del pecorino. Quando aveva fame e mamma era in ritardo sulla tabella di marcia del petto di pollo o delle pappine Camurati, andava di nascosto ad aprire il frigo, sfilava via piano piano il cellophane denudando il pezzettone di formaggio, poi se l'appetito era sopportabile allungava ancora la mano verso il cassetto, tirava fuori un coltello e lo conficcava in quel triangolone stagionato, per poi portarlo a qualcuno di noi adulti e farselo servire come si deve; ma se ai gorgoglii dello stomaco non poteva davvero piú resistere, avvicinava la sommità a stagionatura media ai suoi molari, e SGNAM!, ecco che ne frastagliava il bordo, soffermandosi a rimirarlo tra le mani (Straordinario! Bellissimo! Questa sí che è arte!, immaginavo ragionasse con il Panda) e poi ritornando all'azione, SGNAM! SGNAM!, fino a quando mamma non arrivava e, pulendole la bocca col bavaglino, la richiamava a una realtà molto piú dura, fatta di petto di pollo che altrimenti scadeva. Ho pensato che avrei chiamato a raccolta tutti i panda, il giorno in cui Pulce sarebbe tornata, l'intera fila dei dodici sarebbe resuscitata per la voglia di riabbracciare la padroncina, e poi tutte le melanzane, e avremmo dato un colossale banchetto, a base di pecorino artistico e di merendine (chissà se si può stagliare il profilo delle montagne anche sui trancini al cioccolato), e che avremmo fatto dei disegni del no con colori di cibo, sintetizzando cosí tutto il meglio dell'arte Camurati; e avremmo dipinto coi denti una donna-soldato, e le avremmo costruito con delle melanzane delle orecchie d'asino, come quelle del re Mida.

Questo era quello che facevo, in quei mesi, e insomma non era molto. Ogni tanto mi fermavo a scuola un po' di piú, io me ne sarei volentieri scappata via con il DRIN della campanella, ma la Garfa riusciva ad attanagliarmi, Ti vedo piú magra, Giovanna, mi diceva, le cose per voi non migliorano, vero?, e mi offriva qualche merendina che aveva requisito in classe durante l'ora di narrativa (Gioia delle mie papille! Ma m'inquietava trangugiare merende delle quali potevo non conoscere il nome, e quindi il numero di calorie); oppure s'informava sulla mia ricerca per l'esame, M'interessa questa cosa del Sessantotto, dicevo, e lei commentava Ma certo, per una ragazza come te, che sta passando attraverso delle cose difficilissime, è normale provare un *desiderio di ribellione*. Pippa s'insospettiva Ma che c'ha da dirti la Garfa per tutto 'sto tempo?, non volevo pensasse che stavo facendo la spia, io ero l'unica al corrente della sua tattica per i compiti dei *Promessi sposi* – nascondersi le fotocopie rimpicciolite sotto l'orologio –, e magari avrebbe potuto pensare che m'intrattenevo con la Garfa per spifferarle tutto; quindi avevo incominciato a inventarmi delle scuse Guardi, mia mamma mi aspetta fuori, poi si arrabbia perché arriva il vigile e le chiede la patente e lei ha dovuto incollarci sopra una foto non ufficiale perché il gatto Carlo Alberto una volta ci stava giocherellando e l'ha tutta rosicchiata, ma se i vigili la vedessero sicuramente le farebbero la multa, e allora guardi, mi scusi, ma oggi non posso proprio. E cosí, alla fine, non ne avevamo piú parlato.

Ma poi un giorno papà era arrivato a casa correndo, con una valigetta di pelle, l'aveva sbattuta sul tavolo riversando una tovaglia di scartoffie e documenti, e dalla sua bocca col fiatone si erano riversate delle parole che non avevo capito, La Corte d'appello ha dissecretato gli atti, e che poi mamma aveva tradotto in giovannese, Papà ha parlato con gli avvocati, adesso finalmente sapremo tutto.

Capitolo decimo

Era chiaro che tutti avrebbero preferito evitare la riunione famigliare, ma nonna Carmen passava di lí per caso, e aveva fatto le pesche ripiene, e Vengo su solo un minutino, me ne vado subito promesso, e cosí eravamo di nuovo seduti tutti intorno al tavolo che vomitava fogli, il nonno invece non riusciva piú a vomitare niente, non guardava piú il campanile gridando Kalašnikov! per paura di troppe S maiuscole, se ne stava a contare le sigarette che ancora gli restavano, scuoteva la testa e diceva Povera Italietta, povero povero Paese. Papà invece era tutto bordeaux, sudava, lui sí che si sarebbe unito a qualsiasi terrorista di passaggio in quel momento, se gli obiettivi-bomba fossero stati nell'ordine: la Giorni Felici; il dottor Contengo; le maestre di Pulce; la Comunicazione Facilitata; ma soprattutto: l'intera casta, come la chiamava lui, degli assistenti sociali del nostro Paese; quella «massa di incompetenti che giuro che la prossima volta che ne vedo uno gli sputo in un occhio» dell'intera classe insegnante italiana; tutte le comunità; tutti gli psicologi; gli avvocati; i p-u-b-b-l-i-c-i-m-i-n-i-s-t-e-r-i e gli altri togati amici loro che a me sfuggivano; e poi, visto che non la smetteva d'ingozzarsi con le sue pesche ripiene proprio in un momento come quello, magari anche nonna Carmen.

Ma invece delle bombe integraliste aveva deciso di servirsi di altri proiettili, i libri, quelle centinaia di tomi con cui mamma aveva tappezzato le pareti di casa Camurati, i filtri magici che le servivano per capire Pulce quando non la capiva, o anche quando la capiva benissimo, ma un dottorone aveva detto che bisognava capirla diversamente. Guarda qui, diceva papà, robe da matti, bastava andare a pagina tre! Tre! Ma loro che sono insegnanti evidentemente sono troppo occupati a leggersi l'*Eneide* e a chiedersi se Virgilio si scrive con la «l» o con la «gl» per accorgersene!; e come tante piccole bombe a grappolo faceva risuonare sul pavimento volume dopo volume, e anziché il BOOM! e le grida spaventate della gente si sentiva rimbombare: «Biklen!», SBAM!, «Crossley!», PUNF!, «Shopler!», SBOING!, Millenovecentonovantasei! Ma no, loro quello che viene dopo Cristo non lo leggono, perché è già stato contaminato dalla decadenza dell'Occidente! Ma bastava arrivare a pagina tre! TRE!, la nonna Carmen si leccava le dita foderate di cioccolato e intanto diceva Ma Gualtiero, i vicini! Calma... Ma che cosa, che cosa terribile, oh Gualtiero!, e per non sentire l'eco della tachicardia copriva i battiti del cuore con lo scricchiolio delle noci maciullate dalla sua dentiera. Guarda qui, guarda! Pagina tre, ma loro se non c'è l'invocazione alla musa non lo leggono! Cantami, o Diva, della pelide Comunicazione Facilitata la stronzata funesta che infiniti addusse lutti agli autistici; mamma intanto raccoglieva i libroni che papà catapultava per terra e li rimetteva sul tavolo, affinché lui potesse tornare a prenderli e servirsene di nuovo, era come una mitragliera e mamma il suo caricatore automatico. Guarda qua «La Comunicazione Facilitata è una procedura comunicativa controversa e non provata, priva, per quanto riguarda la sua efficacia, di riscontri scientifici», anche gli yankee lo dicono!, gridava papà, E guarda questi «La CF è una tecnica per individui affetti da autismo oppure da ritardo mentale, priva di una convalida scientifica. In particolare, le informazioni ottenute tramite la CF non dovrebbero essere usate per confermare o smentire affermazioni sugli abusi e non dovrebbero influire sulle decisioni diagnostiche e terapeutiche». Avete capito? Non può essere usata per un procedimento penale! E siete pure dipendenti statali pagati dalle nostre tasche! Pagina tre! Pagina tre!, papà non riusciva neanche piú a respirare, aveva le orecchie viola come quelle del mio re Mida a microonde, mamma era riuscita a farlo sedere e a infilargli in bocca una pesca ripiena, almeno cosí le nostre, di orecchie, avrebbero potuto respirare per un momento, se non avesse attaccato lei Ma Gualtiero, l'insegnante non avrà mica fatto tutto da sola, avrà chiesto aiuto a qualche presunto competente incompetente, magari uno psicologo che ha fatto un corso di CF e abusi per corrispondenza e ora pensa di sapere tutto lui; e Carlo Alberto inseguiva batuffoli di polvere nella stanza bombardata dove giaceva ancora una delle prove della guerra: un gigantesco proiettile cartaceo, aperto a pagina cinque, che diceva, con il tono mesto di un lamento funebre, quasi come quello che ci aveva fatto leggere la Garfa nell'*Eneide*: «La maggior parte dei soggetti che si avvalgono, per esternare i loro pensieri, del metodo della Comunicazione Facilitata, denunciano abusi sessuali o violenze subite da parte di insegnanti o genitori. Nella maggior parte dei casi dette denunce si rivelano infondate, prodotto del bisogno del soggetto autistico di attrarre l'attenzione su di sé, o della fantasia del facilitatore. La quasi totalità degli studi in materia considera la CF una tecnica screditata, ed il suo utilizzo ingiustificato e *immorale*, perché manca un'evidenza scientifica ampia ed oggettiva». Ma loro, ripeteva papà tra granella di nocciola e cacao in polvere, evidentemente non l'avevano letto. E continuavano, ripeteva mamma, a voler cavar fuori dai bambini come Pulce le loro grandi verità sul mondo, e non gli importava se magari, diceva mamma, che lo dicevano i libri, cosí come non erano in grado di percepirsi un gomito magari non riuscivano nemmeno a percepire il mondo fuori, e non capivano cosa stava succedendo: l'importante era che lo scrivessero, e una volta che le parole venivano fissate su carta, nero su bianco, diventavano automaticamente delle verità.

Per quello che ne sapevo, la situazione era questa: gli avvocati erano riusciti a sapere alcune cose, e con la loro linguaccia di «decreto», «comma», «articolo» erano riusciti a dipingere un po' meglio la faccia dei nostri signori *provvedimenti superiori*. Che erano antipatici come prima, anzi peggio. La maestra Popi era stata chiamata anche lei, avevano detto, a *testimoniare* sulla scrivania del Buffo; sicuramente si sarebbe sentita piú a suo agio di me, avrebbe riconosciuto nell'esercito dei soldati tratto-pen l'arma abituale della sua strage di alunni, sicuramente non avrebbe decorato i documenti ufficiali con cuoricini e fiorellini, perché si sa che un'insegnante non è in grado di provare sentimenti, e comunque non li esternerebbe attraverso la sua firma. Si sarebbe compiaciuta di essere passata finalmente dalla cattedra al set di uno di quei telefilm polizieschi che di certo anche lei, tra un triangolo isoscele e la tabellina del sette, guardava. E quando l'ispettore Derrick avrebbe disserrato le sue mascelle quadrate da piedipiatti, formulando in lingua poliziese qualche frase arzigogolata che voleva dire semplicemente «Mi racconti tutto», lei avrebbe rovistato nella sua valigetta in pelle rossa e avrebbe estratto, tra compiti da correggere e caramelline alla menta piperita, il foglio che come per magia adesso si trovava sul nostro tavolo.

Il nonno, contate e ricontate diciassette sigarette nel pacchetto, fumatene due, aveva sollevato il foglio, e aveva deciso di prestare la sua voce alle parole di Pulce, leggendolo a voce alta:

MARGHERITA MOLTO STUPIDA PER PAPÀ
Ma Pulce, perché dici questo?
PERCHÉ PAPÀ IDIOTA (ride)
Perché?
IERI MI SONO FATTA LA POPÒ ADDOSSO PAPÀ SGRIDATA
Ma Margherita, perché hai fatto la popò addosso? Tu sai andare in bagno da sola quando vuoi.

PERCHÉ IO RESTO ERRORE PER PAPÀ
SPECIALMENTE PERCHÉ MI PIACE GIAMPIERO
PERÒ PAPÀ MI DICE DI NO A CORTEGGIARLO

Ma perché ti dice di no? E chi è Giampiero?

MARGHERITA È ERRORE PER TUTTI I ROMEO
PERCHÉ PER PAPÀ È PROPRIO COSÍ

Che cosa vuol dire «romeo»? Non capisco.

I ROMEO SONO GLI UOMINI E I ROMEO ROMPONO

Hai ragione Pulce, gli uomini qualche volta sono proprio dei rompiscatole.

ORA HO CAPITO PERCHÉ PAPÀ È UN ROMPIPALLE
PERCHÉ È UN UOMO (risata)

E le donne?

LE DONNE SONO FURBE
PERCHÉ PARTORISCONO I FIGLI DI PAPÀ
E POI TRADISCONO

Effettivamente anche a me era sembrato che Juri a volte fosse un po' strano con Pippa, per esempio perché le scriveva sul cellulare che l'amava ma poi la spingeva se lei gli stava appiccicata davanti ai suoi amici, però non è che avevo mai pensato che tutto ciò fosse dovuto al fatto che lei era una donna e lui un uomo; e anche Pulce mi sembrava che con l'altro sesso lei si trovasse bene, in fin dei conti il Panda era il suo migliore amico, e da quando era arrivato in casa nostra l'avevamo sempre cresciuto come un maschio; e poi c'era Barabba, ma lui era una delle persone piú buone che avessimo mai conosciuto, e quindi Pulce non aveva nessun motivo per avercela con lui. Tutto questo mi ricordava qualcosa che avevo studiato per la mia ricerca sul Sessantotto, c'era un capitolo che s'intitolava *Il separatismo femminista*, e io non ci avevo capito molto perché non c'erano figure e non l'avevo letto fino alla fine, ma papà mi aveva detto che le femministe erano delle sognatrici con delle idee giuste e bellissime, ma che a un certo punto alcune di loro non volevano piú parlare agli uomini, avevano cominciato a dire che loro erano piú intelligenti dei maschi e un sacco di altre cose strane, e cosí la loro lotta si era fermata e non erano riuscite a cambiare il mondo. E Pulce ascoltava Bach e leggeva Walt Disney, ma io non le avevo mai visto tra le mani libri di storia del Novecento come i miei, e quindi ero quasi sicura che lei di tutta questa questione non ne sapesse niente, e che non potesse pensare davvero quelle cose, perché non aveva ragioni né storiche né personali per odiare gli uomini.

Mentre io facevo tutti questi pensieri, il nonno continuava a leggere:

Pulce, non tutte le donne tradiscono i papà. Scommetto che tu ne conosci almeno una che non lo fa.

SÍ LA MAMMA AMA PAPÀ

Hai visto? La mamma ama papà anche se lui a volte è rompiscatole come tutti gli uomini.

Veterofemminista! Fricchettona! Cattocomunista!, gridava papà, e il copione continuava...

Vuoi che facciamo leggere queste cose a mamma e papà?

SÍ PERCHÉ ALMENO CAPISCONO

CHE MARGHERITA OSA PARLARE

Va bene, allora gliele darò. Speriamo che papà non si arrabbi! C'è qualcos'altro che vorresti dirmi?

MARGHERITA STUFA

PERCHÉ PAPÀ PORTA A SCUOLA LEI IN FRETTA

PER PUNIRLA FIGLIA STUPIDA

Piccola, non capisco bene. Spiegati meglio.

PAPÀ APRIRE I PANTALONI TIRA FUORI PIRILLO

APRE SEDERE MARGHERITA

Il nonno scandiva le parole di Pulce con tanta chiarezza che sembrava fosse la sua storia, che fosse stato lui seduto su una sedia, legato forse, a urlare ad alta voce la sua denuncia, dopo secoli di silenzio. Eppure no, non era quella la storia, qui il nonno stava seduto a un banco di scuola, mentre probabilmente avrebbe avuto voglia di essere da tutt'altra parte, e la pelle sudaticcia della maestra Popi gli si strofinava sul polso, lui avrebbe avuto voglia di stare zitto e invece quella gli faceva il solletico e gli diceva Parla! Parla!, ma il nonno non aveva proprio nulla da dire, e in quella posizione ci stava pure scomodo perché gli faceva male la schiena, che lui è molto delicato, ma quello non poteva dirlo; e invece la maestra Popi di cose da dire ne aveva tante, ipotizzava papà, cominciando dal fatto che anche lei in quella posizione ci stava scomoda, a maneggiare tutte quelle penne rosse che avevano finito per corroderle le dita, dopo averle strette cosí forte per urlare Insufficiente! *in calce* ai compiti di matematica, il giusto castigo per quei mocciosi che la costringevano a stare lí, lei che avrebbe non solo potuto, ma *dovuto* stare molto piú in su (questo almeno le diceva la sua zucca vuota, gridava papà); e quando la mina della sua arma bipunte rossa e blu si era spezzata, e aveva dovuto trovare un altro megafono per la sua protesta, ecco che si era presentata lí Pulce, come un organo da suonare. E non aveva saputo resistere alla tentazione di gettarci sopra le mani, diceva papà, per portare in alto le note della sua canzone e perché la sua canzone portasse in alto lei, se non accanto a una lavagna di qualche prestigiosa aula dell'università, almeno al telegiornale.

Piccola, ti rendi conto che le cose che mi stai dicendo sono molto serie? Ti chiedo per favore di concentrarti e rispondere bene alle mie domande. È vero quello che mi stai raccontando?

(La bambina ride, poi piange, poi cerca di alzarsi dalla sedia, si risiede, piange e poi ride e ricomincia a scrivere)

È TUTTO VERO

(La bambina a questo punto sembra terrorizzata, ha una strana luce dentro gli occhi pieni di lacrime)
Piccola, fatti coraggio. Adesso cercheremo di capire bene questa brutta storia. Hai parlato con la mamma di questa cosa?

NO

E perché non l'hai fatto? Lei sicuramente potrebbe aiutarti e far sí che non succeda piú.

PERCHÉ POI LEI SGRIDA PAPÀ PER AVER APERTO PULCE

Piccola, come posso aiutarti adesso?

PARLA A MAMMA CHE PERDONI PAPÀ

Queste sono quelle cazzo di idee che le mettete in testa tu, il catechismo e tutti quei preti, merdalclero!, sbraitava papà in faccia a mamma Anita.

Vuoi che facciamo leggere queste cose a mamma e papà?, risuonava ancora la voce afflitta da soap opera della maestra, NO.

Il nonno sudava, e continuava a scandire le parole di Pulce, ed era impressionante perché cosí ad alta voce non le avevamo mai sentite; e faceva quasi paura, perché aveva cominciato a usare due voci diverse a seconda del ruolo che doveva interpretare: prestava il suo tono normale alle battute di Pulce, mentre s'immedesimava nella maestra Popi con uno strano falsetto, una vocina inquietante. Il copione fuoriuscito dal valigione degli *atti dissecretati* diceva che Pulce, scrivendo, si era messa a piangere, e io continuavo a immaginarmi la scena come se al suo posto ci fosse stato il nonno; e la maestra Popi, sudata e con l'alone di sudore attorno alle ascelle, continuava a strizzare il polso fragile e suscettibile del nonno e diceva Scrivi!; e il nonno che proprio non ne aveva voglia – se mi sforzavo bene riuscivo a vederlo come rimpicciolito, per nulla simile a Pulce ma piuttosto a un bambino piccolo, un baby-nonno –

continuava ad aver male alla schiena ed era stufo che tutti continuassero a scrivere con le sue mani e la sua tastiera ciò che avrebbero potuto benissimo dire con le loro pennacce rosse, era stufo, ma non poteva dirlo perché non era quello che volevano che lui dicesse e lui non aveva ancora imparato a parlare, e allora abbassava gli occhi e scoppiava a piangere, soffocando i singhiozzi tra le tette avvolgenti della Popi che come una buona samaritana, diceva papà, lo rassicurava Non piangere, piccola, e lo consolava per quella storia terribile, di un padre pedofilo e una maestra frustrata.

Chi fa psicoanalisi con la Comunicazione Facilitata, diceva mamma, non ha ancora capito che dovrebbe usarla per psicoanalizzare il facilitatore, che solo servendosi delle parole di un altro ha il coraggio di dire a se stesso ciò che usualmente si tace.

Ma la bambina... era spaventata..., la nonna parlava con un filo di voce osservandosi le unghie lunghissime, ... loro l'hanno fatto per il suo bene, diceva nonna, metti caso che fosse vero, con tutto quello che succede al giorno d'oggi, lo vedi anche tu in televisione, tutta questa gentaccia che fa cose terribili a delle..., aveva le lacrime agli occhi, ... povere creature. In quel momento il telefono aveva suonato, Buongiorno risponde la segreteria telefonica dei dottori..., e dopo il bip per lasciare un messaggio aveva parlato un paziente di mamma Buongiorno dottoressa, volevo dirle che mi vogliono portare in ospedale, ma io non sono pazzo e non ci voglio andare; papà si adirava sempre quando succedevano queste cose, perché a quel punto mamma, che al telefono non riusciva mai a convincere la gente che non era malata davvero, doveva vestirsi e uscire di corsa, e quindi, diceva papà, costringeva lui a stare «chiuso in casa» per prendersi cura di Pulce, che non poteva rimanere da sola; ora, però, Pulce non c'era, papà era troppo assorto per poter fare qualsiasi commento, e la voce continuava Mi vogliono mandare all'ospedale perché dicono che sono malato, ma io sto benissimo, io non voglio andare all'ospedale, io se ci vado mi ammalo, non se resto a casa che sto benissimo; mamma guardava il telefono con aria preoccupata, Io voglio solo restare qui, io sto bene qui, perché dicono che devono portarmi via? Io sto bene qui, perché per curarmi devono farmi del male?, mamma non era riuscita a rispondere, aveva guardato papà dicendo sottovoce Poverello, che lo lascino in pace..., poi era tornata a sedere, paralizzata sotto le parole pesanti di tutti.

Io non sapevo piú da che parte guardare, la situazione mi sembrava troppo seria, avrei voluto dire qualcosa per sdrammatizzare ma non mi veniva in mente niente, allora avevo deciso di confessare le mie preoccupazioni all'ultima pesca ripiena che rimaneva nella teglia, nessuno si sarebbe preoccupato di chiedersi quante calorie avesse, con quale merendina fosse accoppiabile per arrivare a trecento e se fosse facilmente masticabile dai dentini di Pulce. La caccia al pedofilo! È quello che vogliono fare, come la caccia alle streghe!, diceva papà; mamma scuoteva la testa e aggiungeva Questa storia è cosí assurda che dovresti scriverci un libro; e lui, sconsolato, Storie come questa le ha già scritte Kafka, e meglio di chiunque altro. Poi si era calmato, avrebbe volentieri mangiato una pesca ripiena ma qualcuno le aveva finite, gli era caduto lo sguardo sui miei baffi di cioccolato, aveva sorriso, mi aveva messo una mano sulla spalla dicendomi Meno male che ci sei tu, e aveva cominciato a chiamare tutti i suoi amici per compiacersi della sua battuta. Kafkiana, ripeteva, la mia è una storia kafkiana.

Io non sapevo chi fosse questo Kafka, e avevo cominciato a guardare dalla finestra gli aerei che passavano, quando come per magia uno di loro si era fermato e aveva aperto una porta dalla quale era uscito proprio lui, il signor Kafka: era lungo, magro e inglese (aveva un nome difficile, e si sa che, come dice la nonna, i nomi difficili sono tutti inglesi), era stato in prigione anni prima, nella terra di Nientelandia, per aver mangiato un biscotto ripieno di cioccolato tutto d'un morso (contrariamente alle regole di ogni Paese ideale che si rispetti, dove i biscotti li si apre a metà, si lecca e sberlicca il cioccolato e poi si lascia il resto), e da quel giorno girava sugli aerei di tutto il mondo – sicuramente doveva aver incontrato Giulio su uno di essi – e scriveva la sua storia di prigionia su foglietti colorati che poi lanciava al vento attraverso il finestrino, perché i papà potessero raccoglierli e fare battute col suo nome. Fuori dall'aereo c'erano due signorine, una enorme e una piccolissima, che gli dicevano Ci auguriamo che abbia fatto buon volo, e lui s'informava con voce e con fare inglesi Dove siamo atterrati?, e loro Non siamo atterrati, signore, siamo in volo nella fantasia di Giovanna, le auguriamo buona permanenza. E mi chiedevo se lui avrebbe potuto aiutare gli altri a ritrovare il papero Nessuno, stando cosí tanto tempo in volo aveva sicuramente avuto modo di osservare bene ciò che succede quaggiú; e mi chiedevo se gli piacesse andare a cavallo, e pensavo di sí perché nonna dice che tutti gli inglesi vanno a cavallo, e quindi sarebbe andato d'accordo con Bernardo; e mi chiedevo come mai facevo tutte queste fantasie, se non era già arrivata l'ora di fumare il tè coi pantaloni attillati, ma poi mi ricordavo che anche quelli della terza B avevano delle fantasie, perché rubavano i simbolini della Mercedes dalle macchine dei loro padri e poi si convincevano di averli rubati a qualcun altro. E cosí il signor Kafka si era seduto al nostro tavolo fogliuto, gli avevo versato un bicchiere di latte e menta di benvenuto, perché gli inglesi bevono latte e menta, la nonna lo dice sempre, ma poi avevo dovuto bermelo io perché mi aveva detto che il suo stomaco invisibile non digeriva il latte. Allora gli avevo chiesto un favore, se poteva allungare la mano verso il valigione e rubare una di quelle scartoffie. Lui aveva obbedito, aveva arraffato il papiro e l'aveva nascosto nella manica del suo frac, poi era corso in camera mia e dal corridoio buio mi aveva sussurrato Pssst! Giovanna! Vieni qua!, e io l'avevo seguito, È meglio che lo leggiamo solo io e te, sennò poi quelli di là si preoccupano ancora di piú. E mentre chiudevo la porta del salone mi ero fermata per un attimo a osservare la nonna che diceva Ma io m'immagino quest'insegnante, spaventata, preoccupata, in pensiero per la piccola, come può lei sapere che non è vero niente?..., e il nonno che dall'altra parte della stanza, secco, replicava Pagina tre: la Comunicazione Facilitata *non* deve essere usata nei procedimenti penali, in quanto la maggior parte dei soggetti denuncia di aver subito abusi che nella maggior parte dei casi si rivelano insussistenti. E io avevo richiuso la porta alle mie spalle.

Il signor Kafka, visto che era appena arrivato ed era esterno alla situazione, mi aveva fatto una domanda un po' ingenua Ma perché le maestre di Pulce non si sono accontentate di un suo sorriso, anziché voler farla essere qualcosa che non era?, io non sapevo come rispondergli, del resto lui, venendo da un altro Paese, non sapeva ancora bene come funzionava il posto in cui era capitato. Il fogliaccio che avevamo rubato aveva i capelli in grassetto, piccoli ciuffi di caratteri neri che formavano la scritta **DEPOSIZIONE IN TRIBUNALE**, «Io sottoscritta MEGLIO Penelope, detta Popi...», era quella cosa in cui ti chiedono Giuri di dire la verità, tutta la verità, nient'altro che la verità?, Sí, lo voglio, forse si rispondeva cosí, o forse quello era per il matrimonio, Giuro di dire la verità e amarla, rispettarla finché morte non ci separi; anche il signor Kafka non lo sapeva, probabilmente i tribunali dalle sue parti funzionavano diversamente. Io m'immaginavo la maestra Popi, seduta sull'alone di sudore che la sua gonnella aveva sciolto e diffuso su una panchina di legno, a guardarsi negli occhi con un signore in abito scuro e parruccone a boccoli bianchi stile Luigi XIV, all'inizio riusciva a mantenere la calma, poi gli occhi le si gonfiavano di lacrime – e che storia truce è, se gli occhi non versano neanche un goccetto? –, le mani le spalle e tutto il corpo cominciavano a pruderle e allora lei si metteva a gesticolare, assumeva un'espressione patetica e corrucciata, ma anche un po' da eroina della rivoluzione o della televisione, espressione che era rimasta riprodotta esattamente, come una calcomania, sulla faccia della sua *deposizione*, quel foglio con i capelli in grassetto e le ciglia fatte di frasi apocalittiche che adesso stringevo tra le mani insieme al mio nuovo amico Kafka. «Affinché la povera bambina si sentisse meno sola le ho consigliato di riferire l'accaduto anche alla mia collega di religione, Ifigenia Maria De Monte. Io sono rimasta accanto alla piccola e alla maestra, e posso riferire il contenuto del loro dialogo. Alla domanda *Ciao Margherita, che cosa mi racconti?*, la piccola ha risposto senza esitazioni PAPÀ INFILATO PIRILLO NELLA PASSERA. La collega ha allora cercato di fare delle domande precise alla bambina, nel tentativo di ricostruire l'accaduto. Ne è risultato che la bambina ha subito le dette violenze in orario prescolare, nel letto dei genitori e in assenza della madre. La collega De Monte ha allora chiesto alla minore se potesse fare qualcosa per aiutarla, e la piccola ha scritto CHIEDI A DIO SE MI PERDONA».

Avevamo letto piú o meno fino al naso della smorfiosa *deposizione* e il signor Kafka mi aveva interrotto per chiedermi una delucidazione fondamentale al fine della sua analisi Che cosa vuol dire «pirillo»?; effettivamente lui era inglese, e quindi era normale che le sue «abilità linguistiche», come le chiamava la Garfa, fossero ancora ridotte, anche considerando che era appena arrivato. Però il fatto era che anche a me quelle due parole non erano del tutto familiari, a casa nostra i maschi avevano il pisello e le femmine la farfallina, nessuna in tutta la storia Camurati si era mai sognata di avere una «passera», e figuriamoci un «pirillo». Io avevo capito che cos'erano perché di solito quando uno ti dice una parola cosí messa in quella situazione lí vuol dire quello, insomma, avrebbe anche potuto esserci scritto cetriolo, zucchino, fagiolino, mestolo, canna da pesca, che tutti l'avrebbero capito che cosa bisognava intendere. Quello che invece non capivo era come facesse Pulce a usare un «lessico», come lo chiama la Garfa, del genere, in casa non l'aveva davvero mai sentito, e allora il signor Kafka mi aveva dato l'illuminazione dicendomi che grazie alla mia spiegazione lui ora sapeva di avere un *pirillo*, ma era anche quasi certo che in casa Meglio e in casa De Monte tutte avessero una *passera*. Ma la maestra De Monte, continuava il mio amico Kafka, chissà quanti segni della croce si sarebbe fatta solo al sentirla nominare quella cosa là, lei che è cosí credente, ma cosí credente che per lei il primo pensiero di fronte alla storia di Pulce è la speranza nel perdono di Dio. E allora avevo capito anche io: con la Popi, che aveva un tatuaggio con il simbolo della donna sopra la spalla sinistra, ecco che Pulce diventava una ragazzina con i capelli corti e scendeva in piazza a gridare in faccia agli uomini oppressori tutta la loro stupidità; con l'Ifigenia, ecco che si piantava i chiodi ai quattro angoli del corpo e saltava sulla croce, con gli occhi supplici rivolti al cielo, «Padre, perché mi hai abbandonata?»; e allora m'immaginavo che cosa ne sarebbe venuto fuori se Pulce avesse provato a scrivere con la Garfa, forse un canto epico, «Tattaratatattàààà! Suonino le trombe! Rullino i tamburi! Aprano le bocche le muse per cantare l'epopea della coraggiosa Pulce contro il Nemico Ignoto!»

Ma poi piú in giú, proprio sotto la bocca di lettere del foglio avvocatesco, io e il signor Kafka avevamo trovato qualcosa di ancora piú strano, erano altre parole fuoriuscite dal gozzo di Popi, e che per errore tutti stavano attribuendo alle dita di Pulce: «Di fronte all'angoscia della bambina, – continuava al cospetto del giudice capelluto di gusto illuminista, – ho provato a chiederle se non ci fosse proprio nessuno in famiglia al corrente dei fatti. Le ho chiesto della nonna, del nonno, di qualche zio o cugino, e infine della sorella, la signorina Giovanna. Di fronte all'esplicita domanda, la bambina si è subito lasciata andare PAPÀ APRE SEDERE GIOVANNA POI INFILA PIRILLO».

Io allora avevo posato il foglio, non mi andava piú di guardare negli occhi la sua facciona bugiarda, ed ero ritornata in salone insieme a Bernardo e gli altri, evidentemente con questi signori imbecilli ci andava un esercito di innocenti per far valere la verità; e nel frattempo il valigione aveva continuato con la sua diarrea di fogli foglietti fogliettini certificatucci dichiarazionucole, il nonno-Pulce continuava a suonare a tutto volume, di minuto in minuto piú tremendo, QUESTA MATTINA SUCCESSA COSA BELLA PAPÀ ODIA BAMBINI CHE FANNO LA POPÒ ADDOSSO PULCE HA FATTO POPÒ ADDOSSO PERCIÒ PAPÀ NON APRE PIÚ PULCE, anche il megafono di papà non accennava ad ammutolirsi, Cattocomunisti!, gridava, Te lo dico io quello che sono! Focolarini paraculi! *Merda!* Si dice *merda*, non *popò*, in casa mia quella parola da ciellino non si è mai usata! *Merda merda merda!*, intanto passava di lí Carlo Alberto, anche lui come Pulce faceva parte dei silenziosi della famiglia, se ne stava lí buono buono e papà l'aveva travolto con una pedata che l'aveva catapultato dall'altra parte della moquette di fogli, proprio mentre il nonno declamava un tema svolto a scuola dalla mia sorella-prodigio:

Il mio animale preferito.
Svolgimento:
IO AMO MOLTO I CANI
PERCHÉ A PAPÀ PIACCIONO I GATTI

Ma ce n'erano molti altri.

Che cos'è per te la fantasia?
Svolgimento:

LA FANTASIA PER ME È UNA MAGIA CHE PAPÀ PARTE
PER LA LUNA PER NON TORNARE MAI PIÚ
A ME PIACE LA FANTASIA PERCHÉ APPENA PAPÀ PARTE
IO STO BENE A CASA CON MAMMA E GIOVANNA
LA FANTASIA MI DÀ PAROLE DI CONFORTO
PER PARLARE CON PAPÀ E PER CHIEDERE
SE HA PARLATO CON POPI PERCHÉ SE PARLATO CON POPI
POPI PATISCE PERCHÉ PAPÀ PUNISCE POPI

E con questo finiva la prima faccia di quel foglione ciarlone, l'avevamo esplorata tutta, dalle sopracciglia al mento, avevamo letto fin dentro le sue narici, tra i peli dove si nascondevano le caccole verdi, e avevamo trattenuto un rigurgito di disgusto; e poi era arrivata l'ora della seconda faccia, della faccia di dietro, della nuca con tutti i capelli perfettamente impomatati da un gel di lettere grasse, papà l'aveva preso in mano, aveva chiuso gli occhi battendosi la fronte con una mano e aveva sussurrato Povera Italietta; poi, per ridere, visto che forse si sentiva in colpa per aver urlato troppo, e non voleva fare la parte di quello nevrotico, visto che già tutti lo conoscevano come il pedofilo, aveva detto che con questa nuova faccia del foglio si passava a un nuovo copione, quello di un'altra telenovela: da *Casalinghe disperate* (disperatamente in cerca di uno schermo televisivo da cui piangere) a *CSI: Miami*.

Infatti, mentre noi ce ne stavamo tutti lí rinchiusi nel salone a depilare lettera per lettera la valigia dissecretata, e l'aria nella stanza era tutta grigia e puzzolente quasi il mondo si fosse trasformato in una gigantesca Nazionale senza filtro del nonno, e mentre Pulce se ne stava chissà dove, forse a buttar giú senza masticare qualche fetta di prosciutto grasso col certificato qualità degli assistenti sociali, c'era un *inviato speciale* della famiglia Camurati che proprio in quel momento stava facendo il giro del mondo. Prima lo mandavano lí, dove c'erano dei signori che lo toccavano, lo annusavano, lo smaciullavano un po', lo sgraffiavano leggermente con l'unghia del mignolino sinistro per vedere se anche sotto la superficie le cose erano proprio come sembravano; poi, per sicurezza, per avere un'ulteriore conferma, telefonavano ai loro amici che stavano là, e facevano viaggiare il nostro *inviato* fin là dove stavano loro perché potessero metterci sopra le loro ditacce. E quelli allora lo prendevano, lo stropicciavano, osservavano le sue reazioni, gli facevano il solletico, gli facevano fare il bagno per vedere come si comportava, poi lo seccavano al sole, poi ne arrostivano un pezzo, poi si mettevano tutti col naso all'insú, chiusi nella loro stanza ad atmosfera sterilizzata e con i loro camici bianchi, e annusavano i fumi che liberava. Poi si erano fatti un'idea, ed erano quasi sicuri, ma per avere proprio la certezza era necessario che anche i loro amici che stavano là ancora piú in là ne dicessero qualcosa, e allora lo prendevano con i loro guanti bianchi, lo mettevano in un pacchetto e lo spedivano fino a là ancora piú in là, dove c'erano i loro amici pronti a riceverlo, spacchettarlo, sminuzzarlo, assaporarlo, guardare come si muoveva, cosa faceva, che odore aveva, per poi, infine, deliberare. E la procedura era portata avanti secondo la *prassi* piú scrupolosa, questi signori quando lavoravano facevano tutti una faccia serissima, e questo è un po' strano se si considera il fatto che qui l'*inviato speciale* era un paio di mutande del mercato con un maialino che diceva «Buon divertimento».

Mamma le comprava al tre per cinque euro di El Mutandero al mercato del martedí, Queste qui sono proprio di cattivo gusto, diceva papà; quando mamma le aveva portate a casa, lui voleva costringerla a tornare a cambiarle, ma mamma non aveva voluto, E metti che poi pensi che gliele riporto perché non mi so divertire?, aveva detto. Ma la maestra Popi, diceva papà, alla quale il divertimento negli ultimi tempi doveva essere mancato, le aveva trovate deliziose, e allora perché non intrufolarsi tra le loro piú piccole piegoline, alla ricerca di qualche *indizio incriminante*? Cosí aveva portato in bagno Pulce, per la prima volta, visto che di solito «accompagnare la bambina a fare i suoi bisogni non fa parte dei compiti di un'insegnante curricolare», le aveva detto Ecco piccola, facciamo in un attimo, tu tieniti qui e io ti tolgo le mutandine perché sono sporche; gliele aveva sfilate, aveva notato il maialino e la scritta, aveva storto il naso, poi le aveva prese stringendole tra le dita con la punta delle unghie, perché quella sporcizia non la contaminasse, le aveva infilate in un sacchettino di plastica e le aveva spedite al RIS, quelli che nei telefilm fanno le investigazioni scientifiche e mettono le polverine che fanno cambiare colore agli indizi se lui è davvero il colpevole, e se lui non ha fatto niente invece non si sa cosa succede perché in questi casi nei telefilm lui è davvero sempre il colpevole. «Si sono resi necessari accertamenti biomolecolari sulle tracce sospette individuate sul reperto in sequestro tramite osservazione mediante lampada Crimescope CS-16», un microscopio, un signore serissimo in camice bianco che esplorava un paio di mutande e un maialino che sorrideva dicendo «Buon divertimento». Ma che cosa avranno pensato?, chiedeva mamma, E come hanno fatto quando l'hanno portata alla Giorni Felici? Senza mutande? Avranno pensato che ha una madre degenere che la lascia andare in giro senza..., Ma anche tu e il tuo cazzo di mutandero!, ribatteva papà, Dimmi tu se io devo rischiare il carcere e tu intanto compri le mutande col maiale.

E poi aveva preso la parola il dottor Contengo, che parlava con il suo fare calmo da bibliotecario tetraplegico attraverso un foglio di paroloni ordinati, dove la metà dei termini finiva in -ità, e mi potevo immaginare l'accento forte sulla t, *La sessualithàh della bambina Camurati Margherita*, diceva, *la genitorialithàh*, La stupidithàh di qualcuno che scrive cose come questa, diceva papà. Il dottor Contengo si era seduto al banco del giudice parruccone, sempre tranquillo e impassibile come un Budda di plastica, e aveva cominciato a raccontare la sua tranquilla storia, che era solo una come tante, che lui ne aveva viste un'infinithàh, e l'aveva detto lui, lui che la piccola la conosceva bene, che aveva aiutato la famiglia nei momenti difficili, lui l'aveva detto che tutti si erano sempre sbagliati a interpretarla, *Conosco la bambina fin da quando era molto piccola*, perché lui aveva letto i libri giusti e sapeva come andava letta, *e ho sempre avuto l'impressione che fosse molto piú intelligente di quanto sembrasse e di quanto si era abituati a pensare*, e quindi lui era seduto lí tranquillo perché in fondo stava solo lavorando, *Margherita è una bambina con un ritardo cerebrale medio-lieve*, tra poco sarebbe uscito e magari avrebbe fatto un giro per i negozi del centro per comprare un salvagente per il figlio, visto che dovevano andare al mare, *con «facies dismorfica» e disturbi ormonali che si sono manifestati recentemente in una pubertà precoce*, doveva anche ricordarsi di tagliarsi le unghie dei piedi, perché c'era quella del ditone che gli premeva contro la scarpa e gli faceva proprio male, *finora ha sempre vissuto con la sua famiglia: il padre manifesta una personalità di tipo depressivo, con una certa impulsività che si manifesta molto spesso*, tanto lo sapeva lui, lui l'aveva sempre detto, è cosí che vanno queste cose, *la madre, il pilastro della famiglia, mi lamentava spesso il fatto che la figlia maggiore e sorella di Margherita, Giovanna, fosse triste, e che nei momenti di maggior tristezza manifestasse aspetti bulimici, rifugiandosi nel cibo*, c'erano proprio tutti gli elementi di conferma, *una caratteristica di Margherita è che non è assolutamente capace a giocare: in alcuni bambini tale caratteristica, che è invece coessenziale ai soggetti normali, si spiega per il fatto che abbiano subito gravi traumi*, queste però erano le belle soddisfazioni di un lavoro come quello, che tra un pazzo e un pedofilo, *peraltro successivamente al suo inserimento in comunità la bambina ha dimostrato maggior vitalità, prova piacere nel prendere parte a dei giochi elementari, ha voglia di interagire con chi la circonda, ha notevolmente migliorato le sue capacità manuali*, il bello di un lavoro cosí, è che ogni tanto puoi salvare la gente.

Capitolo undicesimo

Eppure, dicevano loro, Pulce stava molto meglio. Si sa che dietro ad ogni cervello apparentemente tonto, dicevano loro, si nasconde un elemento geniale, cosí, dicevano loro, il grande momento di Pulce era arrivato. Pulce improvvisamente giocava al Gioco dell'oca, e ci giocava come andava giocato, cioè senza lanciare le pedine ai quattro angoli della stanza come fosse un tiro al bersaglio; Pulce improvvisamente si lavava le mani prima di pranzare, era addirittura in grado di aprire il rubinetto da sola, ma non solo, dicevano loro, manifestava addirittura un bisogno di pulizia che, dicevano loro, prima evidentemente non veniva soddisfatto; la nuova Pulce, dicevano loro, aveva preso a interessarsi della sua vita sociale, e si arricchiva di giorno in giorno di nuove e nuove amicizie; Pulce era ora in grado di scegliere quale cartone animato volesse guardare, e provava gradimento se si assecondava la sua scelta; Pulce ora, dicevano loro, disegnava addirittura, manifestando una propensione verso l'astratto o il surrealismo, affidando il suo mondo interiore alla tecnica del pennarello; Pulce, dicevano loro, era cresciuta: se prima la sua età mentale era stimabile intorno ai due anni, adesso era incalcolabilmente piú elevata; le sue abilità manuali, dicevano loro, avevano avuto un'impennata verso l'alto, e agevolavano l'espressione del suo bisogno comunicativo; Pulce, dicevano loro, aveva addirittura gradito l'ascolto dei Concerti brandeburghesi di Bach; Pulce, dicevano loro, ora addirittura saliva le scale, cosa che prima non aveva mai fatto pur abitando in una casa senza ascensore, e questo, dicevano loro, denotava il suo bisogno di ascensione, per emergere dall'inferno in cui aveva sempre vissuto. E tutto questo, dicevano ancora, non sarebbe mai stato possibile se fosse rimasta nell'ambiente asfissiante e nocivo della sua famiglia d'origine.

E loro avevano ragione, Pulce leggeva, saliva le scale, disegnava e scriveva, e ascoltava addirittura Bach: lo ascoltavamo sempre insieme la domenica pomeriggio, seduti davanti allo stereo (io, che di musica non capivo niente, avevo l'aria annoiata; mia sorella, stupefatta) con mamma e papà; e poi prendevamo un foglio, io provavo a insegnare a Pulce la mia tecnica dei disegni del no, e lei mi imitava con le sue linee diagonali e divergenti, e disegnava, disegnava come aveva sempre fatto, da quando aveva due anni, e non importa se poi si era fermata lí; Picasso, diceva papà, ci aveva messo tutta la vita per imparare a disegnare come un bambino. Pulce, queste cose, queste, e non poi molte altre, le aveva sempre fatte.

Ma loro, dicevamo noi, evidentemente non se n'erano accorti. Agli avvocati arrivavano quasi tutti i giorni delle colonnone di carta riguardanti il *fascicolo Camurati*, erano le lenti di ingrandimento di cui gli psico-socio-magistrat-assistent-Margheritologi si servivano per osservare il mondo, guardarlo attraverso i loro vetrini libreschi per poi lasciar condensare quelle letterine nere che sgocciolavano sui fogli che ci arrivavano a casa, etichettati come *Relazioni*, e tanto intristivano lo sguardo di papà. Il dottor Castelli e i suoi dovevano essere tutti contenti di essersi presi con loro una bambina prodigio: forse avrebbero anche comprato un pianoforte, per farci sedere davanti Pulce e vedere se avrebbe suonato quel Bach che tanto dimostrava di gradire. E si dilungavano a descrivere i miracoli di Pulce, cosí che il mensile della Giorni Felici era secondo solo a quello di Lourdes per guarigioni improvvise, l'unica differenza era che nei fascicoletti che Castelli e i suoi spedivano ai Tribunali la risanata era sempre Pulce, non come la Madonna di Bernadette che, diceva mamma, guarirebbe chicchessia.

Papà ormai appoggiava le scartoffie del nostro processaccio sul davanzale insieme a «Donna Moderna» (mamma ci aveva giurato che l'abbonamento non l'aveva fatto lei, ma che lo regalava il supermercato) e alle bollette in arretrato: erano diventate ordinaria amministrazione. E quando per l'ennesima volta era arrivata la notizia che Pulce come per magia aveva preso a disegnare, papà aveva cercato di immedesimarsi in questi strani personaggi che proprio non volevano capire come andavano le cose, e aveva preso un vecchio disegno di Pulce, o uno «scarabocchio», come lo chiamavano i grandi, e con fare da critico d'arte aveva preso a interpretarlo Guarda qui, mi diceva, se io fossi uno psicologo ci vedrei un chiaro segno di abuso sessuale, sí sí, guarda questa riga, com'è dritta: è chiaro che se non hai mai visto un cazzo non sei capace di tirare una riga cosí dritta! E guarda qua: una serie di puntini tutti scollegati l'uno dall'altro, chiaro segno della frammentarietà interiore di chi ha vissuto in un clima di violenza fin dalla prima infanzia!, sventolava in alto il foglio e mi diceva Guarda, sono uno psicologo!, e poi Guarda, sono Sgarbi!, me l'aveva spiegato la nonna chi era Sgarbi, era uno della televisione che era arrabbiato con tutti e allora diceva cose volgari e aggressive mentre faceva finta di commentare un quadro, un'opera d'arte, una fontana che a lui non piacevano. E come una piccola Sgarbi, antipatica uguale ma forse meno arrabbiata, era quella signorina Gelsomina Benfatto, quella che per lavoro diceva alle altre mamme che non erano delle brave mamme, che aveva parlato con mamma Anita e le aveva detto che lei, che se ne intendeva di queste cose, perché il suo lavoro era quello dell'*abusologa*, lei sí che aveva il diritto di esaminare i disegni dei bambini, altro che Sgarbi, le aveva detto che bisognava esaminarli tutti e bisognava anche farlo in fretta, perché nelle scuole un bambino su quattro era vittima di abusi sessuali, e bisognava esaminare i loro disegni e poi portarli via dalle loro famiglie per proteggerli davvero, perché avevano subito degli abusi, e queste cose erano chiarissime, sotto gli occhi di tutti, bastava guardare i disegni, ogni volta che, per esempio, si disegnava un albero, ogni nodino che il piccino disegnava sulla corteccia era il campanello d'allarme di uno stupro subito, ogni nodino uno stupro, era quello il vero problema dei bambini, aveva detto a mamma l'*abusologa*, e per quello bisognava portarli via dalle famiglie, perché, diceva, dal nodino alla droga il salto era veramente breve, praticamente automatico, e un abusato su quattro sani sarebbe diventato un eroinomane su quattro salvati, per questo avevano portato via Pulce, diceva, prima che l'eroina si portasse via lei. E poco importava, rispondeva l'*abusologa* alle perplessità di mamma, che Pulce non fosse neanche in grado di aprire un pacchetto di biscotti o centrare l'interruttore della luce, figuriamoci come avrebbe potuto farsi una pera, poco importava, diceva l'*abusologa*, perché occorreva lottare contro il vero problema dei bambini, che era la droga, lo dimostravano tutti quei nodini disegnati sugli alberi, e bisognava proteggerli.

E mentre papà appoggiava la testa stanca sul tavolo, sostenendosi la fronte con le mani mentre una lacrima, o forse era una gocciolina di sudore, cadeva su quello che stava chiamando «uno scarabocchio informe, niente piú che uno scarabocchio, da cui non si può e non si deve capire nulla», io mi chiedevo se tutti gli scoiattoli, gli uccellini, le foglioline che disegnavo sempre sui miei alberi sarebbero stati interpretati da quei signori *abusologi* come potenzialmente pericolosi, e mi chiedevo anche, preoccupata, dove avrebbero abitato i poveri Cip e Ciop, nel caso in cui questi signori del partito anti-nodini sugli alberelli avessero preso il potere.

Ma avevo un'altra cosa che mi rimbalzava in testa, e

non mi andava giú. Avevo letto in una delle *relazioni* e *deposizioni* che gli psicologi, dopo un'attenta analisi, avevano pensato che gli *scarabocchi* di mia sorella non fossero l'unica cosa senza una forma precisa che gli era capitata tra le mani in questa nostra storiaccia; avevano parlato anche, infatti, di una *facies dismorfica*, io non sapevo che cosa volesse dire ma me l'ero fatto spiegare dal signor Kafka, lui essendo inglese sapeva anche un po' di latino, perché si sa che gli inglesi sanno sempre un po' di piú, e mi aveva detto che quella era la loro descrizione di Pulce, *facies dismorfica*, faccia senza forma, io già non capivo come mai uno dovesse essere cosí deformato da voler usare la parola *facies* anziché «faccia», ma che si permettessero anche di dire queste cose di mia sorella, questo proprio no. Me li immaginavo tutti lí, in uno stanzone grande, con una foto di Pulce al centro e loro in semicerchio attorno, che si sistemavano sui nasi bitorzoluti i loro occhialetti rotondi, e parlavano tutti con la erre moscia anche se non ce l'avevano davvero, ma in quell'ambiente faceva chic, e si avvicinavano alla faccia di Pulce come a un'opera d'arte, usavano le dita come righello, studiavano la simmetria, ne tastavano la consistenza e l'opacità, e poi dichiaravano unanimi, risucchiando con un bel respirone pomposo tutta la puzza sotto i loro nasi, che la ragazzina in questione era indubitabilmente asimmetrica, in completa contraddizione con i canoni classici ma anche con le avanguardie, e che non aveva le proporzioni di un Botticelli ma neanche la metafisica irregolarità dei surrealisti, l'*opera* in questione non aveva forma, poteva essere al massimo una copia lontana di un Picasso, ma riuscita molto male. E poi me li vedevo che si allontanavano, facevano tutti un passo indietro e tutti cominciavano ad allungarsi, ad appiattirsi, le loro guance si gonfiavano e si contorcevano, i baffi iniziavano ad andargli a passeggio lungo il volto e il mento prendeva a rimbalzare come una pallina impazzita, le orecchie si stiravano in lunghezza ad alcuni, rendendoli simili agli elfi, ad altri si allargavano fino a farli sembrare delle barche a vela senza mare. E i loro nasi si appesantivano all'ingiú, si trasformavano in cetrioli, in peperoni, quelli piú grossi addirittura diventavano come dei grossi cavolfiori, ed ecco allora che gli uni si avvicinavano agli altri, per analizzarsi, studiarsi e interpretarsi, l'occhio gigantesco di uno s'inerpicava lungo il collo ritorto dell'altro, e dalla bocca senza piú contorni dello psicologone-cavolfiore uscivano nuove teorie artistiche sulla faccia dell'altro, In quanto a simmetria, proprio non ci siamo, Questa mescolanza di linee tonde e curve esprime indubbiamente una situazione di disagio interiore; e continuavano a deformarsi cosí e a riempire la stanzetta di parole e parole, e i loro paroloni erano come uno specchio concavo, piú parlavano piú si *dismorficavano*, e svanivano a poco a poco come un palloncino che scoppia dopo essere stato troppo stropicciato, e al centro della stanza restava solo il viso di Pulce, né di bellezza classica né surrealista, semplicemente lei, cosí com'era e come l'avevamo sempre vista: una bambina dall'aspetto normale, con due occhi molto espressivi.

E allora io e il signor Kafka, che mi aveva intanto insegnato tutte queste parole come «surrealista» e «avanguardia», perché le aveva lette sul mio libro di educazione artistica, avevamo deciso di giocare a prenderli in giro quei signori là, ed eravamo andati insieme a spiare il dottor Contengo all'uscita del suo studio, per giocare anche noi con i nostri specchi concavi e convessi a deformargli la faccia. E forse non ci sarebbe nemmeno stato bisogno di molto lavoro, perché la faccia piú *dismorfica*, in tutta questa questione, ce l'aveva lui.

Poi il signor Kafka mi aveva detto che il pasticciaccio Camurati avrebbe potuto concludersi da un momento all'altro, e dipendeva solo da me. E io che in tutta quella deformità non pensavo di poter avere una parte fondamentale mi ero sentita molto importante ad avere improvvisamente tutta quella responsabilità. Visto che Pulce, o meglio le dita di Pulce, mosse macchinalmente da chissà quali deformi fili *superiori*, avevano scritto che anche io ero una delle vittime di quella storiaccia, e visto che ovviamente non era vero, e io lo sapevo meglio di chiunque altro, il signor Kafka mi aveva detto che sarebbe bastato che io dicessi la verità, che andassi da uno di quei giudici parrucconi e affermassi «Papà non mi ha fatto niente», perché tutto si risolvesse. E anche mamma era dello stesso parere, visto che proprio quel giorno mi aveva detto Domani, Giovanna, andiamo a fare una *visita ginecologica*, cosí tutti sapranno che Pulce si è sbagliata, e non ha detto la verità.

Io di quelle cose non avevo mai saputo niente, pensavo che dal *ginecologo* una ci andasse quando doveva fare dei figli, o al massimo quando si era trovata un potenziale papà per farli. Ogni tanto sentivo le mie compagne che ne parlavano, qualcuna diceva di esserci già andata, ed erano perlopiú quelle a cui erano già cresciute le tette, universo a me sconosciutissimo. Io non capivo proprio che cosa ci andassero a fare, visto che comunque di figli o di mariti non ne avevano, al massimo a qualcuna era venuto il *ciclo*, ma era una cosa normale, mi aveva detto mamma, non c'era mica bisogno di scomodare il ginecologo; a me sembrava che lo dicessero piú che altro per vantarsi, per chiudersi tra loro nel gruppetto di «quelle con le tette grandi». Allora avevo pensato che per avere un'idea piú precisa sull'argomento avrei dovuto rivolgermi a qualcuno che, se non aveva un marito, aveva perlomeno un candidato, e anche se non faceva parte del gruppetto delle «signorine» aveva comunque piú tette di me, perché le sue non erano in realtà dei rotolini di ciccetta come le mie. E allora ero andata a casa di Pippa.

Quando ero entrata la mamma di Pippa mi aveva guardata, aveva inumidito gli occhi, mi aveva abbracciata e mi aveva detto, soffocandomi le orecchie coi suoi capelli appena parrucchierati, So che stai passando un brutto momento, se vuoi prendere una boccata d'aria puoi venire a stare un po' da noi, prometto che ti lascerò mangiare tutto quello che vuoi, e cucinerò anche per te.

Io avevo fatto giurare a Pippa che non avrebbe mai spifferato il mio segreto, ed effettivamente non è che l'avesse proprio spifferato tutto: aveva detto alla mamma che i miei genitori si erano sentiti stanchi e avevano deciso di cercare qualcun altro che si prendesse cura di Pulce per un po'. E cosí forse la Signora Pippa aveva pensato che se i miei si erano affaticati di lei, forse lo erano anche di me, ed era meglio lasciarli respirare a grandi boccate per un po'.

La mamma di Pippa ci aveva offerto la merenda, non curandosi assolutamente del conteggio delle calorie, e questa volta non mi aveva nemmeno presa in giro, forse perché stavo passando un «brutto momento», non mi aveva chiesto quanti grammi di grassi ci sono in un pacchetto di scrocchiarelle al rosmarino, semplicemente mi aveva permesso di mangiarne tre confezioni una via l'altra, con quattro bicchieri di succo per mandarle giú meglio. Poi Pippa mi aveva trascinata in camera, diceva che quella di sua mamma era tutta una strategia per controllare i nostri discorsi passando attraverso lo stomaco (a me non è che dispiacesse), invece la mamma non voleva lasciarci andare perché diceva che poi in camera da sole avremmo guardato la televisione e anche i canali oltre il numero sei, che sono brutti, si vedono male, rovinano gli occhi e non sono adatti per delle «ragazzine da sole». E cosí ce ne siamo andate giurando Né tele né PlayStation, e questa volta non sarebbe stato difficile obbedire, perché avevamo cose ben piú serie di cui parlare.

Avevo dovuto aggiornare Pippa su tutti gli ultimi sviluppi della storia della mia famiglia, da un po' di tempo non le avevo piú detto niente perché non volevo farla star male. E lei invece mi raccontava di Juri, che era sempre piú strano, e quando c'erano i suoi amici non le parlava mai e i suoi amici c'erano sempre e quindi era da una vita che non si parlavano, però si mandavano la buona notte per messaggio ogni sera, e i suoi dovevano andare in montagna la settimana prossima e lui le aveva chiesto di vedersi a casa sua per studiare, però non gliel'aveva piú ripetuto e quindi lei non sapeva cosa fare, perché le dispiaceva che non glielo chiedesse un'altra volta, ma allo stesso tempo se l'avesse fatto gli avrebbe dovuto dire di no, perché non si sentiva pronta e non voleva che lui stesse con lei solo perché si faceva baciare in camera sua. Io ero andata da Pippa per chiederle delle cose, ma mi dispiaceva farlo proprio in un momento come quello, avevo pensato che se non voleva farsi baciare da Juri forse non voleva nemmeno rispondere a qualcuno che le facesse ricordare l'universo dei sentimenti, chiedendole un'altra volta che cosa mai fosse l'«eiaculazione».

Però mi ero fatta coraggio, e Pippa non si era affatto preoccupata per la mia domanda; anzi, le si erano illuminati gli occhi – quando mi aveva risposto male l'altra volta, mi aveva detto, era solo perché non voleva correre il rischio che qualcuno ci sentisse –, mi aveva detto Ho io la risposta, poi si era accovacciata sotto il letto e aveva tirato fuori una scatola di cartone fucsia fosforescente, dalla quale erano usciti, pronti a far luce su ogni nostro dubbio, tutti i numeri di «Topgirl» degli ultimi tre anni, nei quali Pippa aveva investito gran parte dei suoi risparmi di nascosto dalla mamma. E avevamo scoperto che c'era qualcuno, chissà dove, che si faceva chiamare «cucciolotta92», che si era posta la mia stessa identica domanda, e che aveva scritto una letterina alla quale la sessuologa aveva risposto con grande puntiglio: i maschi... la pubertà... il desiderio di piacere... l'autoerotismo... un liquido bianco...

Ma sulle *visite ginecologiche* non eravamo riuscite a scovare un granché, ci eravamo perse tra i test «Qual è il corpo del tuo *lui* ideale?» e «Lui preferisce te o gli amici?», Pippa aveva dedicato grande attenzione a quest'ultimo, totalizzando 35 punti; e cosí mi ero dovuta accontentare di sapere quello che Pippa sapeva: sua mamma una volta l'aveva portata da un medico perché aveva avuto un problema e non è che fosse proprio una cosa ginecologica, però l'aveva visitata anche da quelle parti, e quindi piú o meno era una cosa che ci somigliava. Mi aveva spiegato la storia di quella specie di membrana che hanno le donne, che quando fai l'amore poi non ce l'hai piú. Però mi aveva detto che anche se non fai l'amore a volte si può rompere, Ad esempio se ti toccano, sai quella della F? Quella che si fa fare i ditalini in bagno da Steo, lei non ce l'ha piú. E io allora mi ero un po' preoccupata, forse anche la mia membrana avrebbe potuto non sentirsi troppo bene, io di quelle cose in bagno non ne avevo mai voluto sapere, io aspettavo una persona di cui innamorarmi e comunque pensavo che fossimo troppo piccoli per queste cose, nel bagno poi; però se per caso l'avessi rotta io, senza accorgermene, magari quando mi lavavo, o magari quando mi guardavo allo specchio cercando di farmi un'idea piú precisa sulla geografia dell'universo femminile, che mi sembrava fatto in modo cosí sfuggente; o magari quando controllavo la forma di un nuovo pelo che spuntava, e se per errore nasceva liscio cercavo di arricciarlo perché andasse d'accordo con gli altri, se la mia membrana si fosse rotta in quelle occasioni, perché ero stata troppo distratta e l'avevo maltrattata, non essendo neanche al corrente della sua esistenza, tutto il nostro pasticciaccio sarebbe finito male per colpa mia?

Mamma era voluta entrare con me, io non volevo perché mi sembrava che se già dovevo farmi esaminare da uno non fosse il caso di aggiungere spettatori a quell'esibizione; e poi lo sapevo come avrebbe fatto, ci avrebbe messo il naso anche lei, dicendo al medico quello che doveva fare, garantendo sulla mia incolumità, malleandomi la carne alla ricerca di *prove* favorevoli alla nostra famiglia. Poi mi avevano fatta sdraiare su una sedia, per fortuna il poggiatesta era rotto e per non farmi venire il torcicollo ero costretta a guardare verso l'alto, tra i granelli di polvere, i ragni e le luci al neon del soffitto, e non avevo sentito niente di niente, anche se quello che mi spaventava non era il dolore, avevo paura di aver combinato qualcosa che non andava. Alla fine il dottore, che in tutto quel tempo non mi aveva neanche guardata in faccia, forse per non distogliere la sua attenzione dalla ricerca di membrane intonse, ha detto a mamma Sí, mi sembra che vada tutto bene, posso farle il *certificato di verginità*. E io ho tirato un sospiro di sollievo anche se ancora non riuscivo a rendermi conto che il pericolo era scampato: mi ero convinta di non avere nessuna membrana, di averla rotta, resa *dismorfica* o addirittura mai avuta, ma di aver incontrato con grande fortuna un medico cieco, che aveva visto cosí tante membrane da portarle quasi tatuate sugli occhi, e vederle anche dove non c'erano salvando cosí la nostra famiglia. E mi sono chiesta se avremmo appeso anche questo attestato alla parete dei diplomi, accanto a quello di inglese e quello delle elementari, considerato che questo era sicuramente uno dei documenti piú importanti che i Camurati avessero mai avuto.

Poi, quando siamo tornate a casa, accanto a «Donna Moderna» c'era un altro dei fogli dell'avvocato: «Visita medica su minore CAMURATI Margherita», titolava, e cosí abbiamo capito che avevano voluto cercare anche in Pulce quella membrana che racchiudeva tutta la verità. «La consulenza è iniziata alle ore 8,30 ed è terminata alle ore 11, tempo necessario alla minore disabile per "accettare" la visita», L'hanno tenuta quasi tre ore lí dentro, mamma diceva sbalordita, Pulce odia le visite mediche, appena vede qualcuno vestito di bianco si allontana perché pensa che sia un camice, odia doversene stare lí ferma mentre tutti la esaminano e non le spiegano neanche il perché, lei ha bisogno di sapere sempre che cosa sta succedendo, «All'esame ginecologico risulta: iniziale sviluppo pilifero», non era vero che le erano appena venuti i peli, ce li aveva già da un bel po' perché facevano parte della *pubertà precoce*, ma mamma glieli toglieva con la crema perché diceva che cosí era piú bella per quando andavano in piscina; «Grandi e piccole labbra normoconformate», ma se loro erano *dismorfici*, come bisognava interpretare la loro idea di *normoconformate*?, «Orifizio uretrale esterno regolare con lieve beanza. Imene di tipo circolare a bordi regolari senza soluzione di continuo», quindi l'avevano trovata, la famosa membrana, quella di Pulce l'avevano fatta rotonda, «Ostio imenale con diametri congrui con l'età della bambina. Parete vaginale visualizzabile di aspetto regolare. Area anale e perianale nella norma». E io non conoscevo tutte queste parole strane ma il senso generale l'avevo capito, anche perché mamma continuava a dire Ma se va tutto bene, se tutte sono vergini, com'è possibile che si vada avanti?, e poi guardava il foglio, e guardava il soffitto, e poi di nuovo il foglio, L'hanno tenuta legata per due ore e mezza; era sconvolta, era una cosa terribile, diceva, Pulce aveva bisogno di muoversi, e loro l'avevano tenuta legata, dicevano che con loro aveva imparato a salire le scale, e la tenevano legata, dicevano che con loro era felice, e l'avevano tenuta legata per due ore, a infilare naso e occhiali dentro le sue gambe per trovarle la felicità in fondo all'anima, laggiú dove era tutto nero, buttati a capofitto dentro di lei tra le sue gambe e attraverso quel buco riuscire a riempirla con tutta la loro felicità, e toglierle per sempre il marchio di ciò che aveva subito, di quella terribile, inumana *violenza*.

A questo punto tutti sapevano che non era vero niente, che si erano sbagliati, bastava che lasciassero tornare a casa Pulce e papà e nonno Vittorio si sarebbero impegnati a non incatenarsi al campanile della chiesa gridando Kalašnikov!, sarebbe bastato che *loro* dicessero «Va bene, ci siamo sbagliati», e tutto sarebbe stato, piú o meno, come prima. Forse, diceva papà, a quel punto in comunità ci avrebbero dovuto portare qualcuno dei responsabili di questo casino, tipo la maestra di Pulce, che se le aveva fatto scrivere quelle cose era perché tanto bene non si sentiva; oppure il dottor Contengo, che era dismorfico ma si conteneva, e forse avrebbe dovuto farsi vedere da un bravo critico d'arte. Ma invece *loro*, i superiori, avevano deciso che non sarebbe stato cosí. Pulce, improvvisamente, appena allontanata dalla sua famiglia deforme, era diventata un genio: scriveva, colorava, saliva le scale, guardava la televisione, riusciva addirittura a esternare le sue emozioni. E questo voleva dire, avevano deciso loro, che forse era vero che papà non era un pedofilo, ma era sicuramente stato un cattivo genitore; e anche mamma non era da meno, perché aveva permesso che su suo marito si formulassero dei sospetti, dicevano loro; e proprio grazie a questi sospetti era stato possibile far luce su una famiglia contorta, dannosa, che soffocava la piccola Margherita tra due genitori nevrotici e una sorella bulimica.

E allora avevano deciso di intervenire su questa famiglia cosí disastrata, avevano deciso che bisognava capire, e cosí il dottor Contengo aveva telefonato a mamma, poi per non sbagliarsi le aveva mandato anche una lettera, in cui diceva che li invitava lí da lui per una merenda, «I genitori della minore sono attesi presso i Servizi Socio-Assistenziali per una *seduta*», mamma diceva che neanche morta avrebbe appoggiato il suo sedere nella stessa stanza dove c'era il «carnefice della sua famiglia», e cosí aveva chiamato per protestare; lo diceva anche l'avvocato: era stupido che si dovessero sedere proprio davanti a loro, quelli che si erano presi Pulce senza neanche dirci perché, mamma tende ad agitarsi già di suo, figuriamoci poi se doveva parlare a loro che le stavano cosí antipatici, sarebbe stato come chiederle di fare una valigia in tre minuti di tempo, davanti a una commissione d'esame. E cosí i *provvedimenti superiori* avevano deciso che bisognava stabilire se Pulce poteva ancora essere una Camurati o no, ma non sarebbero stati i Servizi Socio-Assistenziali, perché mamma aveva protestato, bensí una *cooperativa*, che era un'altra di quelle parole che mi risuonavano in testa come vuote, e che quindi potevo riempire come volevo. Per me *cooperativa* aveva la faccia del supermercato Coop, perché era la parola che conoscevo che ci somigliava di piú, un edificio grigio di cemento armato, dove mamma e papà entravano e si facevano fare delle domande di vario tipo, Che biscottini ha preferito comprare per sua figlia Camurati Margherita?, e se rispondevano il nome dei biscotti cattivi oppure senza cioccolato le cassiere esaminatrici mettevano delle X sotto la colonna «Non sono stati dei buoni genitori»; Ha comprato dei sughi pronti per sua figlia, o le ha preparato con amore delle salse di soffritto e passata?, e papà diceva Soffritto! Fatto a mano, con impegno, perché aveva capito com'erano le loro domande, e che cosa bisognava rispondere, e allora la X cadeva nella colonna «La bambina può rientrare in famiglia».

Invece le cose non andavano proprio cosí. Mamma e papà entravano, uno alla volta, a giorni alterni della settimana, dentro una stanza della sede della cooperativa Happy Days. Ad aspettarli c'era una signora smilza, che sembrava un'indovina perché si vestiva alla gitana, ma non indovinava proprio niente, perché aveva bisogno di fare un sacco di domande per sapere. Li faceva sedere su una sedia scomoda, ogni tanto protendeva il naso verso mamma o papà se una piccola gocciolina di sudore rigava la loro fronte, o se nervosamente gli veniva l'impulso di rosicchiarsi un'unghia per scacciare lo stress. Gli faceva tante domande difficili come Mi dica almeno tre suoi difetti, e a mamma non piaceva perché non sapeva mai che cosa dire, perché lei amava dire sempre la verità ma se lo faceva poi magari Pulce non sarebbe tornata, e a lei di difetti sembrava di averne tantissimi; ed era cosí agitata che quando l'indovina domandona le aveva chiesto tre suoi pregi, a lei non ne era venuto in mente neanche uno. Ma del resto non era facile rilassarsi, in un ambiente del genere, perché oltre alla stecchina c'era un'altra presenza invisibile che aleggiava nella stanza: quella che si nascondeva dietro l'«acquario», come lo chiamava papà, uno specchio gigante proprio sulla parete di fronte ad Anita e Gualtiero interrogati uno per volta, dietro il quale un altro *esperto* esaminava la situazione, un *esperto* cosí bravo che doveva accorgersi di tutto senza poter nemmeno avvicinarsi, per non correre il rischio di sbattere il nasone contro il vetro-specchio, doveva accorgersi di ogni gocciolina di sudore, di ogni angolo d'unghia morsicato nervosamente dai *genitori degeneri*.

A mamma non piaceva per niente andare lí, diceva che le facevano domande sulla sua infanzia e lei se n'era sempre vergognata, perché i suoi genitori lavoravano molto e non potevano occuparsi di lei, perché erano altri tempi, ma non sapeva se gli psicologi-indovini l'avrebbero capito oppure se avrebbero pensato che mamma Anita, essendo stata una bambina triste, avesse voluto crescere delle figlie tristi, perché pensava fosse cosí che dovevano andare le cose. E allora io le avevo insegnato un metodo infallibile per cavarsela in queste situazioni, me l'aveva insegnato nonna Carmen e l'avevo usato un sacco di volte e con buon esito durante le piú terribili interrogazioni della Garfa: di fronte ai *cattivi*, proprio nel momento in cui digrignavano i denti facendo sporgere dalla punta dei canini tutta la loro malvagità, anziché crollare sotto il loro sguardo inceneritore bisognava sfoderare l'arma infallibile. Immaginarseli mentre fanno la cacca. E cosí mamma entrava nella stanza-microscopio della Happy Days, si sedeva di fronte all'indovina, e la visualizzava intensamente abbassarsi le braghe, chinarsi per cercare un giornaletto, sedersi sul water, incominciare a leggere mentre a poco a poco le si arrossava la faccia e digrignava i denti, ma non per cattiveria, bensí per una smorfia di dolore che le nasceva dal dover tanto spingere per produrre una cosa che ad altri veniva cosí spontanea. La vedeva spingere e sudare mentre stringeva tra le mani una pentola di prugne cotte, e quasi non le restava voce per chiedere Mi parli del suo rapporto con la figura paterna, perché una scarica di diarrea improvvisa l'aveva già travolta, affumicando di puzza tutta la stanza, nel grande imbarazzo dei presenti, perché l'odore era cosí forte che passava addirittura attraverso il vetro-specchio, fino al nasone inquisitore dell'*esperto* che la stava guardando dall'acquario, e cominciava a farsi molte domande sull'indovina e sul suo *mondo interiore*.

E intanto, mentre tra cacca e membrane tutti si stavano esaminando, avevo deciso di portare avanti anche io una mia piccola indagine. Visto che la nostra non era una famiglia normale, era stato detto, avevo voluto cercare di capire che cosa le mancasse per esserlo, e non avevo avuto modo migliore di scoprirlo che attraverso le merendine della Mulino Bianco. Visto che, si sa, quelle delle merendine sono le famiglie modello, che tutti cercano di riprodurre indipendentemente dal numero di calorie di un trancino al cioccolato, avevo voluto cercare a uno a uno gli elementi che portavano tanto splendore a quelle case che si vedevano in televisione. E cosí per giorni e giorni avevo riguardato la scena del papà che torna a casa dal lavoro, il bambino che disegna mentre lo aspetta, sente il rumore della chiave nella serratura e allora gli corre incontro, lascia lí il suo disegno, che peraltro non è dismorfico e non ha nemmeno nessuno che sta cercando di interpretarlo criticamente, salta in braccio al papà che è alto, giovane, molto elegante, e non porta le ciabatte coi calzini come papà Gualtiero, ha una giacca instropicciabile e non un pigiama a righe con un fazzoletto sporco che penzola come quello del papà che siamo abituati a vedere noi. E poi si abbracciano, si sorridono, e gli occhi del papà belloccio si spengono per un attimo perché pensa che la moglie non sia in casa, ma poi lei spunta da dietro un armadio, si era nascosta per fargli uno scherzo, lui torna a sorridere, il bambino è al settimo cielo, lei, sorpresa numero due, mette sotto il naso dei due amati una confezione di tegolini appena sfornati dal supermercato, l'allegria esplode, e il mondo è dolce come una tortina al cioccolato avvolta in una soffice confezione di plastica.

E forse noi non eravamo considerati una buona famiglia perché i tegolini da soli non ci piacevano, preferivamo ricoprirli di nutella per renderli piú saporiti; o forse era colpa del look di papà, che diceva che lui era intelligente e quindi non si preoccupava della sua immagine; o era perché Pulce non era mai corsa incontro a nessuno, perché era sempre molto impegnata in quello che stava facendo, se aveva voglia di guardare i cartoni non sollevava lo sguardo neanche fosse arrivata la Madonna in persona; o magari non si accorgeva nemmeno che papà era tornato, perché non si era nemmeno accorta che fosse uscito, o perché in quel momento non aveva voglia di accorgersene, o di salutare papà, o semplicemente le andava di potersi fare i fatti suoi senza che nessuno se ne chiedesse le ragioni; e anche io, del resto, non correvo mai incontro a papà, perché dovevo sempre mandare via Nessuno e tutti gli altri prima che qualcuno li vedesse, e quindi non riuscivo mai a farmi trovare pronta per permettere a papà un ingresso trionfale. Forse, l'avevano portata via per questo.

E mentre io mi dedicavo a capire che cosa ci fosse che non andava in questa famiglia, e mi convincevo che forse nessuna famiglia funzionava, perché non ne avevo mai vista una in cui le cose andassero sempre, ma proprio sempre come nella pubblicità, mamma cercava di colmare come poteva i vuoti che Pulce aveva lasciato. Le era venuta una passione tutta nuova per le infradito, era stato da quando Carlo Alberto si era fatto le unghie sulle mie pantofole vecchie e avevamo dovuto cercarne di nuove, lei aveva scoperto che al mercato c'era il tre per due e aveva cominciato ad arrivare a casa ogni giorno con delle ciabattine di un colore diverso. Infatti Carlo Alberto le mordicchiava, la plastica si disfaceva perché erano quelle economiche, e allora lei poteva tornare da Los Ciabattones, il banco del mercato dove coltivava questo suo nuovo feticcio. Alla fine io ero arrivata ad averne ventidue paia, lei diciassette, e anche papà, che aveva giurato non le avrebbe mai messe neanche morto, ne aveva ben tre, e in tre diverse tonalità di blu. E mi chiedevo se prima o poi ne avrebbe comprato anche un paio per il gatto, visto che per Pulce non avrebbe potuto farlo perché non avevano l'elastico dietro e lei non sarebbe riuscita a camminarci; e mi chiedevo se ne comprava cosí tante perché si era convinta che da qualche parte esistesse l'infradito perfetta, quella che avrebbero usato nella pubblicità delle merendine, e mi chiedevo come avesse il coraggio di credere ancora in qualcosa di perfetto, visto che stavamo scoprendo che né la Giustizia né la Famiglia lo erano, non lo erano affatto.

Ma poi mamma aveva scoperto che anche chi avrebbe dovuto valutare questa «perfezione» non solo faceva la cacca davanti a tutti, ma era anzi interamente fatto di cacca, una cacca gigante formata da tante piccole cacchette che si erano *consorziate*. L'avvocato le aveva spiegato, infatti, che lo Stato dava dei soldi, tantissimi soldi, alla Giorni Felici perché Pulce stesse lí; e quindi a loro non importava se Pulce stesse lí perché papà era colpevole o per un errore, a loro importava solo che lei stesse lí. E infatti non dovevano essere loro a valutare se papà fosse colpevole, né tantomeno se la nostra fosse una buona famiglia per lei; non dovevano essere loro, ma quelli della Happy Days. Che si chiamavano cosí però non per una coincidenza straordinaria, mi aveva detto papà, anzi: la Happy Days e la Giorni Felici erano due facce della stessa medaglia, diceva papà; a quelli della Giorni Felici non importava perché Pulce fosse là, se papà fosse colpevole o no e se noi fossimo stati bravi a prenderci cura di Pulce, a loro bastava che stesse là; e a quelli della Happy Days, diceva papà, che aveva un certo sospetto, non dispiaceva poi cosí tanto che Pulce stesse lí, ma anzi forse avevano un certo interesse. E quindi, mi spiegava papà, c'era una ragionevole possibilità che l'indovina caccona e i suoi non fossero piú solo pagati per scoprire se papà era innocente e se mamma come mamma andava bene, ma lo erano per *dimostrare* che tutto coi Camurati andava storto, e che Pulce doveva restare dov'era. E cosí, scoperto questo, papà Gualtiero e nonno Vittorio avevano ripreso a guardare il campanile con aria malinconica, e ad attendere il giorno in cui avrebbero preso il coraggio a due mani per dargli la scalata e incatenarcisi sopra, aspettando che arrivassero quelli del telegiornale a dichiararli tutti *colpevoli fino a prova contraria*.

Intanto i giorni passavano, papà e gli avvocati avevano fatto reclamo alla Corte d'appello, e io la sentivo rimbombare piú o meno cosí: «Reclamo ex art. 739 e segg. C.p.c. e contestuale istanza urgente di sospensione della provvisoria esecutorietà del decreto impugnato...», era cosí «obsoleto», come avrebbe detto la Garfa, che suonava come una lamentosa antica messa in latino, «*In nomine sanctae ecclesiae*... dovuta alla macroscopica violazione degli artt. 24 e 111 della Costituzione in materia del rispetto del principio del contraddittorio, di parità delle parti nel procedimento minorile, nonché del principio di conoscibilità e disponibilità delle prove acquisite agli atti. Violazione del disposto di cui all'art. ...», questo era quello che avevano scritto gli avvocati, che erano dalla nostra parte perché papà li pagava e quindi avrebbero dovuto starmi simpatici, ma non mi riusciva proprio, se la verità era una, e una sola, «Si sono sbagliati, non è successo niente», che bisogno c'era di riformularla con quei paroloni che nessuno, nemmeno il signor Kafka che era molto colto, e nemmeno io che in questa faccenda c'ero immersa, riuscivamo a capire?

Forse non li capivano nemmeno loro, o forse a forza di credere che le parole vere fossero quelle si erano dimenticati di come funzionavano quelle normali, quindi se un ginecologo gli diceva «La bambina è vergine» loro potevano lo stesso pensare che l'avessero violentata.

E mentre papà e mamma s'intristivano perché si accorgevano che nessuno capiva piú le loro parole e la loro situazione, era squillato il telefono, c'era qualcuno che voleva offrire parole di conforto: era il dottor Contengo, che in qualità di neuropsichiatra collaboratore dei Servizi Sociali si sentiva in dovere di offrire un *supporto psicologico* alla famiglia, qualora ne avesse avuto bisogno in seguito ai recenti accadimenti. Sentivo mamma che gridava Brutto schifoso che non sei altro, prima mi rovini e poi mi vuoi aiutare, brutto sadico che…, ma aveva già riagganciato la cornetta da un pezzo, giusto il tempo di rispondere senza voce Ma le pare il caso?

Insieme alla posta, intanto, era capitato sul tavolo un nuovo foglio tribunalesco.

«Gli accertamenti biomolecolari finora compiuti sulle tracce sospette individuate sul reperto in sequestro tramite osservazione mediante lampada Crimescope CS-16, hanno consentito di estrapolare esclusivamente un profilo genotipico di sesso femminile», erano le mutandine di Pulce, quelle col maialino, «Ulteriori analisi richiedono il ricorso ad accertamenti di natura irripetibile», le avevano guardate per bene, tra ogni piú piccola piegolina del porcellino rosa e divertito, e avevano stabilito che non c'era traccia di papà lí sopra, proprio no, il suino era l'unico maschio che vi si fosse avvicinato, e che quindi tutta quella storia cosí come l'aveva immaginata la maestra non poteva essere vera.

E allora mamma aveva deciso di arrabbiarsi, Vieni Giovanna, mi aveva detto, adesso andiamo noi a parlare coi periti; i *periti* erano tre persone che erano state incaricate di capire qualcosa di Pulce e del metodo con cui scriveva, volevano stabilire esattamente qual era la percentuale di fregnacce nelle pagine prodotte con la Comunicazione Facilitata, e volevano anche capire se Pulce era in grado di raccontare il vero. Si erano riuniti tutti e tre, Anche il perito è *trino*, mi aveva detto papà, erano in tre perché uno era quello dei buoni, il nostro, poi c'era quello dei *cattivi*, cioè del p-u-b-b-l-i-c-o-m-i-n-i-s-t-e-r-o, e poi c'era quello neutro, che non era di nessuno, ci avevano detto, Cioè era dello Stato, aveva detto papà. Si erano riuniti tutti al gran completo perché prima di iniziare la loro analisi volevano farsi un'idea della faccenda ascoltando le persone che erano coinvolte, Ma come fanno a farsi un'idea *oggettiva* su Pulce se prima parlano con quelli che hanno provocato tutta questa storia?, mi chiedeva il signor Kafka, ed effettivamente neanche io l'avevo capito tanto bene. Mentre aspettavamo fuori dalla loro stanzetta, perché quando ci sono di mezzo i *cattivi* si va sempre nelle stanzette loro, avevamo sentito dei rumori venire da dentro: era la maestra Meglio, l'agente di Pulce, l'incaricata di portare la sua voce al telegiornale, che ripeteva, come un corpo che abbiano svuotato del suo contenuto originario per introdurvi un nastro registrato automatico, La bambina è molto migliorata, molto migliorata: scrive, colora, sale le scale, guarda la televisione, riesce addirittura a esternare le sue emozioni; esattamente le parole della relazione dei Servizi Sociali. Me la vedevo con gli occhi lucidi immaginarsi la scena nella sua testa: lei che accompagna per mano la sua bambina prodigio a un programma per la televisione, dove di fronte a Mike Bongiorno si mettono a suonare Bach a quattro mani.

Mamma aveva fatto due cose negli ultimi giorni: aveva comprato infradito e aveva preparato una videocassetta con dei vecchi video in cui si vedeva Pulce che faceva, dall'età di due anni, tutte queste cose che secondo gli *esperti* adesso come per magia aveva cominciato a fare. Pulce colorava, saliva le scale e ascoltava la musica, e papà la filmava, come si fa con gli eventi importanti, quando uno si laurea o va in pensione, tutto immortalato in un video, Pulce colorava, saliva le scale e ascoltava la musica, erano quelli, per lei, gli eventi importanti.

La vocina della maestra Meglio continuava a trillare, Pensi che la madre, la sentivamo dire al triumvirato dei periti, la madre pensa che sua figlia non sappia rendere valida testimonianza attraverso il metodo della Comunicazione Facilitata, e invece è stata perfettamente in grado di raccontarci, ad esempio, come ha passato la Pasqua, ci ha detto che la sorella e la signora Camurati sono andate a trovarla portandole un uovo di cioccolato. Mamma a quel punto era sbiancata, avrebbe voluto entrare a interrompere la farsa, Non è vero niente!, avrebbe voluto gridare, Sarà anche quello che Pulce ha scritto, ma non è quello che è successo!, io infatti a Pasqua non ero potuta andare a trovare Pulce, ero troppo indietro con lo studio per l'interrogazione della Garfa, ci era andata solo mamma, ma non aveva portato nessun uovo, a Pulce il cioccolato non piace, e poi era proibito introdurre alimenti nella Giorni Felici, mamma era solo riuscita a intrufolare un minuscolo cubetto di pecorino, che aveva tenuto nascosto nella borsa e sul quale lontano dallo sguardo della donna-soldato aveva messo una candelina, dicendo Buona Pasqua, Pulce, ma Pulce tutto questo non lo sapeva dire a chi quel giorno non c'era, o meglio la Comunicazione Facilitata non lo sapeva dire, e per provarlo bastava fare un *test di validazione*, ma loro, evidentemente, non sapevano cosa fosse, e sembravano non avere nessuna voglia di impararlo.

Poi la maestra era uscita, lei e mamma si erano guardate male, allora mamma era entrata, aveva risposto alle domande dei *periti* sperando che non le chiedessero né dei suoi pregi né di fare una valigia, e gli aveva consegnato la videocassetta. Loro avevano guardato male mamma, poi le avevano fatto una domanda strana Come definirebbe lo stile di sua figlia, quando scrive?, mamma aveva risposto con la voce spezzettata che, ammesso che fosse Pulce a scrivere, cosa della quale non si poteva affatto essere certi, a lei pareva fosse uno stile «ellittico, simpatico e un po' sgrammaticato». La signora perito l'aveva guardata con la faccia da strega, aveva ripetuto l'ultima parola Sgrammaticato..., e poi, secca, aveva gracchiato Come quello della madre!

Poi ero entrata io, mi avevano fatto quelle domande che di solito gli psicologi fanno in tutti i film, però erano durate poco, forse perché si erano accorti che io mi ero lasciata distrarre dai braccioli della sedia che contenevano tre avvallamenti perfetti, sembravano tre piccole colline dorate. Mi ero ricordata però qual era la mia missione: farmi valere. E cosí avevo tirato fuori con grande orgoglio il mio *certificato di verginità*, ci tenevo a consegnarlo io personalmente, l'avevo dato alla perita *neutrale*, per non far scontento nessuno, e mi aspettavo che questa si alzasse, mi stringesse la mano e mi dicesse «Complimenti, Giovanna, grazie a lei anche questo caso è risolto», e ci restituisse immediatamente Pulce tra un grande abbraccio e grandi scuse generali.

E invece no. Mentre le sporgevo il foglio lei mi aveva chiesto, fredda, Che cos'è?, È un certificato del ginecologo. Lei si era allontanata con uno scatto improvviso, Ma che roba! E che cosa dovrei farmene io di questa cosa?, Dovrebbe leggerlo, avevo risposto. Ma le pare questa la *sede* per cose del genere?, io davvero non capivo, quel documento era una prova schiacciante e lei non lo voleva neanche prendere in mano, quasi fosse stato inciso sopra un paio di mutandine sporche.

A quel punto mi ritrovavo da sola, in piedi davanti alla trinità dei periti: uno, quello *dei nostri*, era basso, grasso e un po' calvo, e non stava convincendo la sua collega a prendersi quel foglio; l'altra, quella dei cattivi, era bassina e magra magra, sembrava fatta interamente di trucco perché aveva la faccia di un colore innaturale e le ciglia troppo lunghe per essere vere; quella *neutrale* era un po' cicciotta, portava una tuta comoda coi pantaloni con l'elastico come quelli che porto io, e forse mi somigliava anche un po'. Erano persone normali, non avevano elmi né spade né cavalli, non riuscivo a lottarci contro perché mi sembrava troppo strano che fossero loro i *nemici*, delle persone cosí tranquille, che se le avessi viste per strada non le avrei nemmeno notate. Alla fine avevo appoggiato il foglio su una sedia, avevo chiesto Posso andare?, e mi avevano detto Sí. Uscendo mi ero voltata verso la signora neutra e le avevo detto Lí c'è il mio certificato, se lo vuole buttare via, aspetti almeno che io sia uscita da quella porta. E poi, una volta fuori, ho soffiato sulle dita messe a forma di pistola come un cow-boy che ha appena sparato un colpo mortale, pensando che era tutta la vita che volevo dire una frase del genere.

Da quel giorno mamma si era messa il suo paio di infradito migliori e aveva deciso di farsi ascoltare. Aveva chiesto di poter parlare con le maestre di Pulce, ma non gliel'avevano permesso; aveva chiesto di poter andare a vedere Pulce nella recita di fine anno, con la sua classe avevano messo su l'*Edipo re*, ma non gliel'avevano permesso, perché gli incontri tra Camurati Margherita e la sua famiglia potevano avvenire solo in *luogo neutro*, neutro come la Giorni Felici, sotto la sorveglianza di un educatore. Aveva chiesto che le maestre, almeno una volta ogni tanto, andassero a parlare con la signora Lucetta, l'esperta di Comunicazione Facilitata, per farsi spiegare bene come funzionava il metodo, perché la signora potesse ricordargli che non dovevano credere a tutto quello che Pulce scriveva, perché quel metodo non funzionava poi tanto bene oppure poteva riflettere una *percezione distorta* della realtà tipica del mondo interiore di Pulce. Ma la preside della scuola, intanto, aveva detto che la signora Lucetta stava dalla parte della nostra famiglia, e quindi aveva lo stesso problema del metodo da lei insegnato: diceva la verità, ma solo una volta su cento, ed era impossibile distinguerla dalle altre novantanove bugie. E allora la signora Lucetta si era arrabbiata, perché diceva che tutti avevano preso per vero quello che usciva dalle tastiere elettroniche che lei aveva distribuito, quando bisognava andarci piano, con una certa cautela, perché c'erano mille e una ragione per fare attenzione, e non bisognava lasciarsi prendere dall'entusiasmo di tutta quella comunicazione improvvisa.

Tutti, però, anche se avevano smesso di credere alla signora delle caramelline al rabarbaro, non avevano mai finito di confidare nella miracolosità del suo metodo: la voce di Pulce, cioè la sua tastiera, continuava a rimbombare come sacra nelle aule della scuola, e qualcuno dei giudici parrucconi aveva deciso di graziarci, di permettere a Pulce di *comunicare* anche con la mamma e con me quando andavamo a trovarla in comunità. E mamma era stata entusiasta di questa notizia, era entrata sventolando una gigantesca *tastiera zitta* dicendo Margherita!, in comunità si era infatti abituata a chiamarla cosí perché non pensassero che stavamo usando dei nomi in codice, Margherita, oggi possiamo scrivere!, e Pulce aveva sorriso, aveva abbracciato mamma, l'aveva fatta distendere sul divano accanto a lei; poi le aveva strappato di mano la tastiera, l'aveva buttata per terra, si era tolta un calzino e aveva messo il piede tra le mani di mamma, per farsi fare un massaggio. Penseranno che non vuol piú scrivere con me perché non ha il coraggio di parlarmi di papà, diceva mamma Anita, e far scrivere Pulce era diventata una questione di principio per lei, tanto che ci provava ogni volta. Alla fine, come massimo sforzo, Pulce aveva scritto due righe: era un giorno in cui era particolarmente allegra, ci guardava, ci abbracciava e poi scoppiava a ridere, mamma era riuscita a convincerla a sedersi al tavolo e le aveva chiesto *Sei felice?*, e lei aveva risposto NO. Allora mamma aveva provato a indagare piú a fondo, le aveva chiesto ancora *Sei triste?*, e Pulce aveva risposto SÍ. E poi era scoppiata a ridere a crepapelle, e ci aveva abbracciate di nuovo. Il signor Kafka, che quel giorno era venuto con me e aveva osservato la scena, mi aveva detto Le frasi di Pulce sembrano scritte da Beckett, come in un'opera di teatro dell'assurdo. Io gli avevo chiesto chi fosse questo signor Beckett, e lui mi aveva risposto che doveva essere un amico di papà, perché era da lui che aveva sentito quella battuta.

E mamma, che non si rassegnava, e voleva dimostrare a tutti che Pulce la pensava proprio come lei, aveva insistito perché scrivesse anche davanti alla donna-soldato che lei stava meglio a casa, e che voleva tornare. E Pulce aveva scritto proprio quello, che in comunità era triste (l'aveva scritto mentre rideva) e che non ne poteva piú; e allora la donna-soldato aveva mostrato a mamma i fogli che Pulce aveva scritto nella Giorni Felici, quelli in cui diceva che a casa era triste (ridendo) e che da quando era entrata in comunità si sentiva piú allegra. E allora mamma si era arrabbiata e aveva scritto a Pulce *Ci sono dei Pinocchi che hanno detto le bugie e mamma non lo sopporta. Hanno detto che non vuoi tornare a casa, che papà è cattivo*, e Pulce immediatamente si era toccata il naso con un dito, tra le gioie di mamma che diceva Vedi? Si è toccata il naso, è il suo modo per dire «Pinocchio»!, ma io non ne ero piú tanto sicura, e anche il signor Kafka, anche lui pensava che forse in quel momento Pulce non aveva proprio niente da dire, se non che era contenta di vederci, e che forse si era toccata il naso perché le prudeva.

Capitolo dodicesimo

Poi i periti, la trinità di nemici solo immaginari, perché nella realtà l'aspetto di nemici non ce l'avevano proprio anche se erano antipatici, i periti avevano cominciato il loro lavoro. Per non *invalidare* la loro analisi, era stato disposto che mamma e Pulce non scrivessero piú insieme in comunità, e quindi che non parlassero piú del papà, della casa, della Comunicazione Facilitata, e di tutte quelle altre parole che avevamo già dovuto cancellare dal nostro dizionario. La perizia serviva a capire se Pulce era in grado di testimoniare il vero, e parlare di queste cose avrebbe potuto distrarla dalla *verità*.

L'autismo, mi spiegava mamma, che l'aveva letto nei suoi libri, funzionava piú o meno cosí: gli autistici, come tutti, guardavano, vedevano, osservavano ogni cosa. Se tu stai guardando un film poliziesco, per esempio, loro lo guardano insieme a te, e dimostrano interesse, e non distolgono neanche per un momento gli occhi dallo schermo. Se, poniamo, c'è una vecchia signora con un berretto col pennacchio che all'improvviso tira fuori un coltellaccio e assassina la sua vecchia vicina proprio mentre stava comodamente seduta in poltrona, loro seguono lo schermo con grande attenzione insieme a te. Ma se dopo un minuto, un minuto soltanto, mi diceva mamma, provassi a chiedergli per scherzo «Chi è l'assassino?», quasi vergognandoti di aver fatto una domanda cosí scontata, loro ti guarderebbero come fossi pazza, come se gli stessi chiedendo se dio esiste davvero oppure no, e qual è il senso dell'universo. Ma se dopo un minuto, un minuto soltanto dopo aver guardato insieme quella scena, proprio mentre i primi rivoli di sangue cominciano a colare sulle mani della vecchina esanime, loro potessero farti una domanda per vedere se hai capito davvero il senso del film, ti chiederebbero «Quante perle aveva quella collana?» E tu li guarderesti come se ti stessero prendendo in giro, e non sapresti mai rispondere che la parte visibile della collana della vittima contava ventisei perline color ambra, tre marroni (di cui una era leggermente coperta dal colletto della camicia) e una lievemente scrostata, che era comunque ancora riconducibile al gruppo del color ambra. E cosí nessuno saprebbe mai riconoscere la Verità dell'altro. Ma questo non vorrebbe dire, mi spiegava il signor Kafka, che nessuna delle due verità esiste, o che una sia piú vera dell'altra: semplicemente vorrebbe dire che ci si dovrebbe mettere d'accordo per capire qual è la verità che si sta cercando, ma questo potrebbe essere difficilissimo, o quasi impossibile.

Gli autistici, diceva mamma, che lo dicevano i libri, non capiscono le *convenzioni sociali*, e questo fa sí che, tra le altre cose, nessuno di loro dica una bugia. Non capiscono proprio, diceva mamma, perché mai uno dovrebbe dirle, giacché se di quella collana si vedono ventisei perline di ambra è chiaro a tutti che è cosí, e nessuno potrebbe vedercene una in meno o una in piú. Gli autistici, diceva mamma, che l'aveva letto nei libri, non capirebbero proprio perché mai tu dovresti gradire che ti si dica, poniamo, che le perle erano cinquantuno, o ventidue. Perché nella realtà, comunque, le perline resterebbero sempre ventisei.

I tre periti erano stati chiamati per decidere se Pulce era in grado di raccontare la verità. In realtà non era proprio solo un processo per Pulce, ma anche, e prima di tutto, per la sua macchina da scrivere. Me l'immaginavo seduta davanti alla cattedra di uno dei periti, che per l'occasione si era messo anche lui il parruccone da giudice, Pulce sorrideva come sempre e forse pensava al Panda, forse rideva perché i capelli sul parruccone erano in numero dispari e questo non si addiceva a un vero signore, o forse il parruccone non l'aveva nemmeno notato, rideva semplicemente per quella mosca che svolazzava nella stanza e si avvicinava sempre di piú all'orecchio del suo psico-giudice, tra poco gli avrebbe fatto il solletico e ci sarebbe stato da divertirsi, perché lui si sarebbe arrabbiato. Lui l'avrebbe guardata con aria seria e le avrebbe chiesto *Giuri di dire la verità, tutta la verità, nient'altro che la verità?*, e lei avrebbe risposto NO, cioè «NON QUELLA CHE PENSI TU», e allora tutta la faccendaccia sarebbe finita, perché tutti avrebbero capito che era nata da una verità diversa.

Ma nella realtà le cose non andavano cosí, ci raccontavano gli avvocati. I periti si recavano, uno per volta, perché le cose serie si fanno sempre uno per volta, a trovare Pulce in comunità. La facevano sedere e chiedevano a lei e alla sua macchina da scrivere *Come si chiama la mamma? E come si chiama il gatto? E in che giorno sei nata? E quando è nata tua sorella? E come si chiama?*, e vedevano stamparsi piano piano sul display la loro verità. Ma solo quando quella verità la conoscevano già prima, solo quando le chiedevano *Ti chiami Pulce?*, Pulce era in grado di rispondere di sí, perché anche il perito avrebbe risposto cosí. Ma quando loro non la conoscevano, ecco che il mondo di Pulce si popolava di mamme Clotilde, di sorelle Francesca, di nonne Marina, di feste in cui si era divertita un sacco pur non essendoci mai andata, di papà violenti, di collane color arcobaleno, con sedici perline. E questo lo sapevamo già, diceva papà, era scritto, insieme alle altre cose fondamentali che tutti avrebbero dovuto sapere, a pagina tre del libro sull'autismo e la Comunicazione Facilitata, e loro sí che l'avevano letto, quello, loro che erano degli *esperti*. Ma visto che la signora Lucetta, che anche lei era un'*esperta*, perché era lei quella che distribuiva le tastiere, e sapeva bene il fatto suo, visto che lei aveva detto che il miracolo funzionava, poi che non funzionava piú, poi che funzionava cosí cosí, al perito dei buoni, quello che avevamo chiamato noi, era venuta improvvisamente una paura. Che proprio nel momento in cui si tentava di dimostrare che il miracolo era una bufala scendessero dal cielo le lingue di fuoco della Santa Verità, e si stampassero sul display della macchina di Pulce, cosí facendo credere a tutti che lei fosse e fosse sempre stata in grado di *rendere valida testimonianza*. E cosí, per paura, dalla cattedra dei tre psico-giudici era stata spazzata via la tastiera elettronica per far spazio a un altro *imputato*: il cervello di Pulce.

L'anamnesi di Margherita, raccolta in tutti i colloqui peritali, mette in luce alcuni elementi estremamente significativi sia da un punto di vista strettamente medico che sotto il profilo del funzionamento psicologico, quell'organo cosí fragile stava lí, come una bistecca sul banco del macellaio, aspettando di farsi pesare e soppesare, *emerge una percezione della realtà non sempre corretta: è capace di riferire piú o meno precisamente alcuni aspetti reali, ma allo stesso tempo tende ad ampliare, modificare, a volte contraddire quanto presente nella realtà*, guardavano la grossa bistecca fragile e le chiedevano Sei vera? E che cosa sai, tu, della *realtà*?, *l'esame di realtà non appare sempre adeguato e corretto, presentando un funzionamento mentale tipico dei bambini molto piccoli, caratterizzato da un pensiero sincretico, diffuso, generalizzante, dove la percezione ed il rapporto con la realtà sono strettamente intrecciati alle esperienze sensoriali, corporee ed emotive*, ma la povera bistecca era quasi salva, non aveva superato il controllo-qualità e non sarebbe stata mangiata, *Le parole sono da lei utilizzate come se non avessero un significato univoco, con la tendenza a dire cose diverse, con una conseguente labilità e mancanza di consistenza e coerenza, che può portare a dare alla stessa domanda risposte diverse in situazioni diverse. In pratica emergono le stereoti-*

pie, in cui tutto è rigido e statico, eccessivamente ripetitivo, perché ormai appreso e consolidato, o avvengono delle modificazioni a seconda dei contesti o delle specifiche sollecitazioni, il parere degli esperti era unanime, quella bistecca non aveva nessun rapporto con la realtà, ne era anzi cosí lontana che forse quasi non esisteva, e comunque non si poteva mangiare, *Ciò che è importante evidenziare è che non sono riscontrabili, nel funzionamento psicologico di* CAMURATI *Margherita, le condizioni indispensabili per poterla considerare idonea a rendere una valida testimonianza. Al di là delle verbalizzazioni specifiche, non sono emersi eventuali tratti compatibili e/o indicativi di pregresse esperienze lesive della sfera sessuale*, la bistecca era sana ma non era *vera*, e ora poteva tornarsene al suo posto, con la sua famiglia di bistecche.

Forse Pulce avrebbe potuto tornare prima, ma il tempo necessario alla perizia era quello, due o tre mesetti, dicevano loro, ma se la perita fosse stata, diceva mamma, che sapeva bene di cosa stava parlando, se la perita fosse stata una diligente compagna di scuola di Pulce, e nel compito in classe finale le fosse stata posta la domanda «Può dunque rendere valida testimonianza?», alla diligente compagna sarebbero di certo tornati in mente i concetti fondamentali della lezione propedeutica *Difficoltà di integrare le informazioni percepite in modo anomalo con i sensi*, e la sua perizia-verifica non sarebbe durata un mese, ma neanche un giorno o due, forse meno di un'ora, giusto il tempo di scrivere «Ovviamente no», e prendere ottimo nella materia della quinta ora: le basi dell'autismo.

Quando papà ci aveva letto questo foglio che gli avevano dato gli avvocati, era squillato il telefono. Era il dottor Contengo, che voleva fare una precisazione Non è provato che suo marito è innocente, signora, diceva a mamma, è provato che sua figlia non sa rendere valida testimonianza.

Però, diceva mamma, le aveva detto che Pulce sarebbe tornata, giusto il tempo di sbrigare l'*iter burocratico*, magari un altro mesetto, altri due al massimo, e Pulce sarebbe tornata.

A me questa cosa che aveva detto Contengo, a me questa cosa aveva fatto venire un brivido tutto lungo la schiena; ma sono corsa ugualmente in camera a raddrizzare la schiera dei panda: dovevano essere belli pronti e puliti per accogliere Pulce al suo ritorno.

Capitolo tredicesimo

Quel giorno Pippa era triste perché Juri l'aveva lasciata. Ora che la scuola era finita, le aveva detto, sarebbero andati incontro a un'inevitabile separazione: lui sarebbe andato al geometra perché suo padre voleva cosí, e di Pippa chissà che cosa ne sarebbe stato. Oltretutto lui avrebbe dovuto passare l'estate nella casa al mare dei suoi, e non aveva nemmeno il telefono, e il cellulare gliel'avevano sequestrato perché era uscito con sufficiente, e quindi non avrebbero nemmeno potuto sentirsi. E visto che di questa storia c'erano solo lati negativi, lui non voleva aggiungerne altri alla sua vita dovendosi sentire impegnato, era giovane, e non sarebbe stato giusto.

Il giorno prima era stato il compleanno del fratello di Pippa, avevano festeggiato in casa mangiando la torta, e i genitori avevano anche bevuto lo spumante, ma giusto due dita perché ubriacarsi fa male. La mamma aveva messo quello avanzato in un angolo accanto all'immondizia per buttarlo via. Ma Pippa l'aveva travasato in una bottiglia di plastica, e aveva messo in quella di vetro un po' di aranciata, cosí che la mamma non si accorgesse di niente. Aveva preso la bottiglietta proibita, l'aveva avvolta in una sciarpina perché fosse ancora piú insospettabile, l'aveva messa nello zaino e mi aveva invitata ai giardinetti dicendomi Vieni, che ti devo far assaggiare una cosa.

Quando ero arrivata, Pippa aveva lo sguardo triste, se ne stava seduta sullo schienale della panchina e si guardava le scarpe, io le avevo dato una pacca sulle spalle e le avevo detto Bella figona!, perché volevo tirarla un po' su di morale facendola ridere, lei non mi aveva guardata, era troppo interessata al laccio sinistro che si stava rigirando fra le mani, allora le avevo chiesto, facendo la voce tenera, Ehi, che succede?, ma lei ancora non mi guardava, forse non aveva voglia di parlare o di parlarne con me, cominciavo a chiedermi perché mi aveva fatta venir lí. Poi aveva sollevato lo zaino da terra, aveva tirato fuori sciarpina e bottiglia, mi aveva detto Toh, bevi, fa' attenzione che nessuno veda che è una bottiglia, «Perché? – mi chiedevo io. – Mica è proibito bere per la strada in bottiglie di plastica».

Diceva che di tutta quella cosa con Juri non le andava proprio di parlare, che non avrei capito, e mi aveva chiesto di raccontarle qualcosa per distrarla. Io non sono per niente brava a fare questo, improvvisamente mi sembrava di avere la testa vuota come un'anfora greca, come se fossi nata un minuto prima e non mi fosse ancora successo niente di rilevante di cui parlare, allora avevo cominciato a raccontarle delle barzellette, ma poi me le dimenticavo sempre verso la fine perché lo spumante mi faceva un effetto strano, pensavo solo che avevo caldo e avrei voluto una piscina in cui sguazzare, e Pippa che già era triste s'intristiva ancora di piú.

E allora mi aveva chiesto di Pulce, anche se mi sembrava che non avesse davvero voglia di saperlo, ma visto che incominciavo ad avere una gran voglia di parlare – Pippa diceva che era colpa dello spumante – allora le avevo raccontato tutte le ultime cose, del resto mi avrebbe fatto bene anche per riorganizzare un po' le idee, anche se lei in quel momento era piú interessata al suo laccio sinistro che le si sbrindellava tra le mani. È passato un mese da quando hanno detto che Pulce non pensava davvero quelle cose che ha scritto..., ogni tanto Pippa m'interrompeva chiedendomi Perché?, per farmi capire che s'interessava, Cioè, adesso si sono accorti che non è vero niente; il laccio era fucsia in punta e viola verso il fondo, e aveva delle macchie nere, forse d'asfalto, Abbiamo chiesto se poteva tornare a casa se mandavamo mio papà a vivere da un'altra parte, per un po', Perché?, chiedeva la mia amica, forse voleva dire «Perché ci sono queste macchie nere?», o forse «Perché mai mi ha lasciata?», Ma loro hanno risposto di no, che il problema qui non è solo mio papà, Pippa si era fatta passare la bottiglia, ero contenta che non mi lasciasse bere da sola, anche perché quella cosa mi faceva battere il cuore piú forte, Hanno detto che i miei genitori sono strani, e che non sono ancora riusciti a capirli, È il mondo che è strano, mi aveva risposto Pippa, forse l'alcool le aumentava l'attenzione, E allora hanno detto che forse Pulce tornerà, ma che i miei dovranno ancora andare lí nell'«acquario», come lo chiamano loro; Pippa tossiva, forse perché le era andato di traverso lo spumante o forse perché mi aveva presa alla lettera e s'immaginava mamma Anita e papà Gualtiero che sguazzavano con dei pesci in una boccia per dar prova di essere dei buoni genitori, Hanno detto che ci telefoneranno in questi giorni e potremo andare a prendere Pulce, anche con papà. Poi Pippa si era alzata, si era rifatta il nodo alle scarpe, aveva speso ancora due minuti buoni a contemplarsi i piedi, Ma sai che cosa credo io?, continuavo, Che Pulce volesse fare uno scherzo, e che tutti ci abbiano creduto perché sanno che lei è buona e immaginavano non potesse mentire, e non sapevano che essere buoni non sempre vuol dire non mentire, e che gli autistici sono buoni, ma raccontano semplicemente la loro verità. E cosí tutti hanno continuato a comportarsi come se il suo scherzo fosse stato vero, e lei è rimasta intrappolata in quello che ha scritto; la mia compagna di bevute e giardinetti intanto aveva portato la bottiglia alla bocca e mi aveva detto Conta fino a dieci, a voce alta, UNO, DUE, Pippa non la smetteva piú di succhiare, sembrava attaccata a un boccaglio dal quale prendeva l'aria vitale, ... NOVE, DIECI!, si era piegata, aveva sputato, era passata dal viola al rosso e poi al rosa, e mi aveva detto Adesso tocca a te. Quando dalla sua bocca intristita era uscito il numero finale io avevo sorriso, avevo gridato Vittoria!, poi ero scoppiata a piangere, poi a ridere, come quel *teatro dell'assurdo* di cui parlava il signor Kafka, che l'aveva sentito dire da papà, poi mi ero accasciata a terra e Pippa ci aveva messo un'ora per tirarmi su e accompagnarmi dietro un cespuglio a fare la pipí, raccontandomi la storia di Juri mentre mi sorreggeva. E mentre stavo tirando fuori il mio culetto cicciotto per far uscire dal mio corpo tutto quello spumantaccio assurdante, proprio mentre Pippa mi gridava No, rivestiti! Sta arrivando un signore, il suo cellulare era squillato, Pronto Filippa, Giovanna è con te?, È tua mamma, Gio', Passamela, per favore.

Mi dispiace Pippa, le avevo detto cercando di recuperare in un batter d'ali tutta la serietà, e facendo finta di non preoccuparmi del fatto che non mi riusciva molto bene, Devo andare via, devo andare da Pulce in comunità.

La mia pipí e lo spumante avanzato erano stati liberati entrambi accanto al cespuglio, Allora non lo chiamo, vero?, Pippa mi chiedeva gli ultimi consigli prima che me ne andassi, Non devo fare il cagnolino e scendere al suo livello, vero Gio'?, io le rispondevo No... No..., come lei prima mi aveva chiesto Perché?... Perché?..., avevo troppe cose da fare, dovevo trovare un cicles perché la mia bocca non sapesse di alcool, dovevo ritrovare l'equilibrio, dovevo capire quante calorie erano contenute in dieci secondi di spumante senza tirare il fiato, dovevo far smettere il mio cuore di battere cosí forte, dovevo pensare a Pulce, che stava tornando con noi.

Quando papà ha appoggiato i piedi nel cortile della Giorni Felici la ghiaia ha scricchiolato, e questo ha fatto sussultare mamma che ha sorriso nervosamente e ha tirato fuori dalla tasca uno dei sei fazzoletti che si era portata, per asciugarsi una lacrima. Aveva indossato il suo paio di infradito migliori, non quelle perfette, perché anche lei si era convinta che non esistevano, si era accontentata di quel paio viola con le margheritine che sorridevano. Che brutti questi scarabocchi, diceva papà, stavamo passando davanti ai disegni degli *ospiti*, la donna-soldato ci è venuta incontro, portava una gonnellona a pieghe scozzese, Aspettatela in cortile; abbiamo fatto marcia indietro e non sapevamo che cosa dire per ingannare l'attesa, mamma scacciava la ghiaia dalle infradito viola, papà diceva sottovoce Beh... era proprio un posto grigio. E io guardavo il cielo, fissavo le rondini, mi chiedevo se fossero loro che volavano storte o se ero io che ancora non mi sentivo troppo bene; e pensavo che era passato un po' di tempo dall'ultima volta in cui avevamo fumato il tè con Pippa, e che avrei avuto voglia di farlo. E guardavo i pantaloni blu della mia tutona e pensavo che forse avrei dovuto vestirmi meglio per quest'occasione, forse avrei dovuto mettere dei pantaloni attillati, che sarebbero stati piú eleganti. E da dietro un albero è spuntato il papero Nessuno, mi ha sorriso, l'avevamo trovato, c'erano tutti quanti ad aspettarlo, il signor Kafka, Bernardo, Giulio, Cyber, erano venuti a prenderlo in aereo, l'avevano parcheggiato lí nel cortile. Si sono abbracciati, erano contenti di essere di nuovo tutti insieme dopo tanto tempo, sono saliti salutando la famiglia Camurati con i fazzoletti dal finestrino, e ho visto l'aereo decollare e alzarsi in volo, correre in alto verso le rondini facendo delle giravolte, e ho preso uno dei fazzoletti di mamma per salutarli anch'io, perché forse era l'ultima volta in cui li avrei visti.

La donna-soldato intanto stava scendendo le scale e già si sentivano in lontananza i gridolini di felicità di Pulce, anche papà si era fatto dare un fazzoletto, quando il suo visino è spuntato lui è andato per primo a salutarla, li abbiamo lasciati da soli perché non si erano visti per cosí tanto tempo. E mentre la donna-soldato ha detto La bambina è qui, io ho pensato che Pulce non c'è e non ci sarà mai, non c'è per i periti e non c'è per i libri di mamma Anita, non c'è per le maestre perché non suona Bach, non c'è per i paparazzi perché suo padre non l'ha violentata, non c'è per tutti noi perché lei non è e non vuole essere come noi ce la immaginiamo.

Pulce è qui e sorride allegra come sempre, sembra essere contenta di tornare a casa.

Stampato per conto della Casa editrice Einaudi
Presso Mondadori Printing S.p.a., Stabilimento N.S.M., Cles (Trento)

C.L. 19907

Ristampa							Anno			
2	3	4	5	6	7	8	2009	2010	2011	2012